U0641459

雪夜来客

冯骥才 著

北京联合出版公司
Beijing United Publishing Co., Ltd.

图书在版编目（CIP）数据

雪夜来客 / 冯骥才著 . -- 北京 : 北京联合出版公司，
2020.7
ISBN 978-7-5596-4121-2

Ⅰ . ①雪… Ⅱ . ①冯… Ⅲ . ①中篇小说－小说集－中
国－当代②短篇小说－小说集－中国－当代 Ⅳ . ① I247.7

中国版本图书馆 CIP 数据核字（2020）第 056025 号

雪夜来客

作　　者：冯骥才
责任编辑：昝亚会　夏应鹏
封面设计：吴黛君

北京联合出版公司出版
（北京市西城区德外大街83号楼9层 100088）
北京新华先锋出版科技有限公司发行
大厂回族自治县德诚印务有限公司印刷　新华书店经销
字数147千字　620毫米×889毫米　1/16　17印张
2020年7月第1版　2020年7月第1次印刷
ISBN 978-7-5596-4121-2
定价：59.00元

版权所有，侵权必究
未经许可，不得以任何方式复制或抄袭本书部分或全部内容
本书若有质量问题，请与本社图书销售中心联系调换。电话：（010）88876681-8026

自　序

作品的生命

　　作家一定会关切作品的生命。写作时，作家把他生命的全部都倾注到作品里，思想、情感、欲望、想象、性格、创造力，还有生命的一段时间和一段时间的生命。真正的写作实际上是在完成一种生命的转移。将自己的生命转化为作品的生命。

　　植物死了，它的生命转化到种子里；诗人死了，他的生命便融入永恒的诗篇中。

　　那么他一定会不自觉和自觉地顺从生命的规律：竭力去追求作品的永生。

　　作品的生命实际上是从再版开始的。不管它新生时怎样热闹喧嚣。如果它不再版，没有下一代读者，它的生命便就此终结。究竟怎样才能获得作品生命的持久？这是一个难解之谜。但有一点已被文学史不断证实，即它一定与写作时浅薄的功利主义无缘。

文学史排斥各种功利。

还有很多构成作品持久性的元素被作家们一再强调，比如生活的良心，思想灵魂的深切，人性的发现，心灵的坦白，绝对个性的审美创造，语不惊人死不休，等等。每一部永生作品的原因都不相同，这也许正表明文学具有无限的潜力和希望，正表明有无数道路可以到达文学永生的天堂。

每一个真正的作家都用生命创造作品，并追求作品的持久。成功与否，已不重要；因为这本身既是生命的美好，也是文学的美好。

目
录

CONTENTS

目　录　C O N T E N T S

上 编

人间悲喜

木　佛

　　先别问我叫什么，你慢慢就会知道。

　　也别问我身高多高，体重多少，结没结婚，会不会外语，有什么慢性病，爱吃什么，有没有房子，开什么牌子的车，干什么工作，一月拿多少钱，存款几位数……这你渐渐也全会知道。如果你问早了，到时候你会觉得自己的问题很可笑，没知识，屁也不懂。

　　现在，我只能告诉你，我看得见你，听得见你们说什么。什么？我是监视器？别胡猜了。我还能闻出各种气味呢，监视器能闻味儿吗？但是，我不会说话，我也不能动，没有任何主动权。我有点像植物人。

　　你一定奇怪，我既然不能说话，怎么对你说呢？

　　我用文字告诉你。

　　你明白了——现在我对你讲的不是语言，全是文字。

　　你一定觉得这有点荒诞，是荒诞。岂止荒诞，应该说极其荒诞。可是你渐渐就会相信，这些荒诞的事全是真事儿。

一

我在一个床铺下边待了很久很久。多久？什么叫多久？我不懂。你问我天天吃什么？我从来不吃东西。

我一直感受着一种很浓烈的霉味。我已经很习惯这种气味了，我好像靠着这种气味活着。我还习惯阴暗，习惯了那种黏糊糊的潮湿。唯一使我觉得不舒服的是我身体里有一种肉乎乎的小虫子，在我体内使劲乱钻。虽说这小虫子很小很软，但它们的牙齿很厉害，而且一刻不停地啃啮着我的身体，弄得我周身奇痒难忍。有的小虫已经钻得很深，甚至快钻到我脑袋顶里了。如果它们咬坏了我的大脑怎么办？我不就不能思考了吗？还有一条小虫从我左耳朵后边钻了进去，一直钻向我的右耳朵。我不知道它们到底想干什么，我很怕叫它们咬得千疮百孔。可是我没办法。我不会说话、讨饶、呼救；我也不知向谁呼救；不知有谁会救我。谁会救我？

终于有一天，我改天换地的日子到了！我听见一阵很大的拉动箱子和搬动东西的声音。跟着一片刺目的光照得我头昏目眩。一根杆子伸过来捅我，一个男人的声音："没错，肯定就在这床底下，我记得没错。"然后这声音变得挺兴奋，他叫道："我找到它了！"这杆子捅到我身上，一下子把我捅得翻了一个儿。我还没弄清怎么回事，也没看清外边逆光中那个黑乎乎的人脑袋长得什么样儿，我已经被这杆子拨得翻过来掉过去，在地上打着滚儿，然后一直从床铺下边犄角旮旯滚出来，跟着被一只软乎乎的大手抓在手里，拿起来"啪"一声摞在高高一张桌上。这人朝着我说：

"好家伙，你居然还好好的，你知道你在床底下多少年了吗？打'扫四旧'那年一直到今天！"

打"扫四旧"到今天是多少年？什么叫"扫四旧"，我不懂。

旁边还有个女人，惊中带喜地叫了一声："哎呀，比咱儿子还大呢！"

我并不笨。从这两句话我马上判断出来。我是属于他俩的。这两人肯定是夫妇俩。男人黄脸，胖子，肥厚的下巴上脏呵呵滋出来好多胡茬子；女人白脸，瘦巴，头发又稀又少，左眼下边有颗黑痣。这屋子不大，东西也不多。我从他俩这几句话听得出，我在他床底下已经很久很久。究竟多久我不清楚，也不关心，关键是我是谁？为什么一直把我塞在床底下，现在为什么又把我想起来，弄出来？这两个主人要拿我干什么？我脑袋里一堆问号。

我看到白脸女人拿一块湿抹布过来，显然她想给我擦擦干净。我满身灰尘污垢，肯定很难看，谁料黄脸胖子伸手一把将抹布抢过去，训斥她说：

"忘了人家告诉你的，这种老东西不能动手，原来嘛样就嘛样，你嘛也不懂，一动不就毁了？"

白脸女人说：

"我就不信这么脏头脏脸才好。你看这东西的下边全都糟了。"

"那也不能动，这东西在床底这么多年，又阴又潮，还能不糟？好东西不怕糟。你甭管，我先把它放到柜顶上去晾着，过过风。十天半个月就干了。"

他说完，把我举到一个橱柜顶上，将我躺下来平放着，再用两个装东西的纸盒子把我挡在里边。随即我便有了一连许多天的安宁。我天性习惯于安宁，喜欢总待在一个地方，我害怕人来动我，因为我没有任何防卫能力。

在柜顶上这些日子我挺享受。虽然我看不见两个主人的生活，却听得见他们说话，由他们说话知道，他们岁数都大了，没工作，吃政府给贫困户有限的一点点救济。不知道他们的孩子为什么不管他们。反正没听他们说，也没人来他们家串门。我只能闻到他们炖菜、烧煤和那个黄脸男人一天到晚不停地抽烟的气味。我凭这些气味能够知道他们一天只吃两顿饭。每顿饭菜都是一个气味，好像他们只吃一种东西。可是即便再香的饭菜对我也没有诱惑——因为我没有胃，没有食欲。

此刻，我最美好的感觉还是在柜顶上待着。这儿不阴不潮，时时有小风吹着，很是惬意。我感觉下半身那种湿重的感觉一点点减轻，原先体内那些小虫子好像也都停止了钻动，长久以来无法抗拒的奇痒搔心的感觉竟然消失了！难道小虫子们全跑走了？一缕缕极其细小的风，从那些小虫洞清清爽爽地吹进我的身体。我从未有过如此美妙得近乎神奇的感觉。我从此能这么舒服地活下去吗？

一天，刚刚点灯的时候，有敲门声。只听我的那个男主人的声音："谁？"

门外回答一声。开门的声音过后，进来一人，只听我的主人称这个来客为"大来子"。过后，就听到我的男主人说：

"看吧，这几样东西怎么样？"

我在柜顶上，身子前边又有纸盒子挡着，完全看不到屋里的情景。只能听到他们说话。大来子说话的腔调似乎很油滑，他说：

"你就用这些破烂叫我白跑一趟。"

我的女主人说：

"你可甭这么说，我们当家的拿你的事可当回事了。为这几样宝贝他跑了多少地方搜罗，使了多少劲，花了多少钱！"

"我没说你当家的没使劲，是他不懂，敛回来的全是不值钱的破烂！破烂当宝贝，再跑也是白跑！"

女主人不高兴了，她呛了一句："你有本事，干吗自己不下去搜罗啊。"

大来子说："我要下去，你们就没饭吃了。"说完嘿嘿笑。

男主人说：

"甭说这些废话，我给你再看一件宝贝。"

说完，就跑到我这边来，蹬着凳子，扒开纸盒，那只软乎乎的大手摸到我，又一把将我抓在手里。我只觉眼前头昏目眩地一晃，跟着被"啪"的一声立在桌上——一堆瓶瓶罐罐老东西中间。我最高，比眼前这堆瓶子罐子高出一头，这就得以看到围着我的三个人。除去我的一男一女两主人，再一位年轻得多，圆脑袋、平头，疙疙瘩瘩一张脸，贼乎乎一双眼，肯定就是"大来子"了。我以为大来子会对我露出惊讶表情，谁料他只是不在意地扫我一眼，用一种蔑视的口气说："一个破木头人儿啊！"便不再看我。

由此，我知道自己的名字——木头人。

随后我那黄脸的男主人便与大来子为买卖桌上这堆老东西讨价还价。在男主人肉乎乎的嘴里每一件东西全是稀世珍奇，在大来子刁钻的口舌之间样样却都是三等货色，甚至是赝品。他们只对这些瓶瓶罐罐争来争去，唯独对我提也不提。最后还是黄脸男主人指着我说：

"这一桌子东西都是从外边弄来的，唯独这件是我祖上传下来的家藏，至少传了四五代，打我爹记事时就有。"

"你家祖上是什么人家？你家要是'一门三进士'，供的一准都是金像玉佛。这是什么材料？松木桩子！家藏？没被老鼠啃烂了就算不错。拿它生炉子去吧。"

我听了吓了一跳。我身价原来这么低贱！说不定明天一早他们生炉子时就把我劈了、烧了。瞧瞧大来子的样子，说这些话时对我都不再瞅一眼，怎么办？没办法。我是不会动的。逢此劫难，无法逃脱。

最后，他们成交，大来子从衣兜里掏出厚厚一沓钱，数了七八张给了我的男主人。一边把桌上的东西一件件往一个红蓝条的编织袋里装，袋里有许多防压防硌的稻草。看他那神气不像往袋子里装古物，像是收破烂。最后桌上只剩下我一个。

女主人冲着大来子说："您给这点钱，只够本钱，连辛苦费都没有。当家的——"她扭过脸对男主人说，"这种白受累的事以后真不能再干了。"

大来子眨眨眼，笑了，说："大嫂愈来愈会争价钱了。这次咱不争了，再争就没交情了。"说着又掏两张钱，放在女主人手里，说，"这辛苦费可不能算少吧。"说着顺手把孤零零立在桌上的我抄在手里，边说，"这破木头人儿，饶给我了。"

男主人说："这可不行，这是我家传了几代的家藏。"伸手要夺回去。

大来子笑道："屁家藏！我不拿走，明天一早就点炉子了。怎么？你也想和大嫂一样再要一张票子。好，再给你一张。大嫂不是不叫你收这些破瓶烂罐了吗？打今儿起我也不再来了。我没钱干这种赔钱买卖！"说完把我塞进编织袋。

我的黄脸主人也没再和大来子争。就这样，我易了主，成了大来子的囊中之物了。

我在大来子手中的袋子里，一路上摇来晃去，看来大来子挺高兴，嘴里哼着曲儿，一阵子把袋子悠得很高很带劲，叫我害怕他一失手把我们这袋子扔了出去。但我心里更多的是庆幸！多亏这个大来子今天最后不经意地把我捎上，使我获救，死里逃生，没被那黄脸男人和白脸女人当作糟木头，塞进炉膛烧成灰。

可是，既然我在大来子眼里这么差劲，他为什么要捎上我，还多花了一张票子？

二

完全没想到，我奇妙非凡的经历就这么开始了。

这天，我在袋子里，两眼一抹黑，好像被大来子提到了一个什么地方。我只能听到他说话。他到了一个地方，对另一个什么人说了一句兴高采烈的话：

"今天我抱回来一个大金娃娃了。"

我不懂这话是什么意思。

另一个人的声调很细，说："叫我看看。"

"别急啊，我一样样拿给你开开眼。"大来子说着，用他那粗拉拉、热乎乎的大手伸进袋子，几次摸到我，却都没有拿起我来，而是把我扒拉开，将我身边那些滑溜溜的瓶瓶罐罐一样样掏出口袋。每拿出一样，那个细声调的人都说一句："这还是大路货吧！"

大来子没说话。

最后袋子里只剩下我，他忽地抓住我的脖子，一下子把我提出袋子，往桌子上一放，只听那个细声调的人说："哎呀，这东西大开门，尺寸也不小，够年份啊！我说得对吧？"

这时，我看到灯光里是两个人，四只眼都不大，却都瞪得圆圆、目不转睛、闪闪发光地盯着我瞧。一个就是这个圆脑袋、疙瘩脸、叫"大来子"的人。再一个猴头猴脸，脖子很细，一副穷相，就是细声调的人。大来子叫他"小来子"。不知他们是不是哥儿俩，看上去可不像是一个娘生的。

小来子问大来子："你瞧这木佛什么年份？"

这时我又进一步知道自己还不是叫"木头人"，而是一个更好听的名字，叫作——木佛。我对这个称呼似乎有点熟悉，模模糊糊好像知道自己有过这个称呼，只是记不起这是什么时候的事啦。

大来子说："你先说说这木佛是什么年份？"

小来子："您考我？乾隆？"

大来子："你鼻子两边是什么眼？肚脐眼儿？没长眼珠子？乾隆的佛嘛样？能有这个成色？连东西的年份都看不出来，还干这个？"

小来子一脸谄媚的神气，细声说："这不跟您学徒吗？您告诉给我，我不就懂了！"

　　大来子脸上忽然露出一丝坏笑，他说："先甭说这木佛。我给你说一个故事——"

　　小来子讨好地说："您说，我爱听。"

　　下边就是大来子说的故事：

　　"从前有个老头和老婆，老两口有个儿子，娶了媳妇。儿子长年在外地干活。老头老婆和儿媳守在家。家里穷，只一间屋。老头、老婆、儿媳各睡一张小床上。老头子不是好东西，一家人在一个屋里睡久了，对儿媳起了邪念，但老婆子整天在家，他得不到机会下手。

　　"一天儿媳着凉发烧。儿媳的床靠窗，老婆子怕儿媳受风，就和儿媳换了床，老婆子睡在儿媳床上。这天老头子早早地睡了，换床这些事全不知道。

　　"半夜老头子起来出去解手回屋，忽起坏心，扑到儿媳床上，黑乎乎中，一通胡闹，他哪知道床上躺着的是自己的老婆子。老头子闹得兴高采烈时，把嘴对在'儿媳'的耳朵上轻声说：'还是年轻的好，比你婆婆强多了。'

　　"忽然，在他身下发出一个苍哑并带着怒气的声音说：'老王八蛋，你连老的新的都分不出来，还干这个？'

　　"老头子一听是老婆子，吓傻了。"

　　大来子讲完这故事，自己哈哈大笑起来。

　　我听着也好笑，只不过自己无法笑出来，心笑而已。

　　小来子却好像忽然听明白了这故事。他对大来子说："您哪里是讲故事，是骂我啊！"

　　大来子笑着，没再说别的，双手把我捧起来放进屋子迎面的玻璃柜里，然后招呼小来子锁好所有柜门和抽屉，关上灯，一同走出去再锁好门，走了。剩下我自己待在柜里，刚好把四下看个明白。原来这是个小小的古董店铺。这店铺好似坐落在一座很大的商场里。我透过玻璃门窗仔细看，原来外边一层楼全是古董店铺，一家家紧挨着。我是佛，目光如炬，不分昼夜，全能看得清楚。我还看到自己所在的这个小店铺里，上上下下摆满各种稀奇古怪的东西。我的年岁应该很大，见识应该很多，只是曾经被扔在我原先那主人黄脸汉子的床下太久了，许多事一时想不起来。这古董店里好几件东西都似曾相识，却叫不出名字。我看到下边条案上一个玻璃罩里有个浅赭色的坛子，上边画了一些潦草的图样。看上去很眼熟，却怎么也想不起来它是干什么用的了。

　　过了一夜，天亮不久，大来子与小来子就来开锁开门。小来子提着热水瓶去给大来子打水，然后回来沏茶、斟茶，大来子什么也不干，只坐在那里一个劲儿打哈欠，抽烟；大来子抽的烟味很呛鼻子。

　　我发现这店铺确实不大。屋子中间横着一个摆放各种小物件的玻璃柜台。柜台里边半间屋子归大来子自己用，放一张八仙桌，上边摆满花瓶、座钟、铜人、怪石、盆景、笔墨以及烟缸茶具，这里边也是熟人来闲坐聊天的地方。柜台外边半间屋子留给客人来逛店。地上堆着一些石头或铁铸的重器。

　　我从大小来子两人说话中知道，这地方是天津卫有名的华萃楼古玩城。

　　过不久，就有人进来东看西看。大小来子很有经验，一望而知哪种人是买东西的，哪种人是无事闲逛。应该跟哪种人搭讪，对哪种人不理。我在这店里待了差不多一个月吧，前后仅有三个人对我发生兴趣。一个矮矮的白脸瘦子问我的价钱。小来子说："七千。"对方摇摇脑袋就走了。从此再没人来，我由此知道了自己的身价：七千元，相当高了。这店里一天最多也卖不出二三百元的东西，有的时候还不开张。看来我可能还真有点身份呢。在市场里，身价不就是身份吗？

此后一个月，没人再对我问津。可是，一天忽然一个模样富态的白白的胖子进了店，衣着干干净净挺像样。古玩行里的人一看衣着就一清二楚。邋邋遢遢的是贩子，有模有样的是老板，随随便便的反而是大老板。这胖子一进门就朝大来子说："你这儿还真够清净啊。"看意思，他们是熟人，可是这胖子一开口就带着一点贬义，分明是说大来子的买卖不带劲儿。

大来子明白，褒贬向来是买主。他笑着说："哎哟，高先生少见啊，今儿早上打北京过来的？"

高先生说："是啊，高铁真快，半个钟头，比我们从东城到西城坐出租还快。一次我从东四到西直门，赶上堵车，磨磨蹭蹭耗了一个半钟头。"然后接着打趣地说，"今儿我算你头一个客人吧。"

"我可怕人多。人多是旅游团，全是来看热闹，我这儿没热闹可看。这不是您告诉我的话嘛——三年不开张，开张吃三年。东西好，不怕放着。"大来子说，"您里边坐。"

高先生一边往里走，两只小圆眼却像一对探照灯，上上下下打量着店里的东西。

大来子说："听说最近你们潘家园的东西不大好卖。"

高先生说："买古玩的钱全跑到房市那边去了。肯花大价钱买东西的人少了。你们天津这边价钱也'打滑梯'了吧！"他说着忽然眼睛落在我身上。上前走了半步，仔细又快速"盯"了我三眼，这当儿我感觉这胖子的一双眼往我的身体里边钻，好像原先我身体里那些肉虫子那股劲。他随口问大来子："你柜里这个破木佛价钱不高吧？"

大来子正要开口，嘴快的小来子已经把价钱说出来："七千。不算高。"

大来子突然对小来子发火："放你妈屁，谁定的价，你敢胡说！东西摆在这儿我说过价吗？七千？那都是人家的出价，这样大开门的东西七千我能卖吗？卖了你差不多！"

小来子机灵。他明白自己多了嘴，马上换一个神气，用拳头敲着自己的脑袋说："哎呀呀，瞧我这破记性！这七千块确实是前几天那个东北人给的价，您不肯卖，还说那人把您当作傻子。是我把事情记差了，把人家的买价记成咱的卖价了。"说完，还在敲自己的脑袋。

高先生当然明白这是瞎话。这世界上瞎话最多的就是古董行。

高先生笑眯眯看着大小来子演完这场戏，便说："我也只是顺口问问，并没说要买啊！说多说少都无妨。"说着便坐下来，掏出烟，先把一根上好的金纸过滤嘴的黄鹤楼递给大来子。大来子馋烟，拿过去插在上下嘴唇中间点着就抽。我一闻这香气沁人的烟味儿，就明白高先生实力非凡。大来子叫小来子给高先生斟茶倒水。

我呢？一动不动地坐在柜里，居高临下，开始观看高先生与大来子怎么斗智斗法。我心里明白，对于我，他俩一个想买，一个想卖。却谁也不先开口，谁先开口谁就被动。于是两人扯起闲天，对我都只字不提，两人绕来绕去绕了半天，还是人家北京来的高先生沉得住气，大来子扛不住了，把我提了出来。不过他也不是等闲之辈，先不说我的价高价低，而是手一指我，对高先生说："今儿您也别白来一趟。您眼高，帮我长长眼，说说它的年份。"

谁料高先生更老练，竟然装傻，说道："你这柜里东西这么杂，叫我看哪件？铜器我看不好。瓷器陶器佛造像还凑合。"

大来子笑道："您看什么拿手我还不知道？铜佛不会找您，就说您刚才瞧上的这木佛吧，您看是嘛时候的？"

"你心里有数还来问我。你整天在下边收东西，见多识广，眼力比我强。"高先生不紧不慢地说。

"您不说是先拿我练？我说出来您可别见笑。依我看——跟我条案上这罐子一个时候的。"大来子停了一下说，"而且只早不晚。"

大来子说的罐子，就是条案上玻璃罩里的那个浅赭色的大陶罐，也正是自己看着眼熟却怎么也想不起来干什么用的那件东西。

"你知道这酒坛子什么年份吗？"高先生问大来子。

大来子一笑，说："您又考我了。大开门，磁州窑的文字罐，自然是宋？"

高先生举起又白又胖的右手使劲地摇，连说："这罐子虽然品相不好，年份却够得上宋。这木佛可就差得远了。"

大来子说："总不能是民国吧。我这件东西，古玩城里不少人可都看过。年份要是不老，那天那个东北人也不会上来就出七千。当然他心里知道这东西什么分量，那家伙是想拿这个价投石问路，探探我的底。"大来子这几句话说得挺巧，把刚刚小来子编的瞎话也圆上了。

我在柜里，把他们一来一去一招一式全看在眼里，商人们的本事，一靠脑筋，二靠嘴巴，看谁机灵看谁鬼看谁会说。我从他们斗法之中真看出不少人间的学问。

高先生听了，随即笑道："打岔了。我什么时候说是民国的东西？

虽然够不上大宋，明明白白是一件大明的东西，只是下边须弥座有点糟了，品相差了些。"

大来子站起身从柜里把木佛拿出来，说："您伸出手来？"

高先生说："你拿着我看就行了。"

大来子执意叫高先生伸出手，然后把木佛往高先生手上一放，说："我叫您掂一掂它的分量。"

高先生立即露出惊讶表情。大来子龇着牙说："跟纸人一样轻吧。没有上千年，这么大一块木头能这么轻？这还是受了潮的呢！再晾上半年，干透了，一阵风能刮起来。"大来子咧着嘴，笑得很得意。

高先生说："这是山西货。山西人好用松木雕像，松木木质虽然不如榆木，但不变形。可是松木本身就轻，山西天气又干，这么轻不新鲜。再说看老东西的年份不能只凭分量，还得看样式、开脸、刀口。我看这一准是大明的做法。"

大来子说："甭跟我扯这些，您看它值多少？"这话一出口，不遮不掩就是要卖了。

高先生本来就想买，马上接过话说："你要叫我出价，我和你说的那东北人一样，也是七千。"

"七千可不沾边。"

"多少钱卖？卖东西总得有价。"

"多少钱也不卖。"大来子的回答叫小来子也一怔。不知大来子耍什么招数，为嘛不卖。

"那就不谈了？"高先生边说边问。

"别人不卖，您是老主顾，您如果非要，我也不能驳面子。"大来子把话往回又拉了拉。

"别扯别的，说要价。"高先生逼大来子一句。

"三个数，不还价。"大来子伸出右手中间的三个手指，一直伸到高先生面前，口气很坚决。古董行里，三个数就是三万。

高先生脸上的假笑立即收了回去，但还是打着趣说："你就等着'开张吃三年'吧。"说完他一边站起身一边说，"不是什么东西都能'开张吃三年'的。古董有价也没价。顶尖的好东西，没价；一般东西还是有价的。"然后说，"不行了，我得走了。今晚北京那边还有饭局，一个老卖主有几件正经皇家的东西托我出手，饭局早订好了。我得赶回去了。"说完告辞而去。

高先生是买家，忽然起身要走，是想给大来子压力。可是大来子并不拦他。

我在柜里看得有点奇怪，大来子不是想把我出手卖给他吗？干什么不再讨价还价就放他走了？

大来子客客气气把高先生送出门后，回来便骂小来子说："都是你多嘴，坏了我的买卖。"

小来子说："我嘴是快了些。可是七千这价也是您定的价啊。再说人家高先生明摆着已经看上咱这木佛了，您干吗把价叫到三个数，这么高，生把人家吓跑了？"

大来子说："你这笨蛋，还没看出来，他这是假走，还得来。"

后来我才懂得，大来子这一招叫"钓鱼"，放长线才能钓大鱼。

小来子在古董行还是差点火候。一个劲儿地问："叫人家高先生看上的都是宝吧？咱这木佛能值大钱吗？"

大来子没说话，他心里似乎很有些底数了。

我却忽然想到，前些天大来子把我从原先那黄脸男主人手里弄来，只花了区区的一百元！古董行里的诈真是没边了。

过了一周，高先生没露面。店里却来了另外两个北京人，点名要看我，给的价很低，才三千元，还说最多是明末的东西。这两人走后，大来子说这两个人是高先生派来诚心"砸价"的，还说很快就有人要来出高价了。不出所料，过了五天来个黑脸汉子，穿戴很怪，上边西服上衣，下边一条破牛仔，右手腕上还文了一只蝙蝠。进门就指着我要看，他把我抓在手里看了半天，张口竟叫出一个"惊天价"——两万块。惊得小来子冒出汗来。谁料大来子还是不点头，也不说自己要多少，只说已经有人看上我了，黑脸汉子出的价远远够不上人家的一半，硬把这黑脸汉子挡在门外。等这汉子走后，大来子说这黑脸汉子也是高先生派来的"替身"。他更得意。他看准高先生盯上我了，并从高先生这股子紧追不舍的劲头里看到我的价值。他拿准主意，一赶三不卖，南蛮子憋宝，非憋出个大价钱不可。他对小来子说："弄好了，说不定拿木佛换来一辆原装的丰田。"

一时弄得我自觉身价百倍。

我虽然只是一个"旁观者"，却看得出来，这小来子费猜了。他既不知大来子想要多少钱，也不知我到底能值多少钱。他和大来子干了好几年，没见过大来子的买卖干得这么有根，这么带劲。一天，他独自在店里，忽然两眼冒光，好似如梦方醒朝我叫道："怪不得他那天把你背回来时，说'抱了一个金娃娃！'，原来金娃娃就是你！"

这一下我反而奇怪了。我是木头的，怎么会是金娃娃？

我一动不动立在玻璃柜里，虽然前后才一个多月，却已经将这各种各样的花花肠子都看得明明白白。人世间原来这么多弯弯绕、花招和骗局；假的比真的多得多。不靠真的活着，都靠假的活着，而且居然活得这么来劲儿。虽然我还是我，却在这骗来骗去中身价愈来愈高，这就是人的活法吗？更叫我不高兴的是，我既然是佛爷，怎么没人拿我当作佛爷敬着，全叫他们当成钱了？而且当作钱那样折腾起我来。

三

一天深夜，我突然发现有两个人影在店铺门口晃动，我刚才看见小来子下班离开店铺时锁了门，不知为什么这两个黑影竟然不费吹灰之力，一拧门把就推开进来。总不会是小来子给这两人留的门吧？

虽然店内关灯，但我是佛，目光如炬，一眼就看清楚走进店内的两个人。一个五大三粗，一个竟然是个光头。两人进来直朝我这玻璃柜走来，拉开玻璃柜，双手伸上来把我端出柜子。他们的目标就是我，动作又快又利索，绝不顺手牵羊拿点别的，只用块黑布把我一包就走。我给这块黑布一包就什么也看不见了。只能听到这两个人跑步的声音。

从他们的跑步声判断，他们似乎上上下下穿越过一些不同空间，有一阵还在一条有回声的通道里奔跑，后来奔跑声就加入他们急促的喘气声。他们跑到一条街上。街上有汽车声。突然，在后边不远的地方有人喊叫："抓住他俩，小偷！抓住他们！"这两人就跑得更快。就在脚步声变得极其紧急与慌张时，忽地发出一声巨响，同时我好像被扔了出去——我确实被扔了出去——可能是抱着我的那人被什么绊倒了，我就从他手中飞了出去。在我飞行在半空时，包着我的那块黑布脱落了。我看到了自己在空中划了一条弧线，然后掉落在地上那非常惊险的一幕！当我撞在地面时，感到眼冒金星，头部和肩部像挨到重锤一样剧疼，不知自己是否被摔坏。

直到完全静下来之后，我发现刚才偷盗我的那两个人已经跑得无影无踪。两个小偷逃命要紧，顾不上我，追小偷的人也没有发现我，我被遗弃在一条深更半夜空荡荡的大街上。偶尔有一辆汽车从我身边飞驰而过，我开始害怕起来，街上一片漆黑，这些夜行车不会看见我，如果它们从我身上一轧而过，我会立即粉身碎骨。更要命的是，我不能动，只有乖乖地等待死神降临。可是我想，我不是佛吗？佛总不会和人一样的命运吧！

忽然，一道强烈的光直照我的双眼。我横躺在街上，看着它直朝我飞驰而来，而且强光愈来愈亮，一辆车！我想我完蛋了，只等着它从身上碾过，突然它竟"吱呀"一声，来个猛刹车。跟着我看见车门开了，一个人从驾驶车位下来，手里拿个电筒朝我走来。走到我跟前用电筒一照，自言自语地说："他妈的，这是什么东西？我还以为一只死猫死狗呢，原来是一截破木头！"他抬起脚刚要把我踢到道边，忽然说，"噢？还不是破木头，一个木头人？木佛吧？老东西吧？大半夜谁扔在这儿呢？"他想了想说，"我得把它抱回去，说不定是件古董。"

只他一个人，他自言自语，然后猫下腰把我抱起来，回到车里去。一进车门，一股很浓重很浓重的酒气扑面而来。一个人坐在车子后排座椅上发出声来："什么东西？"声音咬字不清，像是醉了。

这人把我递给他，说："您看吧，老板。兴许是个宝贝！"

原来车里的醉汉是个老板，抱我进车的是老板的司机。

跟着，我感觉自己躺在一个软软的热热的晃晃悠悠的怀抱里，倒是很舒服。我开始庆幸自己又一次死里逃生。只听这醉醺醺的老板对着我胡说："你真是个宝贝，我的好宝贝吗？不、不、不，我的那些大奶子的宝贝们全在'夜上浓妆'呢！我怎么看不清你呢，你睁开眼叫我好好看看……"

我可真受不了他嘴里喷出的酒气。

前边开车的司机笑呵呵地说："老板，它的眼一直睁着。您自己得睁开眼，才能把它看清楚。"

老板说："去你妈的，多什么嘴，开你的车，天天闻你的屁味儿谁受得了？杨科长说爱放屁的司机根本不能用……"

我还没弄清楚怎么回事，老板就打起很响的鼾声睡着了。只听司机自言自语地说："我忍了半天没放，这就叫你闻个够。"

我还是没弄清楚司机这话什么意思，只听一连串吱扭吱扭关门似的声音，一会儿就闻到一种很臭的气味从车子前边飘到后边，渐渐与酒味混在一起。这种混合的气味叫我无法忍受。我感觉我身体里边又有点发痒，是不是残存我体内的原先那些小虫子也受不了这气味扭动起来了？

转天，我被放在一间气派又豪华的客厅里，老板坐在这里喝茶。此时的老板和昨夜在车里完全两样了。昨天衣衫不整，红着眼珠，口角流涎，满嘴胡言，横在车里像只睡熊。今天穿戴周周正正，挺着肚子，不苟言笑，脸上还有点霸气。我有点不明白，凭老板这种实力，为什么非用那个爱放屁的司机？昨天那屁味现在都不能琢磨一下，太叫人受不了了。

将近中午时候，老板家里来了两个客人。一个像曾经到华萃楼大来子店里去过的高先生，有点身份，只是头发梳得很高，抹了许多油。另一个文绉绉，肉少骨多，衣着古板，人还文气。听他们一说话，那个像高先生、头上抹油的人，老板称他华先生。文绉绉这位是在博物馆工作的文物鉴定员，老板称他曲老师。客人进来没有落座，就叫老板引到我身前，一起把我好好端详，然后才落座，饮茶，开始对我品头论足。

两位客人先说我"这件东西"不错，是"山西货"，曾经施彩，甚至沥粉和饰金。虽然年深日久，但还留有痕迹。看来这二位说话比较公道，因为不是买卖关系的，没有故意褒贬。由他们嘴里我还对自己有了进一步的认识，我听后不仅吃惊，还大喜过望。他们说出我正式的名称，叫作"菩萨坐像"。他们还有根有据说出了我的年代，属于宋元物件。华先生说是元初，因为我身上已经有一点辽金以来的"野气"。曲老师却一口咬定我是宋佛。曲老师说，宋代的菩萨还没有完全"女性化"，故看上去身躯有点伟岸，唇上有髭。元代就完全没有了。曲老师还说，这皮壳下边肯定有一层彩。欧洲人修这种老木器很有办法，而且是一厘米一厘米地修，能叫皮壳下边的彩绘充分显露出来，咱们的技术还不行。如果真能露出彩绘，肯定大放异彩。那就得送到欧洲去修。

二位客人中，曲老师是货真价实的专家，还常在电视台"鉴宝"节目里露面。经曲老师这么一说，那位华先生便不敢再多嘴。

老板欣喜异常，他对露不露彩绘的颜色没兴趣，只想知道值多少银子。他笑嘻嘻地用"鉴宝"节目的口气说："您给个价吧。"

曲老师说："在咱们国内真不好说，咱国内藏家的收藏不是出于爱好，大半为了升值；文化不行，审美也差，根本看不出好来。这件东西要拿到香港拍卖得大几十万。在咱国内最多十个八个吧。"

这句话把老板说得脑袋像一朵盛开的大牡丹。

经曲老师金口玉言地一说，我确而无疑地身价百倍了。你是否认为我心里也开花了呢？别忘了——我是佛，心无俗念，只望有个清幽静谧的地方，空气纯净，安全牢靠，不像现在活得这么揪心。想想吧，既然我这么值钱，下一步这大老板会拿我去做什么？这些有钱的人没好处的事绝不会干。

事情有点出乎我的意料。没想到这老板家有个佛堂。

老板娘信佛。可是他家有钱，去庙里烧香怕招事，就把"庙"请进家里，在家里建个佛堂。他家里的事老板娘说了算。家里豪华气派，佛堂更是豪华气派。佛龛、供桌、供案、供具，全都朱漆、鎏金、贴金、镶金。还花了不少钱请了北京一位书法名家题了两幅字。一幅是"佛缘"，一幅是"心诚则灵"，词儿挺俗，却刻成匾挂在迎面大墙上。佛龛里的佛除去金佛就是玉佛。听这里人说，曾经也有做买卖的关系户为了讨老板娘欢喜，使大价钱从古玩行买来几尊佛，件件够得上文物。但老板娘嫌旧嫌脏，还是喜欢自家请来的锃光瓦亮的金佛玉佛。她说她自己请来的这些佛一看就有财气。

为此，我先被老板送到曲老师的博物馆，请一位修复师把我悉心清理一番。拿回来放在佛堂一角一个又明显又不明显的地方。因为老板不知老板娘对我是否喜欢。喜欢就往前摆，不喜欢往后放。看来我和这老板娘缺点缘分。她一见到我，就用鼓眼皮下边一双挑剔的小眼睛瞅我，脸上一点笑容也没有。她不像大来子、高先生和曲老师，对我有一种欣赏的目光。她似乎讨厌我，瞥了我几眼后，只说了一句："怎么这么破，别给我这佛堂带进虫子来。"

老板说："这尊佛一千年，哪能囫囵个儿。我已经请曲老师用了他们博物馆从英国进口的最先进的防虫药。"事后，老板就叫人把我挪到供案左边另一尊佛弟子阿难立像的后边。我心想，不管立在哪里，安稳就好。

老板娘不喜欢我，我也不喜欢这肥婆。虽说她信佛敬佛，一天早晚两次来佛堂磕头烧香之外，碰到任何大小麻烦都还要跑到佛堂来念叨一番，把头磕得山响，求我们帮助。于是我知道她家哪只股票要跌，哪个楼盘钱顶不住，哪个领导软硬不吃，哪个亲戚赖钱不还，再有就是老板近来又夜不归宿了。她把她恨谁、咒谁死也告诉我们，叫我们帮她。哪有佛爷管这件事的？我又想了：人间信佛礼佛敬佛拜佛，都是为了自己这点屁事、这点好处吗？

一天，老板把城南大佛寺的住持请来，请他指点一下我们这佛堂的摆设是否合乎规制，还缺什么。老板与这位住持闲话时说的话，我也全听到了。

老板问道："到您庙里去的善男信女多吗？"

住持见左右无人，说出点实话："现在哪还有几个真正的善男信女？都是烧香磕头来的。拜佛都是求佛。把自己解决不了的事推给佛爷。"

老板说："都是些什么人？"

住持立即回答："六种人。"

老板："噢，您都归纳好了，哪六种？说说看。"

住持开口便说："第一种是得重症的，生死未卜，来求佛爷；第二种是高考的学生，前途未卜，来求佛爷；第三种是你们做买卖的，盈亏未卜，来求佛爷。对吗？"

老板："没错。第四种呢？"

住持接着说："第四种是女人没有孩子，身孕未卜，也求佛爷；第五种是每次官员换届时，前程未卜，来求佛爷。官员都是偷偷来，自己一个人，连秘书也不带，悄悄来烧香磕头，完事低着头走掉。第六种，你猜是谁——"

老板想了想，说："我怎么知道？"

住持说："去比赛的足球队员，赢输未卜。一群壮汉一起来磕头、求佛。"住持跟着又说一句，"你想想，这六种人加在一起，每年到庙里会有多少人，香火还能不盛？"

这话叫老板听了哈哈大笑。一时我也笑，满佛堂的佛都大笑起来。

其实我们这些佛都只是心里笑。既无声音，也无表情。对人间的各种荒唐无稽，从来都是淡然相对，心怀悲悯，可怜世人的愚顽。

四

我终于没能在佛堂中待住。一天，老板那个爱放屁的司机把我从供案抱下来，放进一个讲究得有点奢侈的金黄色的锦缎盒中。我进了盒子里就什么也看不见了。我感觉自己被放在汽车里，开出了老板家。听说话车里还是老板和司机两个人，装着我的盒子就放在老板身边。他们要把我送到哪儿去，拍卖吗？

虽说佛主天下，我却不能做自己的主。谁有钱谁做我的主。本来佛是人想出来，造出来，给人用的。可是人们为什么还要给佛磕头，这事是不是太过离奇？

我听见老板说话的声音："我还是不甘心把它送给这陈主任，毕竟几十万啊！"

司机的声音："人家批给您一个工程能赚多少钱？人家不是没给您帮过忙。当初把市里盖那个大剧院的活给您之前，甭说这一个佛，五个佛您也送了。再说这个佛是咱在大街拾的，白来的。"

老板说："哪是拾的？是天上掉的馅饼。要拾，怎么不叫别人拾到？"

司机说："您要不早早送出去，哪天叫您太太拿出去卖了，她还叫我用手机拍下来去打听价钱呢。卖了钱也到不了您手里。"

老板说："她怎么这么不喜欢这个佛？"

司机说："人家不喜欢旧的，喜欢新的呗！我也看着佛堂里那些金佛玉佛漂亮。如果不是曲老师说值几十万，您会喜欢吗？谁会喜欢旧的？谁不爱值钱的？"

老板说："那就不知道这陈主任懂不懂了。"

司机说："您会用得着为他操心？他秘书打一通电话，能把咱们市里最懂行的专家都叫去。不管懂不懂，懂得值大钱就行。"

老板忽说："他会不会把那个搞电视'鉴宝'的曲老师也找去？"

"肯定会！"司机说，"曲老师懂市场行情，能定价啊。"

老板说："那就坏了，曲老师就会知道咱把这木佛送给陈主任了。"

司机的笑声。他说："这您就不知道了，曲老师为嘛懂得行情？他整天在外边也折腾古董，搞钱。现在的专家哪个不憋足劲儿搞钱？您是用能耐搞钱，人家用学问搞钱。如果这佛叫曲老师沾上，美死他了，他准会使点法子，从这佛爷身上搞出一大笔钱来呢。您怕他把您说出去？他才不会呢。闷声发大财嘛。"

"是啊！"老板说，"他可以给陈主任介绍个大买家，做中间人。"

司机说："赚钱的法子多着呢，只有我靠卖苦力搞钱。"

他们笑起来。

我在盒子里一听，原来那个博物馆的专家和这些买卖人并无两样，甚至更厉害了：一边在电视上捞名气，一边在市场上捞钱。

两人在车里正说得热闹。老板忽说："你怎么又放屁了？"

我听了一怔，并没有闻到那天那种奇臭。我马上想到我被严严实实关在锦盒里边，而且锦盒里有一种樟木的香气。我为自己感到庆幸。只听司机说：

"我糖尿病吃的药拜糖平，就是屁多。十年前我刚给您开车时哪有屁？我的糖尿病就是跟着您天天晚上在酒店饭馆歌舞厅陪着您应酬吃出来的。"

老板的声音："你小子天天在车里放屁熏我，居然还怨我，哪天我找个没糖尿病的司机把你换了！"

司机的声音有点发赖："老板您舍得换我吗？我管不住屁眼却管得住嘴，这么多年这么多事，您哪件事哪个人名哪句话从我嘴里漏出去过。您心里有数。哎，老板，现在马上没味了，我已经打开'送风'了。"

老板的声音："送什么风，开车门吧，咱们到了。"

当锦盒被打开，我被拿出来放在桌上，来不及弄清这是什么地方，只见眼前站着三个人，其中一个是老板，但他靠边靠后站着。中间一人倒背着手，沉着脸看着我，那神气好像他是佛。他身边站着一个年轻人，肯定是秘书了。中间那人一动不动站着，呆呆瞧着我，似懂似不懂，他也不表示喜欢与否，站了一会儿便转过身向右边另一间屋子走去，老板和秘书马上跟在他的后边一起走去；好像他走向哪里，别人就得跟着走向哪里。他大概就是陈主任了。

在他们走进另一间屋子之后，由于距离太远，我就听不清他们说些什么了。能听到都是"喝茶、喝茶"，过一会儿还是"喝茶"。又过些时候，老板似乎告别而去，他走时没经过我这间屋子。看来我被陈主任留下了。随后那年轻的秘书走进来，重新把我放进锦盒，轻轻关好。我好像被拿到什么地方放好，跟着我听见关柜门和上锁的声音。

我以为从此要过一阵"深藏密室"的绝对平静的生活。我想得美！只过了几天时间，我就给从锦盒里拿出来放在桌上，陈主任陪着一个人对着我瞧。这人并不是曲老师，刚才秘书向陈主任来报客人姓名时，说是"北京嘉宝拍卖行的黄老"。我想，陈主任是不是行事谨慎，刻意回避了曲老师这类本地人？黄老的年纪总有六十开外，谢顶，衣装考究，气度不凡，陈主任一口一个"黄老"称呼他，口气似很尊敬。他对我看得十分仔细，还几次用"不错"两个字夸赞我。在陈主任到另一间屋接听电话时，他紧盯着我胸前的璎珞与飘带细看，忽然脸上露出极其惊讶的表情，好像发现了宝物。等陈主任听过电话回来，这黄老立刻把脸上惊讶的表情收了回去，对主任只淡淡说了一句：

"东西不错，您要想出手就交给我吧。"

陈主任说:"交给你我自然放心。"

黄老说:"您的东西不上拍为好,我拿到香港去找买家。国内买家大都是土豪,只认鎏金铜像,要讲看历史看文化看艺术还得是人家欧洲人,肯出高价的也是人家。"

陈主任说:"东西太老不能出关吧。"

黄老笑得露出牙来。说:"您下次去香港去到荷里活老街那些古玩店看看就明白了,汉俑魏碑唐三彩,全是新出土的。只要肯出钱,什么东西都能出去。不单能出去,您要是咱们大陆的人,在那儿买了几件,东西还不用自己往回带,自管回来后到北京潘家园这边来取。"

陈主任听得瞠目结舌,说:"那就交您全权去办吧。"

黄老说:"那好,别的事我就和小袁秘书说吧。"说完便告辞而去。我就被装进锦盒再装进他座驾的后备厢里。

自从离开天津,我便找不到北了。

我被转手好些地方,经手好多拨人,至少被十五六个人看过,而且是在各式各样的环境里,高贵讲究的,粗俗不堪的,一本正经的,文气十足的,我对什么样的环境毫不在意,这都是人间的各种把戏,我只求一己的清净。

我的转机出乎我的意料!

那天——我也不知自己在什么地方。一个外国人拿着一大一小两个放大镜仔细打量我。外国人这么看佛吗?我第一次看到外国人,他脸上的胡子修理得很干净,根根见肉;牙齿像瓷器那么光滑透亮,金丝边的眼镜框后边一双蓝色的小圆眼珠专注地看着我。他那股认真劲儿给我一种好感。他有一个翻译，把他的话翻译成中文，说给我当时的经手人徐经理听。他说我身上刀刻的线条很深，刀法简练有力，只有宋人才有这么好的刀法。徐经理只是连说："是、是、是。"这个外国人又说一句："这种刀法，很像你们宋代北宗山水画使用的中锋的线条，非常有力，非常优美。"他挑起大拇指。

徐经理只是点头，赔笑，说是。看来他没太听明白。难道中国人对自己的好东西还不如外国人懂？

当这外国人看到我胸前的璎珞和衣衫，也和当时北京嘉宝拍卖行的黄老一样露出同样惊讶的表情，他轮番用大小两个放大镜一通看，最后开始与徐经理谈价钱。那些话即便有翻译，我也听不懂了。

为了我，这个外国人至少到徐经理这儿跑了三趟。最后他们开始对我进行精细的包装，当一些有弹性的细绵纸把我小心翼翼地缠绕起来后，我就什么也看不见、听不到了，我只能随遇而安了。

过了很长的时候，当我被从一层又一层包装中取出来后，我看到许多稀奇古怪的脸，红的、黑的、白的、满是毛的，全是外国人对着我惊奇地张着嘴，其中一个竟然用不流畅的中国话对我说"欢迎你来到德国德里斯顿温格艺术博物馆"，然后他们一同露出很友好的笑容。

他们不会相信我一个"木头人"能听见他们的话吧。我呢？则是惊讶自己的奇遇，我居然来到一个从来没有佛也不信佛的世界中来。这样会更糟糕吗？我还会碰到怎样更惊险和古怪的遭遇吗？

想不到吧，我现在已经是德里斯顿温格艺术博物馆的骄傲了。

　　这里边有一个重要原因连我也不曾料到。在我一连串匪夷所思的经历中，只有三个人曾经看到藏在我身上的奥妙。最早是那位搞"鉴宝"的曲老师，后来一个是北京嘉宝拍卖行的黄老，最后一个是把我"买"到德国来的那个外国人。他们都发现我身体一层皮壳下边，还保存着一些宋代彩绘的颜色。在我进了德里斯顿的博物馆后，他们请来一些修复古物的高手，动用了很多高科技，将我身上一些没有价值的表皮和污迹，一点点极其小心地除掉，这样前后居然干了半年。我没想到他们在我身上下了那么大功夫，却渐渐将皮壳下边一千年前的色彩，美丽的朱砂、石绿、石青、石黄五彩缤纷地显露出来，叫我古物重光，再现当年的辉煌。连我自己看了都大吃一惊。好像我穿了一件无比尊贵的华服！原来我竟是这般惊艳！哈哈哈哈，大来子、高先生、老板、陈主任要是见了，准要后悔不迭、捶胸顿足呢！我最初那个黄脸男主人说不定还要跳河呢！

　　我现在就在温格博物馆B区亚洲古代艺术一展厅的正中央。他们给我量身定制一个柜子。柔和的灯光十分考究又精妙地照射在我身上。最舒服的是柜子里边的空气，清爽滋润，如在深山。柜子的一角有各种仪表，可以保证这种舒适无比的温度和湿度一直不变。最神奇的是，原先我体内那些肉虫子好像全死光了，再没有任何刺痒。最美好的感觉还是站在玻璃柜前的人们都在欣赏我、赞美我，没人再想打我的主意，拿我赚钱。

　　我应该从此无忧无虑了吧。可是渐渐我忽然有点想家，有点彷徨和失落，有点乡愁吧。可是我的家又在哪儿呢？大来子的古玩城还是那个老板家的佛堂？我是佛，一定来自一处遥远的庙宇或寺观，那么我始祖的寺庙又在哪里？

创作手记

荒诞小说是可以放下太多东西的大袋子

去岁将尽，写过《单筒望远镜》，我许久未能从自己制造的文学氛围中走出来。对于写作者，小说氛围就是自己的内心氛围。这个用历史现实主义描述的殖民时代的故事，太庄重、太压抑、太忧伤，它快成了我的一块心病。这时候，一个偶然的契机，实际上当时只是看到书桌对面一尊宋代的木佛，心里冒出了一句话："我的事你全知道，你怎么一句话也不说？"这便是《木佛》的由来。而我好像找到一扇门，一下子从多日的困扰中解脱出来。

其实作家写法的改变，常常源自于一种心理的需求。当现实主义把我们捆缚得寸步难行和无路可走时，浪漫主义和荒诞主义就诞生了。

荒诞，原本是一个大袋子。你那些现实主义装不进去的东西，都可以装到荒诞这个袋子里。因为，你可以把这些东西压扁、扭曲、变形，只留下它的精魂。荒诞是变形不变神。你放开手写它，你还有放纵想象的快乐，并使读者获得阅读的快乐。我的文学不能总叫读者如攀珠峰，如搞科研；他们还需要阅读的快乐和快乐的阅读。如此说来，我要感谢《木佛》的到来，给我一个特殊的写作体验。

雕花烟斗

一　老花农

他被这大盆光灿灿的凤尾菊迷住了。

这菊花从一人多高的花架上喷涌而出，闪着一片辉煌夺目的亮点点儿，一直泻到地上，活像一扇艳丽动人的凤尾，一条给舞台的灯光照得熠熠发光的长裙，一道瀑布——一道静止、无声、散着浓香的瀑布，而且无拘无束，仿佛女孩子们洗过的头发，随随便便披散下来。那些缀满花朵的修长的枝条纷乱地穿插垂落，带着一种山林气息和野味儿。在花的世界里，唯有凤尾菊才有这样奇特的境界。他顶喜欢这种花了。

大自然的美使他拜倒和神往。不知不觉间他一只手习惯地、下意识地从衣兜里掏出一个挺大的核桃木雕花烟斗，插在嘴角，点上火，才抽了几口，突然意识到花房里不准吸烟，他慌忙想找个地方磕灭烟火，一边四下窥探，看看是否被看花房的人瞧见了。

花房里静悄悄，幸好没有旁人，他暗自庆幸。可就在这时，忽见身旁几片肥大浓绿的美人蕉叶子中间，有一张黑黑的老汉的脸直对着他。这张脸长得相当古怪，竟使他吓了一跳。显然这是看花房的人，不知什么时候站在这里的，而且没出一声，好像一直躲在叶子后边监视着他。一双灰色的小眼睛牢牢盯着他嘴上的烟斗。烟斗正冒着烟儿。他刚要上前承认和解释自己的过错，那老汉却出乎他的意料，对他招招手，和气地说：

"没关系，到这边来抽吧！"

他怔了一下，不觉从眼前几片蕉叶下钻过去。老汉转过身引着他走了几步，停住，这里便是花房的一角。

这儿，靠墙是条砖砌的土炕，上边的铺盖卷成卷儿，炕上只铺一张苇席；炕旁放着一堆短把儿的尖头锄、长柄剪子、喷水壶、水桶、麻绳和细竹棍之类；炕前潮湿的黄土地扫得干干净净。中间摆一个矮腿的方木桌，只有一尺多高，像炕桌；隔桌相对放两把小椅子——实际上是凳子，不过有个小靠背，像幼儿园孩子们用的那种小椅子。桌椅没有涂漆，光光的木腿从地上吸了水分，都有半截的湿痕。桌面上摊开一张旧报纸，晾着几片焦黄的烟叶子……看来，这看花房的老汉，还是个收拾花的老花农呢！以前他来过这里几次，印象中似乎有这么个人，但从未注意过。

"您自管抽吧，这儿透气。"

老花农指床上边一扇打开的小玻璃窗说，并请他坐下，斟了一碗热水，居然还恭恭敬敬放在他面前。使他这个犯了错的人非常不安，也更加不明白老汉为什么如此对待他。

随后，老花农坐在他对面，打腰里拿出一杆小烟袋和一个圆圆的磨得锃亮的洋铁烟盒，打开烟盒盖儿，动手装烟叶。但这双手痉挛似的抖着，装了一阵子才装满。点上火抽起来，也不说话，却不住地对他露出笑容，还总去瞟他叼在嘴上的烟斗。他从老花农古怪的脸上，很难看出是何意思。是善意地讥笑他刚才的过失，还是对他表示好感呢？自己能引起别人什么好感来？他百思莫解，老花农却开了口：

"唐先生，您还画画不？"

他怔住了。"您怎么知道我姓唐？还知道我画画？"他问。

"啥？"老花农侧过右耳朵。

他大点声音又说一遍。

老花农两颊上的皱纹全都对称地弯成半圆形的曲线，笑眯眯地说：

"先前，您带学生到这儿来画过花儿，咋不知道。您模样又没变……"

唐先生想了想，才想起这是六十年代中期"文化大革命"的狂潮到来之前的事。由于这儿的花开得特别好，他曾带学生们来上写生课，而且是在他喜欢的这凤尾菊盛开的时节。时隔六七年，老花农居然还记得。尤其近几年的骤变，过去的事对于他犹如隔世的事，去之遥远。像他这样的一个红极一时的大画家，好比高高悬挂的闪烁辉煌的大吊灯，如今被一棒打落下来，摔得粉粉碎。那些五光十色、光彩照人的玻璃片片，被人踩在脚下，无人顾惜。他落魄了，被人遗忘了，无人问津了。原先整天门庭若市，现在却"门前冷落车马稀"；那些终日缠在他身旁的名流、贵客、记者、编辑、门生、慕名而来的崇拜者，以及附庸风雅的无聊客，一概都不见了。他就是一张盖了戳的邮票，没有用处。而当下，居然被这老汉收集在记忆的册子里。他心里不禁泛起一阵酸楚和温暖的感动的微波。"您居然还记得我，好记性呀！可我，我现在……不常画了。"他因感慨万端，声调低沉下来。

"啥？"老花农又是那样偏过右耳朵。

"不常画了。"

"明白，明白。"老花农像个知心的人那样，深有所感似的、会意地点了点头，跟着加重语气说，"不过，还是该画，该画。您画得美，美呀……"

"我？可您并没见过我的画呀！"他想自己在这儿给学生们上写生课时，并没动手画过。一刹那，他觉得老花农在对自己客套，拉近乎。

"不！"老花农说，"您的画印出过画片，俺见过，画得美呀！"

老花农赞美的语气是由衷的，好像回味吃过的一条特别美味的鱼似的。看来，这老汉不只是在花房认识自己的，还注意过自己的作品，耳闻过自己的声名。难道在这奇花异卉中间，在这五彩缤纷的花的天地里，隐藏着一个知音吗？好似深山幽谷之间的钟子期？他惊异地望着对方。当他的目光在老花农古怪的脸上转了两转，这些离奇的猜想便都飞跑了——

谁能从这老花农身上、脸上和奇形怪状的五官中间找到聪慧、美的知识的影子呢？瞧，他穿一身皱巴巴的黑裤褂，沾满污痕，膝头和领口的部分磨得油亮；像老农民那样打着裹腿，脚上套一双棉鞋篓子；面色黧黑，背光的暗部简直黑如锅底，这颜色和衣服混成一色；满脸深深的皱纹和衣服的皱褶连成一气。他身子矮墩墩，微微驼背；罗圈腿，明显地向里弯曲。坐在那里，抱成一团，看上去像一个汉代的大黑陶炉，也只有汉代人才有那种奇特的想象，把器物塑造得如此怪异——他的脑门向外凸成一个球儿；球儿下边，便是两条猿人一般隆起的眉骨，眉毛稀少；眼睛小，眼圈发红，眸子发灰，有种上年纪人褪尽光泽而黯淡的眼神。下半张脸差不多给乱杂杂的短髭全盖上了。那双扇风耳，像假的，或者像唯恐听不清声音而极力挓开。尤其总偏过来的右耳朵，似乎更大一些……就这样一个老汉，给人一种不舒展、执拗和容易固守偏见的感觉，好似一个老山民，一辈子很少出山沟，不开通，没文化，恐怕连自己的名字都不会写；而且岁数大了，耳朵又背，行动迟缓而不灵便。他往烟袋里塞满烟叶子，一半掉落在外，也不去拾。掉多了，就垂下一只又黑又厚又粗糙的手，连地上的土渣一齐捏起来，按在烟锅里，并不在意。老年的邋遢使他显得有些愚笨。由于语言少，他夸耀唐先生的画时，除了"美，美呀！"之外，好像再没有其他词语了。唐先生很少听人用"美"这个字眼儿来称赞画。这个字眼儿本身就含着很深的内容，尤其是现在从这样一个黑老汉的嘴里说出来，就显得很特别，不和谐，不可思议。这个"美，美呀！"究竟是指什么而言，是何内容，难道是对自己的艺术发自内心的一种感受？唐先生心想，或许这老汉听人说过自己的大名，偶然还见过自己大作的印刷品，碰巧发生了一时兴趣，但仅仅是一种直觉的喜爱，与对艺术的理解无关。这种喜爱即便有理由，也是出于无知和对艺术幼稚的曲解。仿佛我们听鸟叫，觉得婉转动听，但完全不懂鸟儿们说些什么；两只鸟儿对叫，可能在相互生气谩骂，我们却以为它们在亲昵地召唤或对歌……

他俩坐了一阵子。老花农似乎无话可说，默默抽着烟。老花农烟抽得厉害，铜烟嘴一直没离开嘴唇。唐先生呢？也没有更多的话可说。不过，他不再像刚才那样——由于自己犯了花房的规矩而不安和发窘了。心里舒坦，津津有味地抽着自己的烟斗。可是他发现老花农仍在不时瞅他嘴上的烟斗。他不明其故。"您来尝尝我的烟斗丝吗？"他问。

"不！"老花农笑眯眯地说，他笑得又和善又难看，"俺是瞧您的烟斗挺特别……"

他的烟斗比一般的大。上边雕着一只肥胖的猫头鹰，栖息在一段粗粗的秃枝上，整个图形是浮雕的，凸出表面；背后是一个线刻的圆圆的大月亮，实际上只是一个大圆圈，却十分洗练，和浮雕的部分形成对比，画面显得十分别致和新颖。他把烟斗磕灭火，递给老花农。

"这烟斗是我自己刻的。"他说。

老花农接过烟斗，双手摆弄着，目不转睛地瞧着。然后仰起脸对唐先生赞不绝口："美，美，美呀！"那双灰色的小眼睛竟流露出真切的钦慕之情，使他见了，深受感动。这烟斗是他得意的精神产儿啊！但他跟着又坚信，烟斗上那些奇妙的变形和线条的趣味，绝不在老花农的理解之中。此时，他脑袋里还闪过一种对老花农并非善意的猜疑。他疑心老花农对他如此敬重，如此赞美，是看上了他的烟斗，想要这烟斗。他瞅着老花农对这烟斗爱不释手的样子，便说：

"您要是喜欢这烟斗，就送给您吧！"

不料，老花农听了一怔，脸上的表情变得郑重又严肃，赶忙把烟斗双手捧过来，说：

"不，不，俺要不得，要不得！"

"您拿去玩吧！我家里还有哪！"

"您有是您的。俺不能要！"

老花农一个劲儿地固执地摇脑袋，坚决不肯要。他客气再三，老花农竟有些急了，脸色很难看，黑黑的下巴直打战，好像被人家误以为自己贪爱他人之物，自尊心受不了似的。老花农激动得站起身，把烟斗用力塞回到唐先生的手掌里。唐先生只得作罢，将烟斗装上烟斗丝，重新插在嘴角，点上火。

这样，唐先生对陌生的怪模怪样的老花农的认识便进了一步。除了感到他个性十分固执之外，还感到他很质朴和诚实。对自己的敬重是实心实意的，没有任何利欲的杂质。尽管他依然确信老花农对艺术一窍不通，仅仅出自一种外行的欣赏方式，与自己毫无共同语言。但由于自己长时间受尽歧视，饱尝冷淡和受排斥的苦滋味，在这里所得到的敬重对于他便是十分珍贵的了。尤其这一片单纯、温厚、自然而然的人情，好比野火烧过的荒原上的花儿、寒飙吹过的绿叶那样难得。

从此以后，尽管这花房离他家不算太近，他却常来坐坐，特别是在凤尾菊盛开的时刻。他来，看过花，便和老花农相对而坐。两碗冒着热气儿的开水，两个冒着白烟儿的烟锅。周围是艳丽缤纷的花的海洋，静静地吐着芬芳。没有一丝风儿，但可以一阵阵闻到牡丹的浓香，一会儿又有一股兰花的幽馨暗暗飘来。两人的话很少，常常默默地坐到薄暮。窗子还挺亮，花房内已经晦暗，到处是模模糊糊的色块，对面只能见到一个朦胧的人影。这时，老花农完全变成一尊大黑陶炉子。只有在一闪一闪的烟火里，才隐隐闪现出那副古怪的面孔。

从偶然、不多的几句话里，他得知老花农姓范，唐山北边的丰润县人，上几代都是花农；从三十多岁他就来到这属于郊区公社的小花房工作，为市区各机关的会场增添色彩，给许许多多家庭点缀生活的美。他老伴早已病故，有个儿子，在附近的农场修水渠。这间充满阳光、花气和潮湿的泥土气味的小花房便是他的家。除此，再不知道旁的，似乎老花农再没有什么可以告诉他的了。两人默默对坐，并不因为无话可说而觉得尴尬，相反，却互相感受到一种满足。至于老花农以什么为满足，他很难知道。但他从老花农凝视着他和他嘴上的烟斗的含笑的目光里，已经明确地感觉到了——老花农难道真的懂得他的艺术，只是不善于表达？不，不！这雕花的烟斗，目前在他生活中、在他精神的天地里的位置，旁人是很难想象得到的。

二　画家

一些巴黎的穷画家，曾经由于买不起画布和颜料，或者被饥肠饿肚折磨得坐卧不宁，就去给酒吧间的墙上画金月亮，换取一点甜酒、酸黄瓜、面包和亚麻布，跑到家，趁肚子里的食物没消化完，赶紧把心中渴望表达出来的美丽的形象涂在画布上。

我们的唐先生则不然。现在，所有的画家都靠边站，又没有课教，待在家无事可做。他每月十五日可以到画院的财务室领到足够的薪金。天天把肚子塞得鼓鼓的，像实心球；精力有余，时间多得打发不出去。画瘾时时像痒痒虫弄得他浑身难受，但他不敢去摸一摸笔杆。

这是当时我们的文学艺术家们共同的苦恼。文坛上拉满带电的铁丝网，画苑里遍处布雷；笔杆好像炸弹里的撞针，摆弄不好，就会引来杀身之祸。

时间久了，锡管中黏稠的颜色硬结成粉块，好似昆虫学家标本盒里的死蚂蚱；画布被尘埃抹了厚厚的一层；笔筒中长长短短的画笔中间结上了亮闪闪的蛛丝……

他整天无所事事，又很少像从前那样有客来访，无聊得很。他怀念往事，怀念失去的一切，包括那飞黄腾达的岁月里种种出风头和得意的事情。那时，不用他去找，好事会自己跑上门来，还是请求他接受。如今却只有寂寞陪伴着他。但他总不能浸在回忆里，要摆脱。他曾同别人学过钓鱼、下棋、打牌，借以消磨时光；他却发现自己缺乏耐性，计算、推理和抽象认识的能力极差，无论怎样努力也养不成这些嗜好。他还学过一阵木工。虽然他五十余岁，身子蛮壮，结实的肌骨里还蕴藏着不少力量，拉得了大锯，推得动大刨子。前几年的大风暴里，他的家具被抄去不少，自己动手做些应用的家具，倒还不错。经过努力，他的木工活学到能粗粗制成一张桌子或一只碗橱的程度，但没有一件家具能够最后完成，总是设计得好，做得差不多就没兴致了。草草装配上，刷一道漆色；往往是这里剩下一个抽屉把儿没安，那里还有一扇玻璃柜门没装上去，就扔在一边，像一件件半成品，无精打采地站在屋子四边……他不能画画，就如同一个失恋的人，一时做什么事都打不起精神来。

一次，他闲坐着，嘴上叼一只大烟斗。无意间，目光碰到又圆又光滑、深红色的烟斗上。他忽然觉得上边深色的木纹，隐隐像一双敦煌壁画中的飞天人物；他灵机一动，找到一把木刻刀，依形雕刻出来，再用金漆复勾一遍，竟收到了意想之外的效果。这飞天，衣袂飞举，裙带飘然旋转，宛如在无极的太空中款款翱翔，并给阳光照得辉煌耀目。真有在莫高窟里翘首仰望时所得的美妙的感觉。那些刀刻的线条还含着一种他从未感受过的浓厚又独特的趣味。如此一来，一只普普通通的烟斗便变成一件绝妙的艺术品。一下子，他就像在难堪的囚居中找到一个新天地，在焦渴的荒漠中发现一汪清泉；像孩子突然拾到一个可以大大发挥一下想象的木头轮子似的，兴致勃勃、欣喜若狂地摆弄起这玩意儿来。

　　他钻到床底下，从一只破篮子里翻出好几个旧烟斗，几天内全刻了出来。有的刻上一大群扬帆的船；有的雕出一只唧啾不已、活灵活现、毛茸茸的小雏雀；有的仅仅划几条春风吹动的水纹，几颗淡淡的星；有的则仿照汉画中带篷子的战车，线条也逼真地摹拟出汉画拓片上那种浑古苍拙的味道。现成的烟斗刻完了，他就找来一些硬木头、干树根、牛角料，自制烟斗。雕刻的技术愈来愈精，从线刻到浮雕、高浮雕，有的还在表层打孔和镂空。再加上煮色、磨光、烫蜡和涂漆，精美无比。它和一般匠人们雕刻的烟斗迥然不同。匠人们靠熟练得近似油滑的技术，式样千篇一律，图形也都有规定的程式，严格地讲那仅仅算是玩意儿，不是艺术品。而唐先生的烟斗，造型、图纹、形象、制法，乃至风格，无一雷同。他把每只烟斗都当作一件创作，倾尽心血，刻意经营。在每一个两三厘米高的圆柱体上，都追求一种情趣，一种境界……他把雕好的烟斗摆满一个玻璃书柜——里边的书早被抄去，原是空的——这简直是一柜琳琅满目、绝美的艺术珍品。在这里，可以见到世纪前青铜器上怪异的人形，彩陶文化所特有的酣畅而单纯的花纹，罗马建筑，蒙娜丽莎，日本浮世绘中的武士，北魏佛像，昭陵六骏，凯旋门，武梁祠石刻，韩幹的马，韩滉的牛，郑板桥的竹子，埃及的狮身人面像，华特·迪士尼的卡通人物。这些图形都保持原来的艺术风格和趣味，不因模仿而失真。有的原是宏幅巨制，缩小至千分之一刻在烟斗上，毫不丢掉原作的风神、气势和丰富感。还有些用怪模怪样的老树根雕成的烟斗，随形刻成嶙峋的山石，古鼎或兽头，海浪或飞云。文明世界的宝藏，人世间的万千景象，都是他摄取的题材。他的变形大胆而新奇。为了传神，常常舍弃把握得很准确的物象的轮廓；他在艺术上向来反对单纯地记录视网膜上的影像；在调色板上，他主张融进内心感受的调子。此时，他把这一切艺术理想都实现了。

他如同真正从事创作时那样，有时一干就是一整天。半夜里，有了想法也按捺不住跳下床来，操起雕刻刀。得意之时，还要把老伴推醒共同欣赏。老伴与他三十年前同毕业于一座艺术院校，有一样的理想和差距不大的才华。结婚后，老伴为了他，把个人的抱负收拾起来，或者说是全部地加入到他的理想中。瘦削单薄的肩膀挑起生活的重担，却以他的成功为欢乐。默默与他一起分享荣誉的快感和事业上的收获。当有人宣布他的前程已经被毁灭时，老伴表面上比他不在乎，心里反比他更沉重，更灰心失望。现在，老伴见他从多年的苦闷里找到一种精神的寄托，心中深感安慰。不管怎样，在旁人眼里烟斗是个玩物，不被留意。画画的，不去画画，还有什么麻烦？有时，老伴见他居然从这么一个小东西上获得如此之多的快乐，还忍不住偷偷掉泪呢！

想想看，这一切老花农哪里懂得。如果说老花农是他的知音，恐怕是自寻安慰吧！然而，艺术家需要的不是家庭承认，而是社会承认。也许由于唐先生的周围万籁俱寂，无人赏识，无人喝彩，无人搭理他，太寂寞了；老花农这里发出的一个孤孤单单的苍哑的回声，多多少少使他得到一点充实。

三　时来运转

秋风一吹，大自然单调的绿色顷刻变得黄紫斑驳。又是一番姿色，又是赏菊的好时节。可是唐先生却没有到那离家较远的小花房去。他已经半年多没去了。

半年前，他被落实了政策，名画家的桂冠重新戴在头上。家里的客人渐渐多起来。好像堪堪枯谢的枝头又绽开花蕾，引来一群群蜜蜂、蝴蝶、小虫。编辑们来要稿，记者来采访，名流们穿梭不已。前几年销声匿迹的门生，又来登门求教。求画的人更是接踵不绝。他整天迎进送出，开门关门，忙得不亦乐乎。有时一群群闯进来，坐满一屋子，闹得他的画室像刚刚开业的小饭铺。

他给这些人缠着，什么也干不了。还有些人纯粹来泡时间，一坐就是半天。要不是他们自己坐得厌烦了，还不肯走呢！他对这些不知趣的人，尤其没有办法。有时他不说话，想把来访者冷淡走，偏偏这种人不善察言观色。甚至有人还对他说："你的客人太多了，把你的时间都占去了，还怎么画画？你不能不搭理他们吗？"说话的人往往把自己除外，弄得他啼笑皆非。

然而，他被这么多人捧在中间，像众星捧月似的，毕竟很高兴。这是自己地位、名望、荣誉和价值的见证。前些年失掉的荣誉，像一只跑掉的鸟儿，又带着一连串响亮的鸣叫飞回来了。整天，喜悦如同一对小漩涡旋在他嘴角上，连睡觉时也停在他嘴角上缓缓转动。因此，人来人往，又使他得意、满足、引以为荣。此时，他忙得早把那无足轻重的老花农淡忘了。

烟斗呢？却非刻不可。因为来访者搞不到他的画，都设法要一只烟斗去。大凡这些要烟斗的人，其中没有几个真正懂得他寄寓在这小东西上奇妙的语言，也并非喜欢得不得了（尽管装得珍爱如狂），不过因为这是大名鼎鼎的"唐先生"刻的烟斗而已。好比有人向大作家要书，拿回去可能翻也不翻，要的是作家在扉页上的亲笔签名——但他必须应付这种事。几个月里，他摆在玻璃书柜里的烟斗被人们要去大半。他还要抽时间不断地雕出一些新的来，刻得却不那么尽心了，草草了事，人家照样抢着要。除非对方是艺术内行或什么大人物，他在构思用意和刻法上才着意和讲究一些。

他可以画画了，反而画不成，没时间。一时他的烟斗倒比他的画更出名。他快成烟斗艺术大师了。

一天，打一早就是高朋满座。一个矮胖胖，是位通晓些绘画常识的名作家；另两个身材一般高，都戴圆眼镜，若不是一个长脸盘，一个小脸盘，简直是一对儿。这两个是出版社比较有些资格的编辑，来催稿件；还有一位瘦高、长腿、像只鹳鸟的大个子，是位画家。大家当着他的面讨论他的绘画风格，自然都是赞美之词。那位长腿画家曾是唐先生的画友，多年来也曾登门，近来又成了座上客。此刻竟以唐先生的贴己和知音的口气说话。

唐先生虽然听得挺舒服，但他要画画，并不希望这些人总坐着不走。昨晚他勾了一张草图，本想今天完成，但客人们一早就鱼贯而入，他又不好谢客，只得作陪。此时，大家已经抽掉一包带过滤嘴的香烟了，浓烟满室，都还没有告辞的意思。正在无可奈何之际，外边又有人敲门。他心里厌烦地说："又来一个，今天算报销掉了！"便去开门。

打开门，不觉双目一亮。面前一大盆光彩照人的凤尾菊。一个人抱着这盆花，面部被花遮住。他怔了，是谁给自己送花来了呢？这么漂亮的花！

"谁？快请进！"

来人没吭声，慢吞吞走进来，把花儿放在地上。待来人直起腰一看，原来是半年多未见的老花农。是他把自己喜爱的花儿送到家里来了。

"唔，老范，是您呀！您怎么来的？抱来的吗？"

矮墩墩的老花农笑眯眯地站在他面前，前襟沾着土，他抱了这盆花走了很长的路，累了，额上沁出亮闪闪的汗珠，微微直喘，说不出话，只频频点头。

客人们都起身过来，围着地上这盆凤尾菊欣赏起来，兼有为主人助兴的意思。

唐先生请老花农坐下歇歇。老花农扭身本想就近坐在一张带扶手的沙发椅上，但他迟疑一下没坐，似乎嫌自己一身衣服太脏。他见墙角的书柜前有个小木凳，就过去蹲下去坐在木凳上。唐先生没跟他客气，让座位。倒了一杯热水给他，问道：

"怎么样，忙吗？"

"啥？"老花农还是那样偏过右耳朵。

"我问您忙吗？"唐先生放大音量又问一遍。

"噢，没啥忙的。半年没见您了。您不是爱凤尾菊吗？您要是再不来，花就开败了。今儿俺歇班，给您抱一盆来，您就在家瞧吧！"

老花农说着，打腰里掏出小烟袋和那个圆圆的洋铁烟盒，打开盖儿放在地上，装上烟叶末子，点了火抽起来。

客人们看过花，重新落座。唐先生也坐回到自己的一张大靠背的皮软椅上去，接着谈天。大家谁也没有把这个送花来的、蹲坐在一边的黑老汉当作一回事。也没人和他说话，问他什么。唐先生也没和他搭腔，任他一旁抽烟、喝水，只是间或朝他无声地笑一笑，点一下头。老花农丝毫没有怨怪这些人不理他。他津津有味地听着这些人海阔天空地谈天。为了听清这些人的话，他把那右耳朵偏过来，时而皱起满脸皱纹，仿佛感到费解；时而又舒展面容，似乎领略到这些人话中的奥妙。他不声不响地坐在一旁，黑黑的脸上露出满足的神情，好像在享受着什么，如同当年在小花房里，与唐先生相对而坐、默默抽着烟时所表现出的那种满足。

后来他发现了身后陈列烟斗的玻璃柜，便站起身，面对柜子，见到这么多雕着花、千奇百怪的烟斗，他看呆了。而且距离柜门的玻璃面那么近，好像要挤进柜里去。嘴里呼出的热气把柜门弄污了，不断用手去抹。还禁不住发出一声声——对于他是唯一的、很特别的赞叹声："美，美，美呀……"

屋内的几位客人听到这声音，不以为然，并觉得这个傻里傻气、怪模怪样的黑老汉挺可笑。这使得唐先生感觉自己认识这么一位无知的缺心眼的怪老头很难为情。因此，没敢和老花农说话，生怕引他说出更无知可笑的话来，栽自己的面子。他尽力说些话扯开贵客们对老花农的注意，心里却巴望老花农快快告辞回去。

没人搭理老花农。待了会儿，老花农向唐先生告辞要回去了。唐先生一边和他客气着，一边送他到了大门外。

"耽误你们谈话了。"老花农歉意又发窘地说。

"哪的话！您给我送花来，跑了这么远的路。"他说着客套话。

"您怎么一直没来呢？今年的凤尾菊开得盆盆好。您很忙吧！"

唐先生听了，马上想到如果自己说"不忙"，说不定这老花农没事就要来，便说："何止忙呢，忙得不可开交呀！这些人整天没事，到这儿来泡时间，弄得我一点时间也没有。他们还找我要画，我哪来的时间画？！半年来，我一共才画了四张画，多半还是夜里画的。照这么下去，我非得跑到深山里躲躲去不可，否则什么也干不成！"他一边显得很烦恼，一边还透出两分得意的神色。

"呀！不画哪成！该画、该画……"老花农好像比唐先生更为忧虑。沉了片刻，他诚恳又认真地说："要不，您到我的花房画去吧！"

"不，不……我，我离不开这儿。有时，有人找我，也确实有事。您甭为我操心了，我自己慢慢再想些别的办法。"

老花农听罢，怔了怔，便说："那我走了。您这儿还有客人哪！"随即转身慢吞吞地走去。

此后，老花农又来送过两次花，却没有露面，连门也没敲，而是悄悄把花儿放在门口，悄悄去了。这两次都是唐先生送客出来，发现了花，摆在门旁边。他便知是老花农送来的。他领会到老花农的用心，心里也受了感动。本想去看看老花农，但川流不息的来客，以及更重要的事情把这些念头冲跑了。

有一次，他送走几位来客，正打开窗子放放屋里的烟。忽听门外"咚"的一声，好像有人把一件沉重的东西放在地上。他忙走到门前，拉开门，只见门外台阶上又放了一盆美丽的花。一个矮墩墩、穿一身黑裤褂的老汉的背影，正离开这里走去。一看那微微驼背，慢吞吞迈着弧形步子的罗圈腿，立即认出是老花农。他招呼一声："老范！"便赶上去。

他请老花农屋里坐，老花农说什么也不肯，摇着手说："不，不，别耽误您的时间。"

"屋里没人。您坐坐，喘一喘再走。"

"不，您正好可以画画。俺不累，溜溜达达就回去了。"

"往后您别再跑这么远的路了。这一盆花得十多斤重。我要是看花，到花房去看好了。"唐先生说。

"您哪里有空呢？"老花农说。他牢牢记着上次唐先生埋怨没有时间工作的话，才一次次把花儿送来。

"可是……您送花，也不要我付钱，怎么成呢？哪能叫您白送。"

老花农摇着一双又厚又黑、短粗的手，说：

"没啥，没啥。俺就一个儿子，他做事，不要我的钱。我的钱用不了，没嗜好，也没处花，连烟叶子也是自己种的……您干啥要提钱呢！"

"可我怎么谢谢您呢？"

"啥？"

"我说，我总得谢谢您。"

老花农听了，在他黑黑发亮的铁球一般的鼓脑门下，两只无神的灰色的小眼睛直怔怔地盯着唐先生。

"您真的要谢谢俺？"

"是啊……"

"那……"老花农变得犹豫不决，然后他像下了决心那样地说，"您就送俺一只您刻的烟斗吧！"这时，他的表情既是一种诚恳的请求，也好像因为开口找人家要东西而不好意思，甚至挺窘。

"噢？行，没问题，我给您去拿一只去！"

唐先生说着，转身走进屋。一边想，这老范的性格真够怪的。自己刚和他认识那次，曾经要送给他一只烟斗，他怎么不要呢？

唐先生打开玻璃柜门，里边的烟斗不多了，最上边的一格仅仅还有五只。其中两只是他的杰作，一直没肯给人。另外三只是新近雕的，也属精品，但都有主了。这是一位诗人，一位市艺术处处长，一位电影大导演请他雕的。这几只烟斗完全可以摆在博物馆的陈列柜里。他没动这些，而从下边一层内一堆属于一般水平的烟斗中，选择一只刻工比较简单的，刻的是五朵牡丹花。还是他刚刚开始刻烟斗时的作品，艺术上还不太纯熟。但他以为，这对于不懂艺术的老花农来说，足可以了。便拿着这只烟斗，在手心里揉擦干净，走出去，给老花农。

老花农一见这烟斗，眼睛像一对灰色的小灯泡亮了起来。唐先生没注意到，这双小眼睛居然有这样的神采。

"您……"老花农欢喜得声音都震颤了，"您真的把这么好的烟斗送给俺吗？"

唐先生见老花农如此喜爱，心里也挺满意。这么一来，总算还了所欠对方送花的情。"是啊，您拿去吧！"说着，把烟斗递给老花农。

老花农双手郑重地接过烟斗。激动得吭吭巴巴地说：

"谢谢您，唐先生，真谢谢您，俺回去了……"

他的目光一直没离开双手捧着的烟斗，走去了。

四　寂寞中的叩门声

唐先生坐在那张高背的皮椅子上，抽着烟斗。他显得疲惫不堪，软弱无力，身子坐得那么低，好像要陷进椅子里似的。那样子，仿佛一连干了三天三夜的重活，撑不住了，瘫在了这儿。

他的眸子黯淡无神，嘴角上那一对喜悦的漩涡不见了。天才入秋，他就套上两件厚毛衣，当下还像怕冷似的缩着脖子。屋里静得很，家具上蒙了一层薄薄的尘土，显然好几天没有擦抹过，没有客人来。

他的一幅画被莫名其妙地定为"黑画"——还是那个曾请他刻烟斗的艺术处处长定的。那位处长本来挺喜欢他的画，但为了迎合上边某种荒谬的理论，为了自己在权力的台阶上再登一级，亲手搞掉他。一下子，他又失去了一切。在受到一连串批判斗争之后，被撇在一边，听候处理。于是，他再一次落魄了，无人理睬了，每天从大门进出的又只剩下他和老伴两个。喧闹的人声从屋内消失，好似午夜后关了门的小饭铺，静得出奇。而玻璃书柜的第一层上，还摆着几只名人和要人请他雕刻的烟斗。这几只烟斗刻得精美极了，却放在那里，没人来取。他重新领略到被歧视和被冷落的滋味；至于寂寞，他反而觉得挺舒服，挺难得，和这一次反复之前的感受大不一样。生活的变化使他获得多少积极和消极的处世哲理。反正他再不把那重新被夺去的荣誉、那众星捧月般虚幻的荣华，当作生活中失落的最宝贵的东西了。

这时，他听到有人轻轻叩门。已经许久没听过这声音了。他撂下烟斗，趿拉着鞋去开门。

打开门，不禁惊奇地扬起眉毛。原来一个人抱着一盆特大的金光灿烂的凤尾菊正堵在门口。因花枝太长，抱花盆的人努力耸着肩，把花盆抱得高高的，遮住他的脸，但枝梢还是一直拖到地上。

啊，是老花农——老范！不用说，肯定是他来了。他总是在这种时候出现；而在自己春风得意之时，他却悄悄避开了。并且总是不声不响地用一片真心诚意对待自己。唐先生感到一阵浓郁的花香，混着一股醇厚的人情扑在身上，心中有种说不出的乱糟糟的感触。嘴里忙乱地说：

"老范，老范，快请进，请进……好，好，就放在地上吧！这花儿开得多好！好大的一盆，重极了吧！"

来人把花儿放在地上，直起腰。他看了不由得一怔，来人竟不是老范。他不认得。是一个中等个子的青年人，穿件黑布夹袄，装束和气质都像个农民。手挺大，宽下巴，一双吊着的小眼睛，皮肤黑而粗糙；鞋帮上沾着黄土。

"你？"

"俺是您认得的那老范的儿子。"

唐先生听了，忽觉得他脸上某些地方确实挺像老范。忙请他坐，并给他斟了杯热茶。"你爹还好吧！这两天，我还正想去看他呢！"唐先生这话真切不假，毫无客套的意思。

不料这青年说："俺爹今年夏天叫雨淋着，得了肺炎，过世了。"他的声音低沉。但好像事情已过了多日，没有显得强烈的悲痛与难过。

"什么？他？！"唐先生怔住了。

"俺爹病在炕上时，总对俺念叨说，唐先生最爱瞧凤尾菊。这盆是他特意给您栽的。他嘱咐俺说，开花时，他要是不在了，叫俺无论如何也得把花儿给您送来。"

唐先生听呆了。他想不到生活中还有这样的事。一个对于他无足轻重的人，竟是真正尊重他，真心相待于他的人……他心里一阵凄然，不知该说些什么话。他下意识地习惯地从茶几上拿起烟斗，可是划火柴时，手抖颤着，怎么也划不着。那青年一见到烟斗，忽然像想起什么似的说：

"唐先生，您知道，俺爹爹多喜欢您刻的烟斗吗？您曾经送给过他一只烟斗吧！他临终时对俺说：'你记着，俺走的时候，身上的衣服穿得像样不像样都不要紧，千万别忘了把唐先生那只烟斗给俺插在嘴角上。'"

"什么？"唐先生惊愕地问。他好像没听清这句话，其实他都听见了。

那青年又说一遍。他的脑袋嗡嗡响，却一个字儿也没听见。

直到现在，唐先生的耳边还常常响着那傻里傻气的"美，美呀！"苍哑的赞叹声。于是，一个难解的问题便纠缠着他：这个曾用一双粗糙的手培植了那么多千姿万态的奇花异卉的老花农，难道对于美竟是无知的吗？那死去的黑老汉在他的想象中，再不是怪模怪样的了，而化作一个极美的灵魂，投照在他心上，永远也抹不去。每每在此时，他还感到心上像压了一块沉重的大石板似的，怀着深深的内疚。他后悔，当初老花农向他要烟斗时，他没有把雕刻得最精美的一只拿出来，送给他……

炮打双灯

一

都说静海县西南那边，地里不是土，全是火药面子。把那干结在地皮上白花花的火硝刮下来，掺上硫黄木炭，就是炸药。再加上盐碱，土里的火性太大、太强、太壮，庄稼不生，野草长不到三寸就枯死；逢到大旱时节，烈日暴晒，大开洼地无缘无故自个儿会冒起黑烟来……可有一种灌木状丛生的碱蓬，俗称红柳，却成片成片硬活下来，有时候不知为什么，一下子全死了，死时变得通红通红，像一团团热辣辣的火苗。在夕照里望去，静静的，亮亮的，好像地里的火药全都狂烧起来。老百姓靠山吃山，靠水吃水，靠火药吃火药，自来不少村子，家家户户都是制造鞭炮烟花的小作坊，屋里院里总放着一点就炸的火药盆子，一不留神就屋顶上天、血肉横飞；土匪、游勇、杂牌军常窜到这里来，不抢粮食，专抢火药，弄不对劲儿就药炸人亡。那么此地人的性子又是怎样？是急是缓是韧是烈？拿人们常用的话说便是：点着一根药信子瞧瞧。

牛宝，人称"卖缸鱼的牛宝"，今年二十三，陈官屯人。他祖宗神道，名字起得像算命一般准，牛宝二字就是他的一切。先说牛，他浑身牛一般壮实的肉，一双总睁得圆圆、似乎眨也不眨的牛眼，还有股牛劲，牛脾气，头上没角却好顶牛，舌头比牛舌还硬，不会巧说话；再说宝，他天生一双宝手，虽长得短粗厚硬，手掌像肉饼子，却从杨柳青外婆家学来一手好画，专画大年贴在水缸上求福求贵的缸鱼：一条肥鲤仰头摆尾，配上莲蓬荷花，连年有余呀！那红鱼绿水，金莲粉荷，一看照眼；图样出得富态，版线刻得活泛，颜色上得亮堂，画缸鱼的人多的是，可这喜庆兴旺的劲儿谁也学不来。年年腊月大集上，不少人专等着"卖缸鱼"的牛宝来。一露面，全出手，腊月里攒的钱，够一年四季零花。真像是手里捏个宝，想什么变什么。

腊月十四这天，静海县城的大集已经很有年味了。牛宝肩扛三百张缸鱼到集上，找一块人流往返的地界儿，站不多时候，卖个干净，别无他事，便轻轻爽爽去往顶西边的炮市看热闹。

这里的炮市，天下少有。原本是条河，年年秋后河水干涸，三九天河泥冻硬，这河床便成了卖鞭炮的集市。牛宝最爱看这阵势，远近各村赶来一车车鞭炮，都停在两岸河堤上，车上鞭炮用大红棉被蒙盖严实，怕引上火。牲口的眼睛一律使红布遮住，耳朵使红布堵上，怕给炮声吓惊。为什么使红色的布？造鞭炮的都是铤而走险，灾祸四伏，据说红色避邪。人们拿着自家制造的鞭炮，走下堤坡，到河床上去放，相互争强斗胜，哪家的鞭炮出众，自然招引很多人来买。这一截子差不多二里长的河床里，浓烟裹眼，烟硝呛鼻，连天炮响震得耳朵生疼。这股子火爆凶猛的劲儿，叫牛宝看得快活，不觉下了堤坡，但还没到鞭炮阵的中央，满脑袋就全是鞭炮屑儿了。

把事情挑出头来的是这女人。这女人一下子跳进牛宝的眼睛里。怎么能说是这女人跳进他眼里？她还离着远呢！可世上好看的女子，都不是你瞧见的，而是她自己招灾惹事活灵灵跳到你眼里来的。她顶大二十出头，头上扎块大红布头巾，两鬓各耷拉下一片黑发，像是乌鸦的翅膀，把她那张有红有白鲜活透亮的小鼓脸儿夹在当中。她人在那么远，牛宝怎么能看得这般清楚？魂儿给勾了去呗！渐会儿，才看明白，北边堤坡一棵歪脖老柳树下，停着一辆驴车，她坐在蒙着大红棉被满满一车鞭炮上。倚车站着两个小子，一个大，一个小，各执一根放鞭用的长竹竿子，这两个小子什么模样，牛宝满没瞧见。

他像驾了云，双脚由得也由不得自己，幻幻糊糊一步步朝那女人走去。看这女人像看花，愈近愈好看，那眉眼五官，画也画不出这般美，而且清清楚楚，白处雪白，黑处乌黑，红处鲜红，像羊肠子汤那样又鲜又冲……忽然，一杆竹竿横在他身前，牛宝怔住才看清，原来就是站在那女人车前的小子，年龄较大的一个，估摸十八九年岁，圆头圆脑，四方厚嘴，肥嘟嘟的嘴巴子冻得像唱戏打脸涂了胭脂，倒是虎虎实实样子，只可惜长了一双单眼皮。这圆头小子问道："你是买炮的，还是卖炮的？"口气很不客气。

牛宝正要回话的当口，从这小子肩头刚好与那女人眼对眼，只觉得两个深幽幽、晃着天光的井眼对着自己，弄不好就要一头栽进去。心里一恍惚，说出的话便岔出道儿去。

"卖炮的，干啥？"

他哪卖过炮，为什么偏偏这样说？这话一错，可就把自己送上绝路了。

圆头小子说："这边是俺们蔡家卖鞭炮的地界儿。你要来买炮，俺不拦你；你要卖炮，对不住！你先放一挂叫俺们瞧瞧，要是比俺们强，这地界儿就归你了。"说罢，嘴唇朝天噘，不信天下还有老大，也不信还有老二。

牛宝涌上来一股劲。说不清是叫这小子的傲气激的，还是叫那女人的美色挤的。反正他顶上牛。听完圆头小子的话，拨头就走，到那边炮市中央，在呛鼻震耳的浓烟烈炮中转了两圈，寻到一家卖鞭的，个大，贼响，掏钱买了四挂，都是千头大查鞭，还高价把人家放鞭使的大竹竿也买下来，返回到这圆头小子面前，闲话不会讲，剥开大红包纸，挑起一挂就放，一阵火闪烟腾，声如炸雷，噼噼啪啪连珠般响起来，真是好鞭！惹得不少人围上来并纷纷喝彩叫好。可这挂鞭放完，圆头小子站在原地并没动，嘴仍噘着，一脸不屑的神气。牛宝一瞅他绕在竿子上的一挂鞭，差点没笑出声来；这挂硬纸卷的小钢鞭，分外细小，像是豆芽菜，而自己的大查鞭却同小指头粗，摆在一起，只怕那小钢鞭像一堆耗子屎啦。想必是这圆头小子心虚不敢比试，故作高傲，再不端端架子还不倒下来？明摆着对方叫自己比趴下了！抬眼瞧那女人，愈发兴奋起来，把余下三挂大查鞭扎成一束，使竿子高高挑起，拿火一点，三挂齐响，声音翻番，成百上千小爆竹喷火刺烟，纷纷炸落下来，好似一阵恣肆的弹雨。牛宝不懂放鞭炮的门道，竿子举得过直，许多爆竹就落到他头上肩上手上，还有几个从领口掉进衣服，在前胸后背炸了，这一炸，尤其透过火光硝烟看见那女人正在笑他，立时撒起欢来，粗声吆喊，尖声欢叫，似唱非唱，腿又蹦，肩又摆，手中的竹竿子像是醉汉的腰，东摇西晃，甩得爆竹四下散落，逼得围观的人叫着笑着往后退，有人认出卖缸鱼的牛宝，不知他遇上喜还是撞上邪，跑到这里来瞎闹，耍活宝。

就这时候，空中一声"啪！"清脆之极，像是清晨车把式将那带露水的鞭子，在凛冽的空气里麻利地一抖。

牛宝没弄明白这声音打哪儿来，跟着就听这鞭子在半空中"啪啪"抽打起来，愈打愈紧愈密，声音毫不粘连，每一响都异常清晰、干脆、刚烈，上下左右，响在何处都一清二楚。牛宝这才瞅见，原来是圆头小子把他那挂小钢鞭点响了。奇了！他这鞭怎么声声都像是钻到耳朵里炸，直要把耳膜炸裂？这炸声还把三挂大查鞭的响声从耳朵里赶了出来，赶到外边，变得像拍打棉袄或吹破猪尿泡的那种闷响，完全成了圆头小子那小钢鞭的陪衬了。真奇了！他豆芽菜似的小鞭，哪来如此大的炸劲儿？当两人竿子上的鞭炮全放净，对面站着，牛宝瞪大眼发傻，圆头小子指指地面，牛宝一瞅更是惊讶。圆头小子身周一片炸得粉粉碎的鞭炮屑儿，像是笋过，细如粉末，足见炸药的劲力；自己四周却有许多爆竹根本没炸开，到处是烧净了火药黑乎乎的纸筒子，围观的人给他起哄，喝倒彩，这算栽到家了。他抬头硬叫自己向歪脖柳树下边望去，那女人也在嘿嘿笑话他。这笑比任何人嘲弄挖苦都叫他难堪。他要是土行孙，当即就扎进地里。羞恼之下，把竹竿子一扔，朝圆头小子说：

"十八号大集，咱再到这儿见！"

"干啥等到十八，"圆头小子神气活现地说，"你要不服，带着好货去独流镇找俺们，那儿后天就是集！"

周围一片叫好，此地人就喜欢这种带劲的话。

二

转过两天，牛宝在独流镇的炮市上拉开阵势。

独流镇的炮市与静海县城不同。十来亩平平坦坦一块场子，四外围着泥坯垒的一道墙，多处坍塌，任人跨出跨进；地上光秃秃，只是戳着高高矮矮许多拴牲口的木桩，平时这是买卖牲口的地界儿。可一入腊月，卖花炮的渐渐挤进来，鞭炮一响，牲口吓走了，自然而然改做临时的炮市。

今儿牛宝好精神。一身崭新的棉袄棉裤，乌鞋净袜，脑袋一早洗过，此刻太阳一照，墨黑油亮。卖炮的人从没有这般打扮，烟熏火燎，鞭炸炮崩，衣衫多是旧破与糊洞。牛宝平时最不爱新衣，这样一身全新，架架楞楞，生生板板，像是相亲来的。他身边站着一个苍白消瘦的小子，带着病相，一双小眼倒是亮亮闪闪，十二分的精神。这人是他堂弟，名唤窦哥，专门折腾花炮的小贩。昨天牛宝请他买来一批上好鞭炮。窦哥既钻钱眼，也讲义气，买卖道上很有情面，这批鞭炮是他打沿儿庄"万家雷"家里买出来的。这"万家雷"不单名满静海，还在天津卫宫前大街和北平的厂甸设炮摊，挂字号，有几分名气。人说"万家雷"能开山打洞，装进大炮膛里当炮弹使。

牛宝连夜把鞭炮上凡有"万家雷"的戳记都扯下来，换上红纸，临时使块杜梨木刻条大鲤鱼盖上去。自打静海造炮千八百年来，还没见过这字号。转天满满装一小车，运到集上，车上车下摆得漂漂亮亮；大挂的万头雷子鞭，一包三尺多高，立在车上，像半扇猪，极是气派。牛宝和窦哥各拿一根大竹竿，足足两丈长，左右一站，好比守阵门的两员武将。

对面是圆头小子，手握长竿，挑一挂红纸大鞭，横刀立马站在前头。后边是装满鞭炮的驴车，那女人面雕泥塑般坐在车上。车前，除去那年龄小的小子，还多出一个黑瘦瘦的男子。他们腰上全扎一条避邪用的红布腰带。炮市上的人看这阵势，知道要比炮，都围了上来。

窦哥一瞅对方，眼珠惊得差点没掉在地上，扭脸对牛宝低声说：

"牛宝哥，你咋跟他们斗上气儿了？人家是文安县蔡家啊！在天津卫'蔡家鞭'和'万家雷'齐名，前二年蔡家老大给火药炸死，蔡家人不大往咱静海这边来了，'蔡家鞭'也见不着了。哎，你瞧，坐在车上那俊俏人就是蔡家大媳妇，名叫春枝，方圆百里，打灯笼也难找着这么俊的人儿！可惜守了寡！这圆脑袋小子是蔡三，倚车站着的是蔡家老二和老四，都是放炮的好手。咱的炮再好，也放不过人家，更别说人家'蔡家鞭'了！"

牛宝听了，脑袋里只多了春枝，根本没有"蔡家鞭"，还要多问，可不容他说话，圆头圆脑的蔡三已经将竹竿子使劲划起圈儿来，直把拴在竿尖上的那挂鞭甩成一条直线，在空中呜呜响。卖鞭的人都这么做，显示自己编炮使的麻绳结实不断。跟着，蔡三又变了手法，耍起花活，叫手中的竿子转起来，半圈紧，半圈松，一紧一松，有张有弛，那鞭就忽弯忽直，忽刚忽柔，蛇舞龙飞，十分好看，还没点炮，就引得人们叫好。随后，竹竿往地上"噔"地一戳，鞭炮垂下来，点着就炸，声音比上次那小钢鞭响几倍，震得周围一些拉车的牲口慌慌挪动身子和腿，受不住，要跑。

牛宝挑起一挂雷子鞭也点响，"万家雷"名不虚传，个个爆竹都像炸雷，带着一股烈性与豪气，只比蔡家的大鞭强，绝不比蔡家弱，也招来一阵喝好。

两边就紧紧较上劲儿。

只见蔡三往右边一闪，小小蔡四从车子那儿走来，手提一挂巨型大鞭，每只都有黄瓜一般粗，总共十二只，像是提着一串长茄子，引得人们喊怪叫奇。蔡四身小，虽然斜向上举，最下边的一只大鞭依然嚓嚓蹭地。牛宝头次瞧见这般大的鞭。窦哥告诉他："这叫'一步一响'，走一步，炸一个，这是蔡家鞭的看家货，已经多年见不到，你一听就知道了。"他掏钱给了身边一个熟人，嘀咕些话，然后对牛宝说："我叫人去买他几挂，有几挂这鞭当幌子，今年多赚一倍钱。"

蔡四走到场子中央，蔡三帮他点着药信子，大鞭炸天，响声像打炮，震得看热闹的人不单堵耳朵，还闭眼。小小蔡四却毫不为之所动，炮炸身边，浓烟蔽体，他却像提着笼子遛鸟，从容又清闲，叫人佩服蔡家人鞭炮这行真有功底。

蔡四稳稳当当走了十二步，一停，手里的大鞭刚好放完。一时不少人涌上来，争买大鞭。窦哥扬手大叫："别急，还有更好的家伙哪！"他从车上抱下来一个天下少见的大雷子炮，立在地上，一尺多高，快要齐到膝盖，小胳膊粗，药信子像根麻绳，大红纸筒，上边盖的戳记是条墨线大鱼。

"娘哟！这不是炸城池子用的吧！"有人惊叫道。

"你瞧炮上那条鱼，挺像是牛宝的缸鱼，哎，那壮小子是牛宝吧，他咋改行卖起炮来了？"

人们议论着。

春枝在车上，仍旧像娘娘庙里的泥像，端坐不动，只是眼睫毛偶尔惊颤一下，那是听到人们议论时的反应，这反应却不为任何人发现。

牛宝拿香点着大雷子炮，轰地炸开，烟腾火起，声如天塌地陷，近前的人溅了一身黄土，没人叫，都呆了，像是出了大事。连牛宝都发蒙，一时竟不知发生什么意外。面皮生疼，是大炮炸开气浪拍打的。唯有蔡家人眼皮眨也没眨，但这一炸，却使春枝对眼前的事全然明了了。

随后两边各逞其能，蔡家人放炮似有用不尽的花样，可牛宝一招不会，新棉袄叫炮打煳了两大片，一只耳朵打红了，差点丢人现眼，多亏窦哥常年贩炮，见多识广，会使小伎俩，支应着局面，但要不是"万家雷"货真价实，东西地道，也早叫蔡家打趴下了。看来，真东西没亏吃，此亦万事之理。

蔡家老二放"二踢脚"的本事，叫人赞叹不已。他打开两把"二踢脚"，一个个插在红布腰带上，站在场子中央，先照寻常手法放上天空。蔡家鞭好，炮一样是头等；这"二踢脚"飞得高，炸得脆，高空一炸，碎屑飞散，像是打中一只鸟，羽毛迸开，飘飘飞去。他这样一连放三个，便换了手法，把"二踢脚"倒拿手里，点着药信子，先叫下边一响在手上炸了，再用力抛上天空，炸上边一响。想叫它在哪儿炸就在哪儿炸。圆头圆脑的蔡三在两丈开外举起一挂鞭，蔡二看准，点着"二踢脚"，炸掉一响后，把余下一响抛过去，正好在那挂鞭下端炸开，当即引着那鞭，噼噼啪啪响起来，更引得周围一个满堂彩。这蔡老二得好却不罢手，更演出一手绝活。他像刚才那样倒拿"二踢脚"，炸掉下边一响后，却不抛出手，而是交给另一只手，抓住炸开的下半截，叫上边一响在另一只手上炸。两响不离手，一手一响，这招极是危险，换手慢了，就把手炸伤。但他黑瘦瘦紧绷绷的脸上老练而自信，动作从容又娴熟，好像玩一条鱼。

牛宝见对方压住自己，心里着急。

窦哥说："在天津卫大街上摆炮摊，不叫你乱放'二踢脚'，怕引着房子，崩着人，'二踢脚'就这样拿在手里，放给人看。蔡老大，就是那女人死了的爷们儿，还有手活儿更绝，他把大雷子夹在手指头缝里，一个指缝夹一个，两手总共夹八个，平举着，八个药信子先后点着，哪个快炸，松开哪个。叫雷子掉下来炸，可又不能碰地，碰地会弹起来崩着人。这火候拿不准，手指头就炸飞了。如今蔡老大一死，没人敢耍这手活了。哎，牛宝哥，你咋直眼了？"

牛宝听着这话，眼盯着春枝，脑袋里轰地涌出个念头，他对窦哥说："你给俺把大雷子夹在手指头缝里，俺试试。"

"你疯啦，这手活是拿空炮筒子练出来的，咋能使真的试？炸坏手，你使啥画缸鱼，俺不干！"窦哥说。

牛宝不理他，从车上取些大雷子，一个个夹在手指缝里，平举双臂，瞪大眼，用一种命令口气对窦哥说："点上！"

窦哥见事不好，想扔下香头跑掉。

谁知牛宝这么一来，蔡家哥仨如同中了枪弹，怔住。春枝脸色十分难看，像是闹心口疼；蔡三红着脸喊道："这小子当俺们蔡家没人，欺侮俺们嫂子，拼啦！"哥仨疯了似的冲过来。还有蔡家同乡和要好的也一齐拥上。

牛宝还没弄懂这缘故，就给蔡家人摁在地上，窦哥也被揪扯住。对方喊着要把雷子插进他们屁眼儿点上，窦哥吓得叫救命求饶，想解释，却不知牛宝与蔡家究竟什么仇。牛宝给十来只大手死死摁着，摁得愈死，他犟劲愈大，用力一挣，脑袋刚抬起来，嘴巴反被压下来，在冻硬的地皮上蹭破，火辣辣的疼痛，蔡老三问他要干啥，他火在身体里撞，嘴更笨，索性大叫：

"俺想做你哥，俺想做蔡老大！"

这话叫在场的人全傻了！傻子也没有这么说话的。蔡家哥仨气得发狂，把他拉起来，用几十挂大鞭把他浑身上下缠起来，要炸他。牛宝使劲使得脖子脑门全是青筋，叫着：

"点火，点火呀！死活我是你哥啦！"

蔡三攥着一把香火，指着牛宝说："你欺人太甚，俺豁出去吃官司，坐大牢，今儿也要把你点了，大伙闪开，我个人做事个人当——"说着就要冲上去点。

"慢着。"忽然响起一个清亮的声音。

牛宝瞧见春枝竟站在他身前，一手拦着蔡三，面朝自己。这张脸就是在杨柳青年画《美人图》上也找不着，可此刻满面愁容，两眼亮晃晃，厚厚包着泪水，像是委屈极了。在牛宝惊讶中，春枝说："你不好好卖你的'缸鱼'，弄来这些'万家雷'来闹啥？你要再来搅扰俺，俺就亲手点这鞭！"然后对蔡家哥仨说，"回家！"一扭身，一大片眼泪全甩在牛宝当胸上。牛宝觉得，像是一排枪子打在自己身上。

春枝和蔡家人去了，浑身缠着大鞭的牛宝，像那拴牲口的木桩，直呆呆戳在那儿。

三

如果牛宝不去沿儿庄，他和春枝这段纠缠也就此罢了。自己一时迷糊、冒傻、犯浑，把人家好好一个女人逼成那副可怜相。究竟春枝因何这般痛苦不堪，他琢磨不透。眼盯着溅在他棉衣上春枝的泪痕，后悔到头，不住地骂自己，最后把剩下的半车鞭炮堆在大开洼里点了，炸成火海雷天，惹得邻村人敲锣报警，以为谁家造炮，中了邪火，炸了窝。

转过两天，窦哥提着两瓶老白干，一包天津卫大德祥的鸡蛋糕来找他，要一同去沿儿庄谢谢人家姓万的，不管牛宝自己的事如何，人家"万家雷"真给使劲儿，那巨型的大雷子炮是万老爷子特意做的，真叫激动人心！这事关着窦哥生意道儿上的情面义气，牛宝便随窦哥来到沿儿庄。

沿儿庄人上至七老八十，下至童男童女，倘若不会造炮，非残即傻。尤其在这腊月里，家家院子的树杈上、衣竿上、屋檐下，都晾满整挂整挂沉甸甸的大鞭，好比秋后拿线串成串儿、晒在屋外的大辣椒；墙头摆满捆成盘的雷子两响，像是码起来的大南瓜，极是好看。那些进村出村的大车装满花炮，蒙上大红棉被，在冰天雪地里更是惹眼。这腊月的鞭炮之乡虽然十二分的热闹，却听不到一声炮响。静得绝对，静得离奇，静得叫人揪心。

牛宝万万想不到，这位跟火药打一辈子交道的万老爷子，竟然胆小如鼠。三九寒冬，屋里和屋外一般冷，炕不生火，灶不烧柴，茶碗里水全结成冰，唯有说话时从嘴里冒出点热气。牛宝和窦哥一进门，万老爷子就嘀咕他们身上有没有铁器、抽烟打火的家伙，鞋底钉没钉"橘子瓣儿"？还非叫他俩抬脚亮鞋底，看清楚才放心。窦哥假装不高兴地说：

"万老爷子每次都这么折腾我，下次我得光屁股来了。"

"别怪我疑神疑鬼。火是我们这行的灾。我不认字，我爹说'灾'字就是下边一个'火'字，上边三个火苗。所以俺们非到做饭时才生火，烟也不抽，家里除去做饭的锅，不准使一点铁器。那九十堡的'炮打灯'杨四，就是称火药时，秤砣掉在地上，迸出火星子，把一桶火药引炸，炸得杨四没有尸首，秤砣飞出半里地。火这东西不知打哪来的，有时两家隔一道墙，这家点烟，火竟能穿墙过去，把那家屋里的鞭炮引着，火可邪啦……"万老爷子说到这儿，两眼发直，像是见到鬼，"哎，窦哥，你可小心点桌上那盆火药！"

待窦哥把"万家雷"前天在独流镇显威风的情景，一说一吹一捧，万老爷子才松开面皮，满脸直垂的皱纹也打弯了，龇开一嘴黄牙笑了。这儿井水盐碱也大，人牙焦黄。他神情得意地问道：

"俺那大活咋样？"

"还用说。生把土地炸个大坑，人说再炸就炸出个井来了。是不是这么说的，牛宝哥？"窦哥朝牛宝挤挤眼，叫他帮腔，哄万老爷子高兴。

牛宝嘴拙，找不着话说，只傻笑，点头。

万老爷子愈发得意，笑眯眯再问：

"你们跟谁家比炮？"

"俺们咋能拿您的'万家雷'去跟无名小辈比试，那不成请关老爷和小兵小卒比高低了？对手是文安县'蔡家鞭'蔡家，行吧？"

"噢？"万老爷子惊讶得很。他说，"蔡老大一死，都说蔡家关门不造炮，挂在天津卫的牌匾都摘了，怎么又出头露面，是不是假冒？"

"咋能假冒呢？蔡家四个大活人都在场呀！"

"咋四个？"

"蔡家老二、老三、老四，哥仨……"

"对呀，才三个，咋四个呢？"

"还有人家蔡老大的那俊媳妇春枝呢。春枝她——"窦哥说到春枝，看牛宝直了眼，便赶紧停住口。

"窦哥，你嘴动，胳膊别乱动，小心俺那火药盆子！"万老爷子叫道，然后叹口气说，"春枝那孩子命够苦，三个跟她贴近的男人全给炸死了——她爹，她公公，她爷们儿！俺说她是火命！是火！是灾！"

牛宝听得惊异不已，他死也想听明白；窦哥完全清楚牛宝的心思，何况他自己也想知道这闻所未闻的事，便死乞白赖，东绕西套，终于从万老爷子肚里掏出边下的话：

"哎，窦哥，俺当你万事通呢，你咋不知春枝姓杨，她爹就是九十堡'炮打灯'杨四啊。还是大清时候，天津卫炮市上就有句话，是'蔡家鞭，万家雷，杨家的炮打灯'，这都是上两辈人创的牌子，到今儿全是百年老炮了。那时，因为杨家是本县人，跟俺们万家熟识，蔡家远在文安，相互只知其名罢了。到了俺们这辈，杨家跟蔡家认识了，很要好，两家给春枝和蔡老大定了娃娃亲。可春枝十岁就死了妈，跟她爹相依为命过日子。后来孩子们长大，该成亲了，蔡家老头子就去找杨四商量嫁娶的日子，杨四怕春枝走了，一个人受不住孤单，非要蔡老大倒插门。其实蔡家有四个儿子，少一个在身边怕啥？蔡家老头子偏不肯，谈崩了，都上了火气，蔡家老头子回家喝闷酒，一头醉倒，睡成烂泥巴，忘了热炕上还烤着几十挂受了潮的大鞭呢！一下烤过了劲儿，炮炸火起，怪的是四个大小伙子愣没打火里弄出他们爹，活活烧死。蔡家人恨死杨四，没人提那婚事。过两年，哎，就是俺刚头说过的——杨四同村人来找他借点火药，提着杆秤来称分量。造炮的人弄火药绝不准使铁器，勺用木勺，铲用木铲，他怎么忘了秤砣是铁疙瘩呢！秤杆一斜，秤砣砸在石头上，火星子迸进火药里，生把人炸得净光光，连根骨头也没找到，你们说奇不奇？好好一个人，像是变成一股烟，影都没留下，这是遭了啥罪？啥灾？杨家只剩下春枝孤孤单单一个闺女。那蔡老大来向她求婚，她不肯，不知因为她爹欠着蔡家一条命，还是怕一走，'炮打灯'杨家的根儿就此绝了？蔡老大打小跟春枝要好，知道这闺女的性子比火药还强，他竟造了一百个'炮打双灯'去到杨家门口放。意思是你杨家祖业给我蔡老大接过来了，绝断不了根脉。蔡老大是造炮好手，更是放炮好手，他把'炮打双灯'一个个立在手掌上托着放。凡是打上天的炮，头一响都得用'竖药'，只往高处蹿，不往横处炸。顶多觉出点坐力来，绝不会伤手。这又表示，他蔡老大已经把杨家的'炮打灯'学到家了。一百个放完，春枝流着泪出屋，二话没说，跟他去了文安……哎，窦哥，这些事你咋会不知道呢？"

"只只片片听见过，可各村各庄造花炮的年年出事，年年死人，哪会连成您这么长的故事！"窦哥说，"俺倒听人说过蔡老大的死，他是惹了大仙吧？"

"说是也是。春枝嫁到蔡家第二年，也是年根底下，她做了一盘'炮打灯'，打算三十夜里自己放，祭祖呗！她剩下一捧炸药没处放，就使高丽纸包个包儿，塞到鸡窝后边夹缝里。这地方平时绝没人去碰，最保险，谁知夜里闹黄鼠狼钻进鸡窝后边夹缝里，这也奇了，它上房翻墙，跑哪儿去不成，偏扎到火药包上，蔡老大拿棍子一捅，嘿，正好，'轰'地生把蔡老大炸得人飞起来，撞在屋檐上，再摔下来，成了血人……唉，怎么这样巧，又都巧到春枝一个人身上？也是命呗！出殡那天，春枝把自己编了十天十夜的两挂大鞭，足有几十万头，挂在大门两边老树上，放起来足足响了整整一夜，直叫整个村的人听着听着，都听哭了……"

牛宝听到这里，忽地翻身趴在地上，给万老爷子叩头。万老爷子蒙了，忙弯腰搀扶，说道：

"俺哪句话伤着你了，快起来，快起来，告诉俺，俺赔不是！"

牛宝却不起身，脑门撞地，咚咚山响，然后抬起泪花花的脸说："您得教俺造'炮打灯'，您得教俺造'炮打灯'，您得教俺造'炮打灯'……"反反复复只这一句话。

万老爷子更糊涂了，窦哥心里却很明白，他害怕牛宝再去惹事，但牛宝犟上劲儿的事，愈拦愈坏，因此他非但没有劝阻，反也趴在地上给万老爷子叩头说：

"您成全俺哥哥吧！"

这句话像是在万老爷子脑袋里点盏灯。万老爷子先是惊讶，随后摇着头低声说：

"要说春枝是个好闺女，懂事明理，知情讲义，可惜她天生是火命，是灾祸！你去问问文安县的光棍，还有人敢娶她做老婆吗？听俺一句吧，老弟！你只要一沾她，灾祸就扑上身，快快绝了这念头！"

牛宝额头顶着地，一动不动，说话的声音便又闷又重："俺、俺死活要当蔡老大。"他不会再多说一句。

乡里人之间并不靠说，哼哼两声，谁都能知道谁的意思。万老爷子叹口长气，无奈地说道："都是命里有啊！好，都起来吧，俺教！"他屁股没离凳子，一转，旁边就是一头吊在房梁上的赶版。他使这赶版一下一个，赶出四五十个炮筒子交给牛宝。然后把桌上的火药盒子和几个料碗端过来说："一硝、二磺、三木炭，火药就这三样东西。你要想往天上打，少放磺，多放炭，这叫竖药；你要想往横处炸，多放磺，少放炭，这叫横药。'炮打灯'是把灯往天上送，下边一响必得用竖药。听明白了？硫黄好买，县城里铺子就卖，木炭你自己会烧？"

"俺画样子就拿木炭起稿。把柳树枝用泥封在洋铁罐里烧，行不？"牛宝说。

"这可不行！造炮的木炭不能使柳枝，只能用青麻秆。"

"麻秆倒有，可硝到哪儿去弄？"

"碱河边有的是，白花花一片片。人说文安任丘那边地上的硝更好，是火硝。"窦哥插嘴说。

"使那硝造炮，还不如放屁响。俺告你们个绝密。你们要是说给外人，俺就使炮炸了你们——"万老爷子凑过织满皱纹的老脸，表情神秘，压低嗓音说，"你们就到俺家对面那茅厕后的墙上去刮。"

"那是尿硝啊！"窦哥说。

"谁说不是。这村里人身上全是硝，尿出来的尿烫手，结成的尿硝才有劲儿哪！我家的不行，人老了，没火力。对面崔家五个小子，个个像小牛，那硝面子才是好东西。"万老爷子说，"这硝弄回去，可不能直接使，先用锅熬，熬成水，泼在木炭上，晾干压成粉再掺硫黄。记着，一份硝炭，一份半硫黄。'炮打灯'使竖药，还得多放硝炭！"

"那打到天上的灯，咋做法？"牛宝问。

万老爷子说："这东西叫明子，你不会配，俺送你些吧。"他从身后拿出两个瓦坛子，里边装着黄豆大小、药丸似的东西，各拿出几十粒，分别使红绿纸包上。"这红纸包的，打到天上就是红灯，绿纸包的打到天上是绿灯。'炮打灯'有很多样儿，有一响一灯，有两响七灯，欲称'炮打七灯'，可灯色都是黄色的。唯有这'炮打双灯'，一红一绿，打到天上才好看哪！听俺爷爷说，大清时候，男的向女的求婚，就在人家房前放这炮。当年蔡老大在杨家房前放'炮打双灯'，多半就是这意思。"

牛宝呼啦一声又趴地上，给万老爷子连叩响头，像是遇到救命大恩人。他动作太猛，差点把桌上火药盆子撞下来，幸亏窦哥眼疾手快抱住了。

待牛宝与窦哥千恩万谢告辞回去，万老爷子一人叹息、摇头，还狠狠砸了自己几拳，好像自己伤天害理、送人上西天了。

牛宝和窦哥出来就绕到对面茅厕后边。一看沿墙根白白的，果然都是尿硝，又厚又硬，使瓦片刮下来，晶莹闪亮。两人正刮得带劲，有个孩子喊："有人偷硝了。"吓得他俩赶紧使帽头兜上硝面子，慌张逃出村，再逃回家。

牛宝照万老爷子的法儿，买料、配料、装活，他平日里干活认真，可此时脑袋着魔了，总一闪一闪老年间求婚使的那一双双红灯绿灯，糊里糊涂弄不清硝炭同硫黄，该是哪多哪少，装了一半，便不敢再装。傍晚时候，窦哥来了，两人一说，窦哥笑道：

"你脑袋里净是那春枝啦，咋弄不清呢？'炮打灯'使竖药往天上打呗，多掺些木炭不就行了！"牛宝往药里又加些木炭。两人在房后空地上试了两个，真鼓捣成啦！一响过后，打炮筒里飞出两条亮线，一红一绿，直上天空，老高老高，跟着变成一红一绿两盏灯，极亮极艳，照得天都暗了。窦哥看去，这双灯不在天上，而是在牛宝眼里；那大眼眶子中间，绚烂五彩，烁烁逼人。可窦哥哪知，刚刚牛宝往火药里加木炭之前，已经装成的一些炮，配料正好弄反，竖药成横药！

四

　　静海县城逢四逢八是大集。今儿是腊月二十八，大年根儿，赶集是最后一遭儿，买卖东西的人便都翻几番，穿戴也鲜活多了；炮市上更是气势压人，河床上烟火连天，炸声如雷，像是开了战；两岸堤坡装鞭炮的车排得密不透风，好似千军万马列成长蛇阵。牛宝和窦哥手拿一包"炮打双灯"，蹲在一辆牛车后头，等候天晚人少。牛宝目光穿过大车轮子，一直死盯着春枝。她依旧在那歪脖柳树下，坐那驴车上，依旧黑衣服、白脸儿、红头巾，但她不像前两次木雕泥塑般纹丝不动，而是把俊俏小脸扭来扭去，东张西望，像是找什么。蔡家哥仁放鞭卖炮，忙前忙后，她却像没瞧见。

　　下晌后，炮市明显歇下劲来，停在堤上的大车走了许多，零零落落，不成阵势；河床中央的硝烟也见稀薄，看出一个个人来。日头西沉，景物、天空乃至空气全变暗，火光反显得分外明亮。渐渐剩下的人多是鞭炮贩子，吆喝喊叫加劲闹，无非想把压在手里的货甩出去。鞭炮这东西，压过腊月二十八，就得压上一年。地上炸碎的鞭炮屑儿，已经铺了厚厚一层，歪脖树下的蔡家人开始收摊子，也要返回去了，就这时牛宝带着窦哥突然出现在蔡家人面前。

春枝眼睛一亮，像是这才定住魂儿。

蔡家哥仨马上抄起家伙走上来。他们见牛宝立眉张目，嘴角紧张得直抖，有股子决然神气，以为并非比炮，只是要报复前仇，拼命来的。可牛宝不动手也不动嘴，他把厚厚大手平着向前一伸，掌心朝上，中央摆着一个"炮打双灯"，大红炮筒，绿纸糊顶，还使黄纸盖个鲤鱼戳记粘贴中间，鲜艳漂亮，不是画画的牛宝，谁能把花炮打扮成这个样儿？蔡家哥仨一看，立即明白牛宝要干什么，气急眼红，竹竿子给抖动的膀臂震得哗哗响。他们回头看春枝，等待嫂子下令，他们就把这欺侮人到家的小子活活打死。只见春枝脸刷白，没一点血色，紧咬着嘴唇，两眼却像一对小火苗，闪闪冒光，叫蔡家哥仨不明白。

牛宝拿香头把立在手心的炮点着，一声响过，一对浓艳照眼的红绿双灯，腾空而起，他人也觉得随同升起，绚烂地呈现在幽蓝的晚空上。一个放过，窦哥就递上一个，一双双火弹连续不断打上天，美丽、响亮，又咄咄逼人。春枝抬头看，这双灯是她的过去——她最好的日子和最美的希望；而双灯一亮一灭，便是她坎坷多难的岁月经历，她入迷了。

突然，一声巨响，一个炮在牛宝手心爆炸，没往天上蹿，却往横处崩，手心登时裂开，血淌下来。窦哥急得忙把塞在牲口耳朵里的红布拉出来，要给牛宝缠手，一边叫着："牛宝哥，别再放了。人家春枝不会跟你的……"

牛宝抢过红布一扬，朝窦哥喊道："拿来，拿炮给俺！你不给俺就宰了你！"他瞪圆一对牛眼，像门神，很吓人。脑门上的青筋鼓起来嘣嘣直跳。

一个炮递过去，又炸了手心，眼瞅着皮开肉绽，手掌像托着一盘炒鱿鱼卷儿。窦哥忽想到万老爷子的话，一股子不祥感透入骨头，不觉心寒胆战，掉着眼泪哀求道：

"咱中了万老爷子的话了，再放下去没命了，求你快回家吧！"

牛宝不吭声，像是没听见。一个个炮立在血肉模糊的手掌上，点着药信子，有的飞上去，有的往横处乱炸，完全没有准，血点子滴了一片。蔡家哥仨和周围的人都看呆了。决死的人跟神仙差不多，叫人敬畏。那打上去的双灯，像是带着血，变成血灯。牛宝后牙咬得咯咯响，努力不叫托炮的胳膊打战，两眼死死盯着春枝。春枝坐在车上一动不动，但双手紧紧抓住盖在车上的红棉被，好像一松手，人就要掉下车来。

牛宝又点着一个"炮打双灯"，他万没想到这炮筒子里硫黄这么多，几乎是炸弹，猛烈一声巨响，火光闪着血光，牛宝倒在地上，春枝倒在车上。

一年后，还是腊月里，牛宝赶车往县城赶集，左手扬鞭，残断的右手缩在袄袖里。他拿不成笔，不能再画缸鱼了，改卖"杨家的炮打灯"，而且只卖"炮打双灯"。满满一车花炮盖着大红棉被，上头坐着一个鲜艳如花的女人，便是春枝。

但人们说到他俩，都暗暗摇头。窦哥无意间，把万老爷子应验了的预言泄露出来，大家更信春枝这女人是火、是灾、是祸，瞧！她还没进牛门，就叫牛宝先废了一只手，而且是干活画画的手，这跟搭进去半条命差不多。牛宝听到这些闲话，憨笑不语，人间的苦乐唯有自知。

神　鞭

送你一件古董

——《神鞭》新版序

　　在我的文学生命中,《神鞭》称得上一件古董了。它写于二十个世纪八十年代,乃是我从伤痕文学跳到文化小说的第一个深深的足痕。那时代《神鞭》着实风光过。各种转载何止千万;译成异国文字不下十种;亦拍过电影,画成连环图画。我的日文翻译纳村公子小姐在承德避暑山庄居然还看到画着《神鞭》中诸位奇人的"毛片"。

　　然而这只是风光一时。

　　作家的作品都是写给自己同时代人的。其用心,有的出于时代的责任,有的要与读者交流或碰撞。小说引起注意的一个根本的缘故,是与时代合拍。我说这时代是广义的。有时代的思潮，有世风，有社会的敏感点，也有的是契合了时人的情味。往往作品问世之后的火爆，作家事先并不预知。那是由于作家过于敏锐的心灵感知到生活的心律吧。

然而，这样一种作品经历了物换星移和事过境迁之后，又会怎样？社会生活换一番风景，世人换了一种心情与关注；连审美的偏好也去之千里。当新的一代读者再打开你的这本书，一准不会有原先那样的激情。

因此，对于作家最关键的是第二代读者。

如果作品没有第二代读者，作品的生命便要终结。作品只是一次性或一过性的了。故而，我很看重《神鞭》的问世和改编为电影的十八年后，近期又改编为电视连续剧，也很看重这次小说原作的新版重印。只有第二代读者接受它，它才有延续下去的可能。因此，在新的一代读者阅读我这篇小说时，我也阅读读者。我要看读者对这小说的兴趣到底怎样，他们从哪个角度来接受这小说——我要给自己的小说与文学切脉。当然，这样做更是为了我今后的写作。任何作家都不想把自己的小说当作年历，翻过便扔掉。他们总是梦想着使小说成为一种心灵的经文，让读者一代代读下去。

我忽想到，马家窑人使用他们那些美丽的陶罐时，与今人在博物馆里欣赏这些陶罐时，是大不一样的。马家窑人喜爱它的结实与壮美，今人则着迷于这老古董当年那种纯朴又神奇的想象。

我多想自己的作品变成一件真正的古董！

我怀着这种痴想，看着这本老书从印刷机里缤纷又芬芳地再现。

楔子

古古古古古古古，今今今今今今今，

古非今兮今非古，今亦古兮古亦今；

多向精气神里找，少从口眼鼻上认，

书里书外常碰巧，看罢一笑莫细品。

　　那年头，天津卫顶大的举动就数皇会了。大凡乱子也就最容易出在皇会上。早先只有一桩，那是嘉庆年间，抬阁会扮演西王母的六岁孩子活活被晒死在杆子上。这算偶然，哄一阵就过去了。可是自打光绪爷登基，大事庆贺，新添个"报事灵通会"，出会时，贾宝玉紫金冠上一颗奇大珍珠，硬叫人偷去。据说这珠子值几万，县捕四处搜寻，闹得满城不安。珠子没找着，乱子却接二连三地生出来。今年踩死孩子，明年各会间逞强斗胜，把脑袋开了个瓢。往后一年，香火引着海神娘娘驻跸的如意庵大殿，百年古庙烧成了一堆木炭。不知哪个贼大胆儿，趁火打劫，居然把墨稼斋马家用香泥塑画的娘娘像扛走了。因为人人都说这神像肚子里藏着金银财宝。急得善男信女们到处找娘娘。您别笑，您也得替信徒们想想：神仙没了，朝谁叩头？

　　天津人，好咋呼。有人直眉瞪眼说，他看见娘娘给人藏在鼓楼东海福南味店的后院里。一伙人不管掌柜伙计阻拦，跳墙进去，把堆在院角两垛黄酱坛子胡乱折腾一遍，也不见影儿，肝火没处泄，就砸酱坛子，还有的往上边撒尿。偏巧这家掌柜和知府大人沾点亲，便把闹事的抓起几个来。索赔却赔不起，因为，这几个都是整天惹祸招灾，无事生非的土棍儿，家里顶多一床褥子，两床被，几十个臭虫，连吃饭的家伙都没有。这下子，主张禁会的老爷们算逮住理儿了，到处嚷嚷说，天津卫这地方五方杂处，民风霸悍，重义尚气，易滋事端，不宜举办这种倾城出动的皇会。可谁能把会禁掉？

您再想想，天津卫是靠渔盐漕运发的家。行船出海，遇上黑风白浪，就得指望海神娘娘护佑了。即使头品顶戴，大聚宝盆，也拿灾病没辙，更别说命同猫狗的小百姓们。所以人们就借着海神娘娘诞辰吉日，百戏云集，万人空巷，烧香祝寿，讨娘娘高兴。还要把娘娘的塑像从东门外的天后宫里请出来，黄轿抬，华辇推，各会随驾表演逞技，城里城外浩浩荡荡绕几天，拿娘娘的威严，压一压邪魔妖怪。

人都说，人管不了的事，全归神仙管。天津卫这里的"三界、四生、六道、十方"，都攥在娘娘的手心里。可是娘娘也有偷懒耍滑的时刻，又把一些扎手的事推回到人间来。原来神仙也会推活船儿。人不尽天职，天不从人愿，于是就生出今年皇会上这桩稀奇古怪的事来。

第一回　邪气撞邪气

三月二十二，照例是娘娘"出巡散福"之日。

这天皇会最热闹。津门各会挖空心思琢磨出的绝活，也都在这天拿出来露一手。据说今年各会出得最齐全，憋了好几年没露面的太狮、鹤龄、鲜花、宝鼎、黄绳、大乐、捷兽、八仙等，不知犯哪股劲儿，全都冒出来了。百姓们提早顺着出会路线占好地界，挤不上前的就爬墙上房。有头有脸的人家，沿途搭架罩棚，就像坐在包厢里，等候各会来到，一道道细心观赏。

干盐务的展老爷今年算是春风得意了。他顺顺当当发了一笔财，又娶了一房如花似玉的小婆，心高气盛，半月前就雇了棚铺，在估衣街口最得看的开阔地，搭一个气派十足的大看台。上头用指头粗的宜兴埠苇子扎成遮阳棚顶，下头用冒着松香气味的宽宽的白板松子铺平台面，两边围着新席，四匹红绸包在外边，又打胜芳买来几盏花灯挂起来。另外还雇了几个打小空的，换上一色青布裤褂，日夜轮班站在台前护棚。

俗话说，这叫拿钱壮的，也是拿气壮的。怕事的小百姓们不觉站远些，不知哪股邪气要是和这股气撞上，非出大事不可。谁知这预感居然应验了。请往下看——

自打出会那天，展老爷新娶的小婆就闹着要登台看会。谁不知，这小婆是打侯家后小班里赎来的姑娘子，本名紫凤，善唱档调，艺名唤作飞来凤。这飞来凤本是弱中强。如今绝不像一般从良女子，隐姓埋名，稳稳当当过起清闲富足的日子。她偏偏要到这紧挨着侯家后的估衣街上露个脸儿，成心叫人认出她，看她，咬着耳朵议论她，却不敢对她这个摇身变成官眷的老娘指指点点。她还有另一层意思：以她这种贫贱身份，只要在人前一出头，展家大奶奶死也不肯同时露面，这就能压过大奶奶一头。但她没料到，大奶奶不来，展老爷也不敢来，死缠硬逼全没用，她便赌气自己来，而且打好主意闹出点名堂，叫姓展的一家子知道她不是软茬儿。

她坐在一张铺着绣花垫子的靠椅上，戴着翠戒指的雪白小手有姿有态地往扶手上一摆；在她的身后，站着一个老妈子，头上梳着苏州鬏儿，横竖插满串珠、绒花、纯银的九连环簪子，足登小脚细羊皮靴，青洋绸肥腿裤，月白色大襟褂子绷着四寸宽的花袖箍儿，襟口掖着一条纺绸帕子。她姓胡，人叫她胡妈，是展家最会侍候人的老用人。当下她站在飞来凤椅子后边，还在飞来凤身旁放一张茶几，摆好各类零食，像大官丁家的糖堆儿、鼓楼张二的咸花生、赵家皮糖、查家蒸食等，名家名品，应有尽有，罩上玻璃罩子，防备暴腾上尘土。但飞来凤很少掀开罩子捏点什么吃，却偏偏让胡妈把台下拎小篮卖杨村糕干的村姑叫上来，张口就说"包圆儿"了。其实她根本不吃这种街头小食，她一是摆份儿，二是成心糟践展老爷的钱。这还不算，每逢一道会来到棚前，她必叫仆人拿着展老爷的名帖去截会。依照皇会的规矩，有头有脸的人家，如果专意看哪一道会，便叫仆人拿着名帖到会头前，道一声辛苦，换过帖，请求表演，就算把会截住了。会头把旗子一摇，小锣当当一敲，全会止住，表演一番，像狮子、重阁、法鼓、杠箱等，都有一段精彩的功夫。演过一段，会头的小锣当当再响两声，就走过去，后一道会便跟上来。截会的人必须送上事先预备好的点心包，作为犒劳答谢。

飞来凤早就使钱请来"打扫会"，把台前街面喷水扫净。这几天，她不管有没有看头，逢会必截。展老爷财大势大，捧出他的名帖，谁敢拨棱脑袋。何况她犒赏极厚，看台上一边堆了数百包点心，一码十斤大包，正经八百都是祥德斋的大八件。即便天津八大家，也没这么大手大脚过。这一来，她看会，人家都看她，看看这个走了红运的小娘儿们怎么折腾法。

虽说她赌气这么干，可是拿钱大把大把往台下撒，也是神气之极。此刻，鹤龄会的鹤童们，舞着"飞""鸣""宿""食"四只藤胎布羽的仙鹤，转来转去，款款欲飞，还朝着她唱吉祥歌。胡妈在她耳边说：

"二奶奶，您瞧，那小童子脖上套着的银圈圈，就是乾隆爷看会时赐给的。听说，乾隆爷当年是坐在船上看会，还不如您这儿得看呢，嘻！"

飞来凤忽然想到，去年皇会，她还在侯家后，同宝银、自来丑、月中仙几个姑娘子，嘴里嚼着冰糖梅苏丸，在人群里挤得一身臭汗。说不定那姐儿几个现在正在人群里，眼巴巴望着自己呢！想到这里，鹤龄会已然演完，她心中高兴，叫仆人拿点心，赏给敲单皮鼓的、吹唢呐的、舞龙旗的，连同扛软硬对联的，每人一大包；六个鹤童和会头每人两大包。

鹤龄会收获甚丰，兴冲冲就要起行，忽见一人拿着朱漆大凳子，"啪"地迎头一撂，一撅屁股坐下来，大模大样架起二郎腿，翘着下巴朝会头冷口叫道：

"等等。照刚才那样儿，给你三爷演上十八遍。点心包——二奶奶那儿有的是，她替你三爷给啦！"

这几千人开了锅似的热闹场面，好像折一大盆凉水，登时静下来。再瞧这人的打扮，可算隔路——

古铜色湖绸套裤，裤腿紧缠着宝蓝腿带，净袜乌鞋，上身一条半长的深枣红拷纱袍子，挺像本地小阔佬，可袍子外边紧巴巴套着件没袖没领的小短衣，像马褂又不是马褂，倒像张七把摔跤时那件坎肩。这件小短衣做工挺讲究，上边耷拉着怀表链，胸口上还挂着七八个稀奇古怪、不金不银的牌牌儿。有些在鸟市看过洋片匣子的人，认出这是洋人身上的东西。可是他帽翅上插着那小梳子干嘛用？广东娘儿们好在头发上插一把小梳子，随时拢拢头发，但从没见过老爷儿们玩这套。别看这小子一身四不像的侉打扮，还挺得意。好像人人看他这身穿戴都眼馋。

有人才要拿话逗弄他，一瞅他帽子下边瘦瘦的青巴脸，梆子头底下一双横眼，尤其左边那只花花眼珠，一缩脖子赶紧把话咽进肚里。这原来是大混星子玻璃花！

在这城北估衣街上，甭说招他，谁敢多瞧他一眼？连老娘儿们哄孩子都轻轻唱这么两句："别哭啦，快睡吧，玻璃花，要来啦！"这也算是一种传统教育方式——在怀抱里就加入浓烈的社会内容。

可是，玻璃花今儿要做嘛？

凡是在这一带市面上混日子的人，心里都有数，玻璃花今儿并不是胡闹来的。要问这根由，那就得提到他那只花眼珠子的来历。

够份儿的混星子，都得有一段凶烈、带血的故事。

十年前玻璃花还是一个无名的土棍，小名三梆子。有一次，他闯进香桃店，闹着"拿一份"。香桃店是侯家后俗称"大地方"的大妓馆。店大人多，领家招呼七八个伙计操着斧把儿围起他来。那时打架兴用斧把，因为斧把一端是方的，有棱有角，抡上就皮开肉绽。依照混星子们的规矩，必须往地上一躺，双手抱头护脑袋，双腿弯曲护下体，任凭人家打得死去活来。只要耐过这顿死揍，掌柜的就得把他抬进店，给他养伤，伤好了便在店里拿一份钱，混星子们叫"拿一份"。这天，三梆子就这样抱头屈腿卧在那儿，叫人打上一袋烟工夫。他仗着年轻气盛，居然没吭一声。一个在这店里拿份的混星子死崔，将斧把头砸在他左眼上，血糊糊的，只当瞎了。伤好后，眼珠子还在，却黑不黑白不白成了花花蛋子，那个打坏他眼珠儿的死崔，在江叉胡同的福聚成饭庄花钱摆一桌请他，当面赔罪。这死崔心毒手黑，暗中在靴筒掖一柄小刀，只要他闹着赔眼珠，就拔刀下手。谁知道，三梆子非但不闹，却花钱买下这桌酒饭，反过来谢谢他。这因为混星子们不带伤不算横，弄上这点彩儿，正是求之不得。真怪！这世上真是嘛人都有：有的对别人下狠手表示厉害，也有人对自己下狠手显威风，有的把伤藏起来，以为耻辱，有的就挂在脸上，成了光荣的标记。从此，三梆子得号"玻璃花"也就名噪津门了。侯家后的妓馆，无论大店小店，随他抽份拿钱。遇到客人找碴闹事，花丛荆棘，叫他知道，必来报复。那些身不由主的姑娘子，争着要他当后戳，求他作劲，哪个不是他的相好？飞来凤在侯家后也是个人物，没在他怀里打滚撒娇才怪呢！精明人拿这些瓜葛一连，就明白玻璃花今儿成心是恶心攀上高枝的飞来凤来了。天津人管这叫"添堵"。

其实，飞来凤一瞧突然扎进来这人的装束，就认出是玻璃花。虽说这混星子是地道的土造，偏偏喜好洋货，飞来凤脖子上挂鸡心盒的洋金链，还是这小子送的呢！她从良之后，她就一直揪心玻璃花会跟她捣乱，没想到今儿当着成百上千的人给她难看。她不知道玻璃花要把事闹得多大。眼下，这小子正犯劲，软硬法子都使不上。如果叫仆人轰他，非惹得他翻天覆地，搅成满城丑闻不可。她急得心里有点发躁。

会头是个识路子的明白人。二话没说，旗子一摇，指挥鹤童们面向玻璃花，一连演两遍。然后走到玻璃花面前掬着笑说：

"三爷，您老给个面儿，改天再去拜会您。"

玻璃花面不改色，声不改调：

"去你妈的！向例出会都兴截会，怎么就不准你三爷？"

"这不是单给您连着演过两遍了吗？"会头小心翼翼，生怕玻璃花借个词儿，闹得再大。

"你耳朵长倒了？没听三爷说，叫你演十八遍！"玻璃花说。

会头给难住了。他明白，绝对不能动肝火，就稳稳当当地说：

"三爷，我们这会停了不少时候了，后边还压着三四十道呢！压长了人家不干。您是天津卫最开面的老爷。三爷您要看得起我们鹤龄会，改日给您演上整整一天，怎么样？"

"去去去，别他妈择好听的说给我！"玻璃花非但不动心，反而把话凿死，"你三爷是嘛人，你拿耳朵摸摸去，说过的话嘛时候改过？"

两下这算僵住了。后边挤上来几个穿戏装、勾花脸的汉子。这是五虎杠箱会的人，压在后边，等不及了。那扮演濮天鹏的汉子，人高马大，再给硬衬的一托，显得魁梧粗壮。他上来对玻璃花一抱拳，说话却挺客气："您先受我一拜。"声音嗡嗡贯耳。

玻璃花斜瞅他一眼，没当回事，跷着二郎腿，仰脸朝天，故意变尖了嗓音说：

"今儿不刮西北风，怎么吹得夜壶直响。"

人群里发出呵呵笑声。

这一句话把杠箱会的汉子噎回去。天津人说话，讲究话茬。人输了，事没成，话茬却不能软。所谓"卫嘴子"，并不是能说。"京油子"讲话，"卫嘴子"讲斗，斗嘴也是斗气。偏偏这汉子空长一副男人架子，骨头赛面条，舌头赛凉粉，张嘴没一句较上劲儿的话：

"三爷，眼瞅着快下晌了，弟兄们耍了一天，还饿肚子呢！不看僧面看佛面，不看佛面，也看娘娘的面子，就叫我们快点过去吧！"

"嘛？看娘娘的面子？娘娘的面子也不如二奶奶的面子。那台上堆着都是祥德斋的点心，饿了就找她要去！"玻璃花说着，用他那只灰不溜秋的花眼珠向飞来凤瞟一眼。

看来他今儿非要向飞来凤脸上抹一把屎不可了。

飞来凤坐在台上一动没动。站在身边的胡妈看得出，二奶奶涂了红油的嘴唇都发白了。

这一来，几方面的人全说不出话来。玻璃花占了上风，神气十足，打怀里掏出一个磨花的洋料小水晶瓶，打开盖，往掌心倒出点鼻烟，在上嘴唇两边抹个大蝴蝶，吸两下，打几个喷嚏，益发来了精神，索性把脚拿到凳子上，看样子今儿要在这儿过夜。

四周的百姓看不成会了，却都瞪大眼珠子，瞧这局面怎么收场。天津卫逢到这种硬碰硬，向例是不碰碎一个不算结。

第二回　跳出一个大傻巴

反正老天爷不会一边倒。这世道就像一杆秤，不会总摆不平，无论身内身外的事，都好比撂在这秤上。一头压下去，另一头就该翘起来。月光照完东窗，渐渐去照西窗；运气和霉气一样，在众人头上蹦来蹦去。日头太毒，便逼来浓云疾雨；雨下得过狂，又招来一阵大风，直把云彩吹得一丝不见。就说眼下玻璃花把会硬截在估衣街口，人们干瞪眼、愣没辙的当口，忽然，一个三十来岁的汉子走进人圈，朝玻璃花作个长揖，说道：

"这位大爷，您老开心顺气。抬抬胳膊放他们几位过去就算了。"

　　敢出头管事，胆子就算好家伙，但他的话茬并不硬，不像个打算使横的人。玻璃花打量这汉子：中等个子，方面大耳，秤锤鼻子，眯缝着小眼，脸颊上粗粗拉拉净是疙瘩，还带点傻气。再瞧他身上那件崭新的蓝布大褂，甫猜，一准是个缺心眼的穷汉子，换上新衣专意来看会，碰到这场面，不知轻重地想当个和事佬。因此玻璃花更上了劲，撇嘴一笑，站起身，晃晃悠悠走到这人跟前：

　　"嘿，傻巴，哪位没提裤子，把你露出来了？你也不找块不渗水的地，撒泡尿照照自己。这是嘛地界，你敢扎一头！"

　　这话不错。眼前这种事躲还躲不开，竟还有人往里边掺和，可见此人多半是个大傻巴。他瞅玻璃花这架势，非但没有赶紧缩回去，偏偏觍着脸笑嘻嘻地说：

　　"今儿，大伙都图个吉利，多一事不如少一事，您老也少生气。"

　　"看来，你小子倒挺孝顺。告诉你，三爷向来肚子里没气，专会气人！"说着又瞟了飞来凤一眼，然后拿这傻巴找乐子，"头次咱爷俩见面，你拿嘛孝敬我？脱下你这大褂，三爷正少个门帘。哎，要说你这辫子真不赖，就揪下它来送你三爷吧！"

　　傻巴头上盘着一条少见的粗黑油亮的大辫子，好像码头绞盘上的大缆绳。若非精足血壮，绝没有这样好的头发。不等他说话，玻璃花上手抓住，打着哈哈说：

　　"给你三爷还舍不得？"

　　说话一扯，竟没扯动。这傻巴就像一根铁柱子，辫子就像拴在铁柱上的粗绳子一般。玻璃花本想吓唬他一下，叫他疼得嚷两声，开开心，只用了四成力，可这一下没扯动，立即把他的肝火逗起来。得势人的脾气是沾火就着的。他大叫一嗓子："我揪下你这狗尾巴！"这回使足了十成力，猛一扯。只听"啪"一响，四周的人不禁抬手捂脸，不忍看这把辫子生扯下来的惨状。谁知道，这一下根本没扯动，由于用劲过大，反倒把玻璃花带过来了，跟跟跄跄几乎和这傻巴撞个满怀，傻巴忙用双手搀住他说："您老站好了！"那样子，就像晚辈给老辈叩头行礼那样。

人们止不住"哄"的一声笑了。玻璃花大怒，待他把傻巴的辫子挽上一道，要加劲狠扯时，忽觉得攥在手心的辫子咻溜一下没了，跟着眼前黑影一闪，咻——啪！好像一条皮鞭抽在自己脸上。由左眼角到右嘴角，斜着一道，火辣辣地疼，他瞪眼一瞧，那傻巴倒背手站在他对面。大黑辫子已经松松绕肩一圈，辫梢搭在胸前。玻璃花蒙了，不知这一下怎么挨的，但傻巴的小眼睛却露出吃惊目光，仿佛他自己也不知道这是怎么档子事。

玻璃花不觉向飞来凤瞅一眼，那小娘儿们脸上竟显出几分神气。

"好你妈的，今天三爷算碰上对手啦！来，三爷非把你卸了不可！"玻璃花一边脱去袍褂，一边吼，"三爷叫你爹从今天就绝后！"面对傻巴拉开动武的架势。

傻巴双手直摇，不愿意动打。

看热闹的人见要出事，胆小的赶紧溜走，胆大的也往后退。只有一些土棍儿们站着不动，拍着手，念着歌，起哄架秧子：

打一套，闹一套，

陈家沟子娘娘庙，

小船给五百，

大船给一吊。

　　虽说混星子只讲使横逞凶，耍光棍儿，不讲功夫，玻璃花却跟一位本领高强的师傅练过一年半载，但他凡事不经心，心浮气躁，半拉咯叽会几下子，仅仅能对付一气。他见傻巴站在那里不肯出招，先下手为强，上去劈胸就是一拳。这拳将要碰到傻巴，忽然一条黑蛇似的东西已到眼前。他脑子一闪，又是那条辫子！他赶忙收拳闪躲，辫梢闪电般在他眼珠上一扫，眼睛顿时睁不开了；紧接着"哧——啪"，前身重重挨了一下，好像钢条抽的，劲力奇猛，他胸口发闷，眼前一黑，脚底朝天摔在地上。四下登时一片喊叫，有的惊叫，有的呼好。

　　玻璃花的脑袋像拨浪鼓那样摇两下，稍稍清醒就赶紧一个滚儿跳起来，却见傻巴照旧那样背手站着，长辫子仍然搭在胸前，好像根本没动静，但一双小眼烁烁放出光彩。这一下真可谓神差鬼使。玻璃花虽然给打得蒙头转向，还没忘了瞅一眼飞来凤。飞来凤那里正笑吟吟嗑瓜子儿，好像看猴戏一般。

　　玻璃花狂叫一声："三爷活腻啦！"回身操起朱漆凳子朝傻巴砸去。他用劲过猛，凳子斜出去，把鹤龄会的灯牌哗啦一声砸得粉碎，破玻璃满天飞。众人见事情闹大了，吓得呼啦散开，由于不知东西南北，反而挤在一起。有的土棍儿们便往人群里扔砖头了。不知谁叫一嗓子："台上的点心管饱呀！"一群土棍儿就像猴子纷纷爬上台，抢点心包。玻璃花挤在人群里，左一脚，右一脚，踢打挤来挤去的人，他心疼刚才脱下身的袍褂怀表给人乱踩，又想瞅住那傻巴拼命，但傻巴早已不见，台上的飞来凤也不知飞到哪儿去了。

　　一个头扣平顶小帽的矬混混儿挤上来，扯着脖子叫着：

　　"三爷！嘛事？哥儿们来了！"

"去你奶奶的，死崔，早干嘛去啦？快给我揪住那傻巴！"

"傻巴？哪个傻巴？"

"他——辫子，揪住他的辫子！"

这话奇了！在那年头哪个爷儿们脑袋后面没辫子，揪得过来吗？

第三回　请神容易送神难

玻璃花鼻青脸肿，一头扎进估衣街上的大药铺瑞芝堂里，找冯掌柜要了后院一间房躲起身。一来因为他把皇会搅乱，保不准官府跟他找点麻烦，好汉不吃眼前亏，躲过势头再说。二来因为像他这种大混星子，当众栽了，脸皮再老也挂不住，那几下挨得又不轻，挂着彩去逛大街，岂不更难看！三来因为冯掌柜是个脓包，在这药铺养伤再好不过，吃药用药随便拿，冯掌柜还精通医道，尤擅推拿按摩，可以给他医治。

冯掌柜巴不得有机会叫玻璃花使唤，拉好关系，以后少跟自己搅和。他细心给玻璃花疗理，还好酒好菜伺候。玻璃花的伤愈来愈见好，心里也就愈烦躁。他不知该怎么出去露面，要想重振雄风，非得把傻巴那条辫子扯下来不可，偏偏找不到傻巴踪影。如果那傻巴是外地人，碰巧撞上闹一下就滚了，他还真没处捞回面子。但听傻巴口音还是地道的天津味儿，这小子究竟在哪儿？自打那天，玻璃花一直躲在药铺里，外边一切消息都靠死崔打听。死崔整天在外边转，非但没找着傻巴，捎回来的全是气杀人的传闻。据说傻巴扬言，还要拿辫子把他两眼抽成一对"玻璃花",往后叫他连饭锅茅坑都分不出来。还说只要他脱下裤子在估衣街口,屁股上插一串糖堆儿,撅一个时辰,今后傻巴绝不在天津出现。还有些更难听的话,气得玻璃花连喊带骂,非要找到傻巴,分个雄雌。但他冷下来一琢磨:自己不是个儿。于是只能屋里摔桌子打板凳,把冯掌柜摆在条案上的一对乾隆官窑的青花帽筒都摔了。弄得冯掌柜直挠头,不敢言声儿。请神容易送神难,只好挨着。

一天,展家的老妈子胡妈来了,说要见玻璃花。玻璃花藏身在此是绝密的,因此冯掌柜只好摇着脑袋说没见过玻璃花。胡妈笑了笑,把一包东西交给冯掌柜说:"这是我家二奶奶送给他的。"转身就走。

冯掌柜把包儿拿到后院。玻璃花打开一瞧,竟是一件碧青崭新的洋马褂,兜里鼓鼓囊囊,掏出来看,竟然是张帕子包着一块真正洋造的珐琅表,上边画着洋美人打秋千。这是飞来凤送给他的。她准是猜到,闹事那天,自己丢了怀表马褂,便照样弄来两样更好的叫自己高兴。这小娘儿们真念旧!他对冯掌柜说:

"瞧这洋货多爱人!哎,你他妈为嘛不卖洋药,我听说有种洋药,比指甲盖还小,无论哪儿疼,吞下去眨眼就好。你是不是有药不给我用?看着我疼得冒汗,你好解气!"

冯掌柜赔着笑说:

"三爷说到哪儿去了!有好的,还能不尽着您?我这是国药店,没洋药,您老要吃,我叫伙计到紫竹林去买,那药叫嘛名号?"

"叫……叫白、白……你是卖药的,干嘛问我?"他忽然瞪起眼。

"洋人的东西我哪懂?您这件坎肩就没见过。"

"这哪叫'坎肩',这叫'洋马褂',洋人穿在小褂外边的,你他妈真老赶儿!"他嘴里骂骂咧咧,心里却挺美,手指头捏着表链玩。

"您老帽子上的小梳子呢?"冯掌柜见玻璃花高兴,自己也轻松了。有意卖个傻,好显得玻璃花有见识。

"这也是洋打扮!你真是不开眼,土鳖!"

冯掌柜虽然挨了骂,却挺舒服,他搓着手,笑道:

"赶明儿,我也学您老,头上挂个梳子。"

"屁,土豆脑袋也想挂洋梳子!"玻璃花说着,不知想到哪儿,神气忽然一变,问道:"哎,展家送东西来的那个老妈子怎么知道我住在这儿?"

冯掌柜摇头说不知道。其实眼下满城已经无人不知,丢人现眼的玻璃花躲进瑞芝堂药铺。自打他藏到这儿的第三天,就常常有人假装买药,扫听他的下落。药铺里的人都瞒着他。不是怕他,而是怕死崔。

但愿死崔这号人只在这书里,世上一个别有。

这小子原先家住在河北粮店街,人刁心毒,原名崔大珠。有一次,他灌了几挂肉肠子,晾在当院,被人隔墙用竿子挑了去。一般人碰到这种事儿,爱闹的就四处查找,无能的自认倒霉,往后再晾肠子换个地方挂也就算了。崔大珠偏不,他买包砒霜掺在肉里,灌了一挂肠子,仍旧挂在老地方,转天又被人偷去。再过一天,就听说前街上开水铺的皮五一家四口都死了。据说是给砒霜毒死的。县里下来人查来查去,把崔大珠抓了去。崔大珠毫不含糊,上堂就点头承认是他在肉肠子里下了毒,但他说这是药耗子用的,谁叫皮五偷嘴吃?这话不能说没理。官府把这案子翻来倒去,也没法给崔大珠治罪,只好放了。可是从此粮店街上,没人再敢搭理这个心比砒霜还毒的人了。那年头,没有"道德法庭"一说，他在人心中被判了死刑，得了"死崔"这个外号。他自知在河北那边待得没味儿了，就挪窝到估衣街上来。估衣街上有两个人人恨又人人怕的家伙，一个是面狠的玻璃花，一是心毒的死崔。当下，两条狼都扎在冯掌柜的羊圈里。

玻璃花转转眼珠，问冯掌柜："你说，为嘛飞来凤那娘儿们送我这洋表洋马褂？"脸上明显冒出一股气来。

冯掌柜不知这是哪股气，又不能不答，便说：

"讨您喜欢呗。"

"滚你妈的！那天我给她添堵，她知道我丢了洋表洋马褂，今儿成心拿这玩意儿给我添堵！"玻璃花甩手把衣服怀表狠狠摔在地上，大叫："明儿，我弄瓶镪水泼在她脸上，叫她成活鬼！"此时已然满脸杀气。

冯掌柜吓得腿发软，想跪下来。他不知怎么对付这个说火就火、软硬不吃的混星子了。他弯腰把马褂怀表拾起来，说话的声音直打哆嗦：

"幸亏这洋表结实，没坏，一点儿没坏。还是您老这洋货好！"

"拿榔头来，我把它砸瘪了！"玻璃花吼着。

这时，门儿"呀"地一响，进来一个细高爽利的年轻汉子。这是冯掌柜新收进铺子的小伙计，名叫蔡六，精明能干，刚进铺子一年，一个人已经能当俩人使唤。蔡六知道掌柜的被玻璃花缠住了，在窗根下偷听一会儿，心里盘算好了才推门进来。他进门就说：

"三爷，小的有句话，明知您不爱听，也得说给您听。"

玻璃花拿眼一瞄他，分明一种找茬的神气：

"有屁就放！"

蔡六并无怕意，反而坐在玻璃花对面的椅子上，笑道：

"您老纯粹给自己蒙住了！"

冯掌柜见自己的伙计敢这么讲话，吓得头发根冒凉气。玻璃花伸出的手指尖几乎碰到蔡六的脸：

"嘛意思？"

蔡六纹丝儿没动，还是笑呵呵：

"小的估摸，您到今儿还不知道那玩辫子的是谁？"

"谁？你知道，为嘛瞒着你三爷？！"

"三爷是嘛人，您不叫小的张嘴，小的哪敢在您面前逗大尾巴鹰？"

"三爷叫你说！"玻璃花没想到这小子知道傻巴，急啾啾地问。

玻璃花的火气明显落下一截，蔡六含着笑点点头说：

"好，我告您，那玩辫子的在西头担挑儿，卖炸豆腐，人叫'傻二'，这是贱名。"

天津卫的孩子从小都有个贱名，叫什么傻蛋、狗剩儿、狗蛋、屁眼子、大臭、二臭、三臭、秃子、狗不理等。据说，那是为了叫阎王爷听见，瞧不上，就写不到生死簿上去，永远也点不走，能长命。不管人们信不信，大家都这么做，图个吉利。

"这傻王八蛋的大名呢？"

"臭炸豆腐的，谁叫他大名？"

"他的窝在哪儿？"

蔡六见玻璃花被自己的话抓住了，便有意说得平心静气，慢条斯理，好压住玻璃花的火气：

"多半在西头吕祖堂一带。哪条街哪个门可说不准。我小时候，家就在吕祖堂后边。记得六七岁时，我娘领我去庙里烧香，认师傅，打小辫儿。不是说，那么一来，就算入佛门了；有佛爷保着，不会再惹病招灾。那天，正赶上傻二去剃小辫儿。按照庙里的规矩，凡是认师傅的，到了十二岁再给老道点钱，老道在大殿前横一条板凳，跳过去，就出家成人，熬过了'孩灾'。俗例这叫作'跳墙'。照规矩，跳过板凳，就不许回头，跑出庙门，直到剃头铺，把娃娃头剃成大人样。这例儿三爷您听说过吧？"

"往下说——"

"傻二的辫子长得特足。十二岁跟大人一般粗细，辫梢长过屁股。他跑出庙门，没去剃头铺，直奔回家，听说他舍不得头上的辫子。所以他现在才长得这么粗，像条大鞭子。"

"你总提他穿开裆裤时候的事儿干嘛？三爷问他那狗尾巴上有嘛功夫？"

"您别急，小的全告诉您，半句也不留。听人说他爹有两下子，可从来没跟人使过，天天都在西头那边走街串巷，卖炸豆腐，听说他家是安次县人，那边人多练查拳。但傻二能耍辫子，从来没人知道。再说天下谁听说过辫子上还能有功夫？外边人都议论着，拿辫子当刀枪使唤，真是蝎子屎——毒（独）一份儿了。"

"那傻巴的功夫是他爹传的？"

"多半是吧，还能有谁？对了，从小听说，他爹罚他，就把他小辫拴在树上吊着。人都说他爹做买卖挺和气，对孩子却够狠的。他家就爷俩儿。还有人说，傻二是他爹领来的。亲骨肉谁舍得把儿子的小辫拴在树上吊着？现下再回回味儿，想必那就是练功吧！"

"说完了？"

"啊——"

"就这点屁，顶嘛用，滚吧！"

蔡六没动静，稳稳当当说：

"您别急。事说完，话没完。小的想告诉您，那傻二虽然有功夫，三爷您能耐却比他强！"

玻璃花用他那浑球般的花眼珠盯蔡六一眼：

"你小子拿我找乐子，还是捧我？"

"哪的话。小的再有胆，也不敢跟您开涮！小的虽然不会武艺，却看得出来，傻二全靠着那条辫子占便宜。您琢磨，动手时谁还防着对方的辫子？可他的辫子一甩出来，就等于两条胳膊再加上一条。三条胳膊对您两条胳膊，您还不吃亏？"

玻璃花听得入神，不觉点两下头。冯掌柜忙说：

"那辫子一转，何止三条胳膊，简直是千手观音。"

玻璃花没搭理冯掌柜，直盯着蔡六一张白净的脸儿问道：

"你说三爷拿嘛法儿降他？"

蔡六这才给玻璃花指出一条明道：

"您有那么多有能耐的朋友，谁有绝招就叫谁来，他们还不全听您三爷的招呼！"

"去你妈的！三爷打架向来一对一。"玻璃花说着照蔡六当胸就一拳。蔡六却看出玻璃花尖巴脸上有了活气，显然是听得中意，也中了自己"移花接木"之计。

这时，矬壮的死崔闯进来。蔡六忙给冯掌柜使了眼色走出来。到了前屋，蔡六笑着对冯掌柜说：

"这下子，玻璃花该滚蛋了。"

冯掌柜迷迷糊糊，没弄明白。蔡六说：

"我知道他怕傻二那条辫子，便出个道儿，叫他去找人帮忙。他一去，咱就算把这位爷请出去了。"

"他肯去吗？"

"他恨不得吃了傻二，怎能不去？"

"要是打不过傻二，不又回来了？"

蔡六笑道：

"您放心，无论胜败都不会回来了！如果胜，就用不着住咱铺子里；如果败，甭说咱铺子，连估衣街上也待不住了。"

冯掌柜依然忧虑未解地说：

"崔四爷未必肯叫他去吧？"

蔡六说："您还没看透，死崔不是不叫他出头露面。他这一招够绝——他先把玻璃花关在咱药铺里，然后在外边散风说，玻璃花藏着不敢见人。为了叫人们嚷嚷玻璃花尿了，把玻璃花名声弄臭。下边，他巴不得撺掇玻璃花去找傻二拼命，好借傻二的辫子除掉他！"他的口气很肯定，好像把下面三步棋全看在心里。

"这不能，他们是一伙的！不是哥儿们爷儿们吗？"

"别信那套！嘛叫哥儿们爷儿们？不过为了给自己助威。轮到两人分一块肉时，刀尖又专往哥儿们身上要命的地方捅。"

冯掌柜听到这儿，白胖胖的脸现出笑容，他没料到这新来的小伙计有脑子又有办法。他像危难中碰到保护人，好像大雨中找到一块房檐。他不由自主提起茶壶的铜提梁，给蔡六斟茶，一边问蔡六：

"你刚才说傻二那些事都是真的？"

"管它真假，唬住他就成！"蔡六接过茶碗，不客气地喝了。

他故意这样不客气，好像应该应分一样。因为这么一来，他在这个脓包掌柜的面前的身份就不同以往了。

第四回　不信也是真的

不等天大亮，玻璃花就叫死崔陪着，打药铺出来，到南门外去请打弹弓子的戴奎一。两人横穿出估衣街，到了北城门口，并没走"进北门出南门"那股近道，而是沿着城根儿往西，绕城半圈才到南门外。这因为玻璃花怕人瞧见他，一路还穿街走巷，专择僻静人稀的路走。混星子们在街上向来爱走街心，车轿驴马都得躲着他们，他们还拿眼东瞅西瞅，谁要是多瞧他们一眼，茬子就来了。今儿玻璃花却使劲低脑袋，恨不得把脑袋揣在怀里。死崔在一旁心想：我叫你小子打今儿甭想再露脸儿啦！

那时，南门外一片大开洼，净是些蚊子乱飞的死水坑，柳树秋子，横七八叉的土台子，没人添土的野坟，再有便是密不透气的芦苇荡。住在这儿的多是雁户。拿排枪打野雁、绿头鸭、草鹭和秧鸡，到墙子那边去卖。这是个常年热热闹闹的野市，俗叫"南市"，凡吃、穿、用的，随便买卖，应有尽有。鲜鱼新米、四时蔬果之外，还有些打八叉的小商小贩，倒腾各种日用的新旧杂货。江湖上的"金、瓶、彩、挂"，什么拆字的，算马前课的，拉骆驼或"黄雀叼帖"的，打把式卖艺的，变戏法的，耍滦州影儿的，唱包头落子、哈哈腔、西河大鼓的，等等，都聚在这儿混吃糊口。天津这地方，有块地儿就有主儿。河有河霸，渔有渔霸，码头上有把头，地面上有脚行，商会有会长，行行有师祖，官场里上上下下，大大小小，一个衙门里有一个说一不二的老爷。在这集市上，欺行霸市要数"三大块儿"——戴奎一、何老白，包万斤，都是"安座子"已久的老江湖（"大块儿"是指身上的钢筋铁骨腱子肉）。这三位"大块儿"能耐最大的便是戴奎一。他手里的一把弹弓可称天下奇绝。顶拿手的一招，是把一个薄瓷的小酒壶横放在桌上，瓶口放一颗泥弹儿，这泥弹儿与瓶口大小不离，他站在三十步远的地方一弹射去，把那泥弹儿打碎在壶中，绝不损伤瓶子。他用这手绝顶功夫招人观看，实是卖"化食丹"。只要演过几招弹弓，他就捧着一块血淋淋的鲜牛肉，生嚼生吃，再吞下几粒羊屎蛋似的丸药，口称这丸药到肚里，生冷俱消。他拿这种叫人目瞪口呆的法儿卖药，人们花钱买药，并非相信这药真能化食，而是害怕他这股恶劲。据说，光绪二十年，河南来个马班儿表演"小刀山"。河南的马班子大都会几手少林功，恃仗本领在身，没有先去拜会他，把他惹恼了。当一个年轻的女把式爬上三四丈高的大杉篙拿大顶时，戴奎一站在远处大叫一声："戴爷给你换个左眼！"开弓一打，"啪"地把一个泥珠射进那女把式的左眼窝，马班子的男男女女都要跟戴奎一动武，眼望着这把上了子儿的弹弓，谁敢靠前？从此谁也不敢招惹他了，就是玻璃花那左眼放着没用，也不愿意换个泥球。

"戴爷，咱哥儿们麻烦您来了！"玻璃花拱拱手说。他此时气不壮，说话时精神也不足。

"您这是嘛话，三爷！哥儿们我在城南，您在城北，城隔着人，不隔着义气。前儿，崔四爷来，把您的话捎给我。我跟四爷说了，只要您三爷一句话，咱哥儿们掉脑袋也认！不过……我刚才用脑瓜又琢磨琢磨，那个卖炸豆腐的傻小子，值我戴奎一的一个泥球吗？啊？哈哈哈哈……"

戴奎一咧大嘴岔子，仰面狂笑。他光着膀子，这一笑满身疙瘩肉像活耗子那样上下直动。他长得人高面阔，猿背蜂腰，鹰鼻豹眼，宽宽一条橘黄色亮缎腰带上，别着一根柳木叉架、牛皮筋条的大弹弓子。当下，他正站在自家店门口，店内迎面墙上挂着两副死人的骨头架子。这背景和打扮一衬托，就愈发显得凶厉。本来戴奎一答应好今天为玻璃花去拔撞。虽说他向来天不怕地不怕，但是个人就有脑子，这两天耳边经常听到有关傻二的辫子的传言，传得神乎其神。在将信将疑之间，他开始掂量起来，为这个从来也没对自己出过力、眼下正走背字的混星子，去碰碰那个不知根底的傻二，值不值得……

　　死崔好像看见了戴奎一心里怎么拨棋子儿。他想，如果戴奎一不帮忙，就会挤着玻璃花对傻二暗中下手。反正玻璃花绝不敢再跟傻二明着较量，而且已经几次计划着，派几个小混星子暗中对傻二下手。暗着干向来比明着干能成事。只要把傻二弄残，玻璃花就会在估衣街上重新抖起来。故此，必须设法使戴奎一去和傻二打一场。如果戴奎一赢了，就在外面散风说，玻璃花没能耐，借刀杀人，玻璃花的脸上也不光彩；如果傻二赢了，戴奎一必然恨玻璃花毁了他的名声，还会有玻璃花的好？想到这儿，他就拿话激戴奎一：

　　"戴爷，听那傻巴说您根本算不上咸水沽人。"

　　"怎么讲？"戴奎一没听明白这话是嘛意思。

　　"那傻巴是咸水沽人。他说，咸水沽水硬，人也硬，不出螃蟹。"死崔说。

　　"我听不懂你的话。"戴奎一说。

　　死崔含笑道：

　　"就是骂您呗！螃蟹的骨头长在外边，肉长在里边，外硬里软，不过看上去挺硬罢了。您先别生气，那傻巴还有话——他说，要论胳膊大腿之外的功夫，谁也顶不住他的辫子，您的弹弓子不过是小菜儿！"

对付人的本事，全看能不能摸准对方的要害。看准要害，一捅就玩完。死崔深知，戴奎一虽然人高块大，心眼并不比针眼大。他更懂得，嫉妒这东西挺哏：男人嫉妒男人，女人嫉妒女人，同辈嫉妒同辈，同行嫉妒同行；出家在外，同乡还嫉妒同乡——没听说过，山海关一个名厨子，会嫉恨起广东一个卖字画的，哪怕这舞笔弄墨的家伙比他名气再大。

果然，戴奎一的胸膛里盛不下这几句话，气得骂开了。

死崔火上再浇油：

"人家都管傻巴那辫子叫'神鞭'！"

这"神鞭"是他为了气戴奎一，顺口编出来的。

"嘛叫'神鞭'？"戴奎一吼着。他心里的火顺着血流遍全身，手背、胳膊、脖子、太阳穴上的面条粗细的青筋，根根都鼓胀起来。

"他说，只要是凡人，想抽谁就抽！"死崔说着拿一双乌黑的小眼瞅着戴奎一发怒的脸。他要眼看着这炉火，直把戴奎一的胸膛烧透了才成。

戴奎一大叫道："他是神仙，我也把他射下来！"说着，把腰间的弹弓取在手，扭身来一招"回头望月"，把两个泥弹儿连珠射上去。只听天上"啪"一响。第二个泥弹儿飞去得更急，直把第一个打得粉碎。

玻璃花拍手叫道：

"好功夫！管叫那傻巴的脑袋成漏勺！"

戴奎一听了，脸上立见笑容。他叫徒弟进屋取出一个缎面绣花弹囊，再从一排排晾在青石板上的泥弹儿中间，择出一些最圆最硬、颜色发黑的胶泥弹儿装满袋囊。戴奎一转了转眼珠儿，进屋拿了两个铁弹丸掖在腰间，便走出屋来，带着两个徒弟，与玻璃花、死崔去找傻二打架。

从西关街走到头儿，有个土坯打墙围着的院子。墙挺高，上边只露出三两个青瓦顶子，几棵老枣树黑紫黑紫，没发芽儿，带刺的树杈，密密实实罩在上边。院里没动静，树上没鸟叫，烟囱眼里没有烟往外冒，倒像什么奇人怪客住在里头。

有人给玻璃花壮胆，他顿时精神多了。上去"啪啪"拍门，扯着脖子叫喊：

"耍狗尾巴的，三爷找上门儿来了！"

砸了一会儿，毫无响动。他找了半块砖刚要朝门板砸去，忽听一个哑嗓音：

"我在这儿！"

他们不觉回头瞧，只见不远处的几棵大柳树下，站着傻二。还是那件蓝布大褂，粗长的辫子盘在头上。玻璃花跑上去，恨不得把傻二撕了：

"你别以为三爷栽了，今儿找你结账来啦！"

傻二态度谦恭，话说得诚心诚意：

"三爷说到哪儿去了？我哪有能耐跟您闹。那天我也是稀里糊涂，赶巧碰您三爷两下，您不当回事就算了！"

"好小子，你还想寒碜我！你他妈'稀里糊涂'就把我打了？好大口气！傻巴，明白告你，今儿还不用三爷教训你。这位，瞧见了吗，戴奎一，南市打弹弓的戴爷——你三爷的兄弟，来给你换眼珠子来了。有能耐你就使！"

戴奎一站着没动，拱拱手说："我这个属螃蟹的，来会会神鞭！"这几个字，酸不溜秋，拿着劲儿，好像从牙缝里挤出来的。

傻二听蒙了。嘛是属螃蟹的？神鞭？神鞭是嘛玩意儿？他说：

"我别听差了音儿。闹不明白您说的是嘛话，劳驾再说一遍。"

戴奎一嘿嘿一笑："你是听美了，还想再听一遍。我可从来不用嘴皮子侍候人。既然咱俩都是咸水沽人，拿咸水养大——有你没我，有我没你，来吧！"他脱去外衣，取弓上弹。

玻璃花凑上前说："戴爷真行，往后城北有事就找我。哎，您可小心他的辫子！"

傻二又听什么喝咸水的话，更加莫名其妙，不等他问明白，戴奎一狠巴巴逼着他：

"怎么玩法？"

傻二说：

"算了，您的功夫我见过。咱们何必做仇呢？"

死崔在旁边叫道：

"您听明白了吗？戴爷，他只说见过您的功夫，可就不说好坏。见过算嘛？吹糖人、捏面人的也见过！"

这是往火头上再吹一口气。戴奎一气呼呼盯着傻二的脸说："你不动，我动！"他已然把弹弓抻开，拉紧的牛筋直抖。

傻二想了想，走到三丈远的地方站好，对戴奎一说：

"您打我三个泥弹儿，咱就了事，行不？"

戴奎一说：

"三个？不用，一个就穿瓢！看着——"

说着，右腿往后跨一大步，上半身往后仰，来个"铁板桥"。这招也叫"霸王倒拔弓"。随即手指一松，弓声响处，一个泥弹儿朝傻二飞去，快得看不见，只听得"哧"地穿空之声，跟着，啪！泥弹儿反落到场地中心，跳了三下，滚两圈儿，停住了！再瞧，傻二的辫子已经从头顶落在肩上。这泥弹儿分明是让辫子抽落在地的。这一下真可谓"匪夷莫思"，使戴奎一和众人亲眼看到傻二辫子上不可思议的神功了。

戴奎一输了一招。顾不得刚才自己说过的话，出手极快，取出那带在腰间的两个生铁弹丸，同时射去。这叫"双珠争冠"，一丸直取傻二的脑袋，一丸去取下处，使傻二躲过上边躲不过下边。这招又是戴奎一极少使用的看家本事。

铁弹丸又大又沉，飞出去呜呜响，就听傻二叫声："好活！"身子一拧，黑黑的大辫子闪电般一转，划出一个大黑圈圈。啪！啪！把这两个弹丸又都抽落在地。重重的铁弹丸一半陷进地皮。傻二却悠然自得地站在那儿，好像挥手抽落两个苍蝇，并不当回事儿。众人全看呆了。

这一下，如果不是亲眼瞧见，谁都会不信。但事有事在，不信也是真的。

戴奎一大脸涨成红布。他不能再打了。原本说好打一个弹儿，已经打出三个；再说，自己也没有更厉害的招法，只有认输。他把弹弓子往腰带上一插，拱手说：

"该你的了，撒开手来吧！"

傻二摇着双手说：

"戴爷，您要再打，我也绝不还手。今儿咱们算交个朋友，不算比功夫。您不过打几个弹儿玩玩罢了。"

这几句话丝毫没有带着钩儿刺儿，明摆着这傻二不想多事。戴奎一心里盘算，要是就此打住，还能带着脸儿回去；要是闹下去，非把脸儿丢在这里不可。自己绝对顶不住傻二这条神出鬼没、施过法术似的辩子。还是识路子，借傻二的话赶紧下台阶为好。这时，傻二又说：

"戴爷，我是炸豆腐的，不是武林中人，也没打算往这里边扎。故此，不愿跟任何人做仇。您刚才说的那些话，我琢磨不透——你干嘛说我是咸水沽人？我往上数八辈都是安次县人，我也生在乡下老家。还有，您说那'神鞭'指的又是谁？是不是您弄拧了，还是有人拿瞎话赚您？反正我说的都是实在话，没一个字儿虚的。"

这几句话，登时把戴奎一心里的火全撤了。他没答话，双手抱拳朝傻二拱一拱说："你是亮堂人，我——走了！"转身没搭理玻璃花和死崔，径自去了。

傻二见事情了结，也回家了。

玻璃花赶上戴奎一说：

"戴爷，不能就这么算了。甭听傻巴得便宜卖乖的话。您一走，可就算栽给他了。您不是还有一手'换眼珠'吗……"

戴奎一好似胸膛鼓满气，不吭声，大步蹭蹭往前走，走着走着，忽然停住，张嘴大骂玻璃花："滚你妈的，我差点叫你砸了牌子！我他妈打不过人家，拉我来垫背。我姓戴的从来没像今天这么窝囊过，你还把我往死里推。我先给你换个眼珠子！"说着，扯起弹弓就要打。皮筋一下拉得像线儿那么细。看来，他要把心里怒气全拿这泥弹子发泄出来。

玻璃花一害怕，竟然扑腾跪在地上，惊恐地大叫：

"戴爷，戴爷，您是我爷爷！您千万不能废我，我家里还有八十岁老母和怀抱的儿子呢！"

其实他光棍一条。这是江湖上求人饶命的套话。

混星子们哪能怕死？玻璃花向来拿死当儿戏，今儿为嘛脓了，难道叫傻二的辫子把脊梁骨抽折了？这一来，众人可就瞧不起玻璃花了。

"死崔，你还不打个圆场！"玻璃花想叫死崔了事。

死崔嘿嘿阴笑，一句话不说。他要的正是这个结果。

玻璃花只好跪在地上向戴奎一求饶。

戴奎一使劲一扯弹弓，泥弹子没往外打，倒把双股的牛筋条"啪啪"全扯断了，弓架撇在道边沟里。他板着铁青大脸二话没说，带着徒弟走了。

玻璃花跪了一阵子。忽然想到死崔，扭头一看，空无一人，死崔早不见了。

他站起身，想了想，觉得事情有些不妙，便直奔北大关的"锅伙"。这"锅伙"是混星子们聚会议事的地方。死崔正在里边，他进屋就和死崔闹翻了。死崔不像往常，不单不怕他，反而比他还横；平时跟在他屁股后边的小混星们，也都跟他上劲儿。以往，他给一股恶气顶着，在估衣街上说一不二，今儿仿佛气散了，怎么也硬不起来，竟叫混混们像轰狗一样轰出来。他没处去，又跑到瑞芝堂药铺，还惦着住到后院那间屋去。此时，照看铺面的已是蔡六。这小子皮笑肉不笑，话里话外使点损腔，没叫他进去，反把他请出来，气得玻璃花在街上大骂：

"好啊！破鼓乱人捶呀！等三爷把傻巴儿的辫子揪下来，就砸你的铺子！"

蔡六拿鸡毛掸子轻轻抹着柜台上的尘土，好像没听见。路上的人都站住脚，看玻璃花大吵大闹，就像看笼子里边的恶虎，样子虽然可怕，却又没什么可怕的了。

第五回　谁知是吉是凶是福是祸？

一连好些天，傻二没有担挑上街卖炸豆腐了。甭说出门，只要门儿开条缝，就有小孩子在外边叫："神鞭出来喽！"还有些闲人，蹲在家对面的大树下边，等着瞧他，好像等着瞧出门子的新媳妇。平时，他整天进进出出也没人瞧，站在街头扯着嗓子叫喊："油炸——豆腐！"声音从这条街传到那条街，也叫不来几个。看来世上的事，不是叫喊就成的。

他真后悔！那天万万不该使唤辫子。他还觉得对不起死去的爹。他爹咽气前，拿出一辈子最后一点劲儿，把平时叮嘱过成百上千遍的话，吭吭巴巴再重复一遍：

"这辫子功……是咱祖宗一代代传下来的。我一辈子也没使过……记着……不到万不得已，万万别使……露出它来，就要招灾惹……祸，再有……传子传孙，不传外人……记好了吗……"

临终的话，就是遗言。老子的话平日少听两句没嘛，遗言不能违背。可是，那天见到玻璃花截会，自己哪来那么大的火气？整个头皮都发烧，连辫子好像也有了感觉！头发根发抖，辫子往上撅，好似着了魔，控制不住要痛快地发泄一番。他抽玻璃花头一下，几乎想也没想，辫子自己就飞出去了。哪里知道辫子上竟有千斤力呢！

他自小跟爹学辫子功，不曾与人交手，不知如此神速和厉害！而且使起来，随心所欲，意到辫子到，甚至意未到辫子已到。这辫子上仿佛有先知先觉。他疑惑，是不是祖宗的精灵附在上边？

正如父亲再三嘱告的话，辫子一使出来，就给他招惹一串麻烦，先是玻璃花，玻璃花引来戴奎一，戴奎一引来在西市上的砸砖头的王砍天，王砍天又引来鸟市上拉硬弓的柳梆子……全都叫他抽跑了。几天前，四门千总马老爷打发人拿来帖子请他去，想派给他一个小缺，在护城营当什长，只教授武功，别的不干，饷银不高，倒是清闲得很。但他家世代不沾官场，他相信：进了官场，没好下场。当即对千总爷说，自己只会耍辫子，属于歪门邪道，拳脚棍棒，一概不通，推掉了这个差事。千总爷也不勉强他，只叫他耍耍辫子，当玩意儿看看，他不好再推辞，花里胡哨耍一通，耍上性，还当场打落飞来飞去的几只蜻蜓，千总爷看得眼珠子都瞪圆了，当即把府、县、镇、署、前后左右中各营的几位老爷用轿子抬来，叫他重新再耍一遍。他只得照样再耍耍，不用真本事，几位老爷已经开了眼，赏了他许多财物。老爷们一点头，傻二的大名就不是歪名。于是，从早到晚，都有人来拜师。人们不知道他的姓氏名号，又不好问，人家都出了名，还好问人家姓嘛叫嘛，只得尊称他"傻二爷"。他三十来岁，一直被人称呼贱名"傻二"，忽然贱名后边加个"爷"字，反而有点别扭。他还想叫傻二，还想卖豆腐，但已经不行了，眼下，只有一条祖传的规矩得牢牢把住，便是不收徒弟。他不管那些求师心切的人，怎么死磨硬泡，索性拴上门，砸门也不开。饿了就炸豆腐吃。但是，总不能天天吃炸豆腐活下去吧。

他捏着自己这条大辫子，耳听外边把那个不知从何而来的"神鞭"的绰号，愈叫愈响，真不知是祸是福，是吉是凶。一方面，他想到这辫子居然把地面上那些各霸一方的有头有脸的人物，统统打得晕头转向，暗暗自得；另一方面他又犯嘀咕，天津卫这地方，藏龙卧虎，潜龙伏蛟，强中自有强中手，能人后边有能人，以后不知还要引出嘛样的凶神恶煞呢。他总有点不祥的预感！

第六回　祖师爷亮相

不出所料，三天后，有人又嚷又叫，使劲砸门了。听声音，就知不是好来的。开门看，又是玻璃花。但这小子一见傻二就后退三步，好像是怕叫辫子抽上，看来他是给辫子抽怕了。

然而，今儿玻璃花精神挺足，大拇指往后一挑，撅着下巴说：

"傻巴，你看看，今儿谁来会你了？"

大门外停着一顶双人抬的精致的轿子。前后跟着八个汉子，一水青布衫，月白缎套裤，粉绿腰带，带子上的金线穗儿压着脚面；脚上穿薄底快靴，头上各一顶短梁小帽，显得鲜亮爽利。单从这跟随的衣着上看，轿子里坐的绝非一般人。此地人多官多，官儿从七品数到一品，城里城外到处都竖着旗杆刁斗，老爷便是各种各样的了。谁知这是谁？但这阵势已经把傻二唬住了。

"怔着干嘛？"玻璃花朝傻二厉声叫道，"还不有请索老爷。"

傻二说："有请索老爷！"心里却糊里糊涂，不知这索老爷是哪位。

轿夫扬起轿杆，两个跟随上去左右一齐撩起轿帘，打里边走出一个老者：清瘦脸儿，灰白胡子，眉毛像谷穗长长地从两边耷拉下来；身穿一件扎眼的金黄团花袍子，宝蓝色贡缎马褂，帽翅上顶着一块碧绿的翡翠帽正，镶在带牙的金托子上。他耷拉眼皮，像闭着眼，似乎根本没瞧傻二，大气之极。看上去，不是微服私访的大官，就是家财万贯的大老爷，多半是来请自己去做武师或护院的。他正盘算，万一这位大老爷请他，自己怎么谢绝。但玻璃花一说出这老头姓名，叫他心里像敲锣似的一响：

"索天响，索老爷。津门武林的祖师爷，不认得，还是装不认得？"

天津谁人不知索天响的威名！他在武林中稳坐头把交椅。都说，单指拿大顶，脚踢苍蝇，躺在蜘蛛网上睡觉，是他的"三绝"。他住在西门里镇署对过的板桥胡同，但幽居深院，找他不见，也从不在公众前露面，他的名帖却没有走不通的地方。大人物都是金脸儿银脸儿，本都是难得瞧见的，今儿居然找到他门上。傻二不明其故，又有些受宠若惊。他恭恭敬敬给索天响作了长揖，说道：

"您老要是不赚脏，就请屋里坐，我给您泡茶。"

索天响好像没听见他说话，眼睛仍旧半闭半睁，不说话，也不动地方。

玻璃花便朝傻二叫道：

"索老爷是嘛身份，能进你狗窝？索老爷听说你小子眼里没人，叫你见识见识，也教教你今后怎么做人。"

傻二慌忙摇手，惊慌地说：

"不成，不成，我哪是索老师傅的对手！身份、辈分、能耐，都差着十万八千里，绝不成！索老师傅，傻二在您面前，屁也不是。"

索天响的神气好像睡着一样。待傻二说完，他却开口冷冷地说："你不是要拿什么'神鞭'，把我当'冰猴'抽吗？"嗓音又哑又硬，像是训人。

"我可不敢这么狂！索老师傅，我……"傻二不知是惊是怕，说不出话来。

"好，我问你，你的功夫跟谁学的？"索天响依旧半闭着眼。

"傻二这点能耐是家传的。"

"哪门哪派？"

"门派？提不上门派。我爹也没跟我说过。"

索天响轻蔑地一笑，依旧闭着眼说："没有门派，叫嘛功夫？那不成了戴奎一的江湖之技了？好，我先考考你的见识，你——"他虽然听见傻二惶恐的推辞声，还是硬逼着问道："天津卫谁的功夫最高？"

"自然是您索老师傅，您底下才是霍元甲，鼻子李，铁手黄。"傻二说完脸上掬出笑容，以为索天响听了准高兴。

谁知索天响听到霍、李、黄三个，两边嘴角同时向下一撇，似乎说那三个在他名字后边也不行，应当只提他一个才是。索天响干咳两声，又问：

"武林人常说，南拳北脚。你会几种南拳？"

"我——一种也没见过。"傻二挺窘。

"哼，你这也自称练武之人。那你说，你听说过几种南拳？"索天响的口气，很像主考官。

"……听人说，梅花拳厉害得很。我还听……"

"胡说！"索天响截住他的话，"南北都有梅花拳，你说是哪个？北方查拳分十路。一路母子，二路行手，三路飞脚，四路升平，五路关东，六路埋伏，七路才是梅花。南拳分大小梅花拳，并非十分厉害。厉害的要数——刘拳，蔡李佛拳，洪佛拳，白眉拳，虎鹤双形拳，龙形拳，南杖拳，螳螂拳，插拳，黑虎拳，太虎拳，龙门拳，铁线拳，天罡拳……"

索天响一口气顺溜地说出一百多种，傻二听得瞪圆小眼，心想今儿碰上高人，该栽跟斗了。

玻璃花得意之极，叫着：

"傻巴，听傻了吧！你有师娘吗？"

索天响的跟随们也都面露讥笑。

索天响接着问道："你上辈说没说，你这点功夫，是从哪路拳里化来的？"这口气愈加咄咄逼人。

"形意吧——好像是。"

"好，你说，形意为谁所创？"

"说不好！是不是达摩老祖创的？"

"哈哈，达摩老祖！那都是乡野之人，不学无术，以讹传讹。你连形意拳的开山鼻祖都说不出来，也敢把自己和形意扯到一块。这形意本是国朝初年山西蒲州人姬龙丰所创。张芸的《形意拳述真》说，'明清之交有姬公际可，字隆风者，蒲东诸冯人，精大枪术，遍游海内，访求名师，至终南山，得岳武穆五拳谱，意既纯粹，理亦明畅，后受之于曹继武，于是传衍下来。'这在雍正十三年的《心意六合拳谱》、马学礼的《形意拳谱》上都有记载。形意分三派。河南一派，传马学礼，山西一派传戴龙邦，河北一派由戴龙邦传给李洛能。你既是安次县人，家学形意，可知道李洛能？"

傻二听得汗都下来了，他摇摇头，但不甘心在玻璃花和周围一些人眼里一无所知，草包一个，想了想便说：

"我爹曾对我说，我祖上创这辫子功，是从豹子甩尾悟出来的。这便是得到'形意'的要领。"

"更是胡说！你要说'少林五拳'，还扯得上。'少林五拳'为龙、虎、豹、蛇、鹤五形拳。内应心、肝、脾、肺、肾五脏，外应金、木、水、火、土五行，并与精、力、气、骨、神交互修炼。其中确有一门'豹形拳'。形意的'十二形'为熊、鹞、龙、虎、龟、燕、蛇、猴、马、鸡、鹰、鸟台。哪来的'豹'？形意要六合，心与意合，意与气合，气与力合，肩与胯合，肘与腰合，手与足合。还有三层道理，三层功夫，你可懂？"

"嘛叫'三层'？"傻二搭不上腔，真像个不掺假的傻巴了。

"嘿，今儿可算费了牛劲。听着，三层道理是——练精化气，练气走神，练神还虚。三层功夫是——一层明劲，二层暗劲，三层化劲。你连这个也没听说过？我的徒孙也能背出来呢！"

"我真正嘛也不懂。您老跟我盘道，我嘛也说不出来。"

"好笑！凭你这点道行，也想往津门武林中插进一脚来？还要称王？可笑！你年轻，不懂事，才这样轻狂。我可以告明白你，打你没生下来，这世上的每一寸地面上都有名有姓。你想立足，谈何容易。你别是缺心眼儿吧！"

玻璃花和众人一齐哄笑。

"索老师傅，我绝不想往武林里扎。我只会耍几下辫子，身上的功夫就像破鞋跟儿——提不上。"傻二认真地说。

"噢？"索天响一直半闭的眼睛忽然睁开，一双灰眼珠淡而无光。他问："你身上没功夫？"

"我能骗您？您不信就试试我。"

"好，我试试你。你动辫子吗？"索天响说。

"不动辫子，就试腿脚，您一摸就知我身上没功夫。"

索天响说："咱有话在先，说好就试腿脚啊！"然后双手一分，就要用武。

一个跟随上来问索天响，是否脱去袍褂，索天响摇摇头，只把袍子的前襟提起来别在腰带上，对傻二说一句："我这叫'三十六招连环脚'，瞧！"说着就来到傻二跟前，两条腿使出踢、蹬、踹、点、扫、铲、勾、弹，专取傻二下盘。一招一式，有姿有态，出手绝非寻常，颇有大家气派。傻二忽想起春和营造厂的粉刷师傅毛吹灯，每次粉刷房子，都穿一身黑，一举一动，像天福戏园老生马全禄的做派那么讲究。刷完浆，身上居然一个白点不沾。凡是这种高手，举动就不一般，自己绝不可半点大意。他想到父亲教过他的八字身法——吞、吐、沉、浮、闪、展、腾、落，一边回忆，一边用心使用，虽然生疏，倒能躲左避右，应付一气。他因有言在先，不动辫子，逢到机会也绝不甩出辫子来。打了一阵子，觉得有点奇怪，这索老师傅的拳脚固然有招有式，举手投足讲究又好看，怎么没有叫人触目惊心、突兀险奇的招数？看来，这老头不愿意欺侮晚辈，有意对自己摆摆样子，并不打算伤害自己。这也是人家祖师爷该有的气度。

这是五月天气，今儿芒种，天阴发闷。索天响两边太阳穴已经沁出汗来，脑袋晃动，太阳穴，就像蝉翼一般，闪闪发亮。按说索天响这种轻功极佳的人不该这样，也许年岁大了，毕竟不如年少，再过数招，居然"呼呼"有些微喘。傻二说："您老是不是歇一歇？"索天响乘他说话，不大留意，冷不防扬起一脚，直踹傻二的小肚子，这一脚可是往要害的地方去的。傻二不由得来个"嫦娥摆腰"，刚好把这脚让过去。索天响踢空，用劲又过猛，险些把身子带出去。他赶忙收腿，一时立不稳，慌乱中两只手摆了摆，才算立住身子，就势手一指傻二，说道：

"你既然累了，我让你喘喘。"

在场的人都看出索天响有些气力不济。傻二心想，这老头儿远道来，闷在轿子里，中了暑热吧，便收住式子，说："我去给您老端茶。"刚转身，只觉得身后寒光一闪，一阵冷森森的风直奔自己的后脖子。他心想不好，头上的发辫反应比他的念头更快。"啪"一响，再扭身，只见地上插着一柄半尺多长扎眼的快刀。索天响像木头柱子戳着发呆，右手的手背上有一条红红的印子，显然是给自己的辫子抽的。而自己的发辫已然搭在肩上，就像玩蛇的，绕在肩上的大青蛇，随时都会再蹿出来。这突然的变化，叫众人看傻了。有人想到，怪不得索天响刚才不脱袍褂，原来怀里藏刀，那傻二又是怎么比眨眼还快，把这刀抽落在地上的？

索天响偷袭不成，一不做二不休，抢上一步要去拔插在地上的刀子，傻二的辫子比他的手快得多，辫梢一卷刀把，往上一拔，就劲刷地扔出去，嚓！直剁到左边一棵大柳树上，深入寸许，震颤有声。

四下响起叫好声！

索天响浑身上下，数脸皮没色了。他对傻二说话的口气依然挺大："你小子言而无信，称不上武林中人，说好不动辫子，乘我不防动了。你等着，改天叫你尝尝少林正宗'山'字辈儿的佛门拳。所谓内、初、山、寺、团、同、胜、国、少、年、用、者、思、多、猷、民，都是大架佛门，'山'字是前三辈，使出这功夫，保叫你断筋折骨，皮开肉裂！"说完这套话，一头钻进轿子，不等跟随上来落轿帘，自己就把轿帘拉下来，跟着就走。那玻璃花已然跑到轿子前边去，走得更快。

傻二站着没动，眼瞅着飞快而去的轿子，心里纳闷，这等声名吓人的人物，怎么一动真格的就完了。见面先盘道，拿辈分当锤子，迎头先一下，论功夫，一身花拳绣腿，全是样子活。一分能耐，两分嘴，三分架子。能耐不行就动嘴，嘴顶不住还有架子撑着。他原先以为天底下的人都比自己强，从来不知自己这条辫子，把这些头头脸脸的人全划拉了。原来大人物，一半靠名，那名是哪来的，只有他妈鬼知道了。他开始相信自己的本领了。他高高兴兴走进院子，关上门，站在当院，拿桩提气，认认真真耍了一套祖传的一百单八式的辫子功。他愈发感到这辫子真是随心所欲，挥洒自如，刚猛又轻柔，灵巧又恢宏，似有一股扫荡天下、所向无敌之势。他脑袋一晃，刷，辫子顺溜溜盘绕在头顶，这时他心里拱起一股暖乎乎的美劲儿，但冷静下来之后，又觉得这美劲儿里头，还是混着一些模模糊糊、说不清楚的不安。是啊，世上的事不知道的总比知道的多，想象的总比实在的容易得多。走着瞧吧！

第七回　广来洋货店的掌柜杨殿起

人像蜜蜂，哪儿开花往哪飞。

您点儿高时，乱哄哄一大团围住您，没法分清；可是等到您点儿低的时候，真假远近，可就立时看得一清二楚。天津卫有句俗话，叫作：倒霉认朋友。

这几个月，落了坏的玻璃花算尝到了倒霉的滋味。没人理他，也没人怕他。一个人，就是一股子精气神。像他这类人，没人怕，一切全完。他没胆子在估衣街上露面了，那里的威风、便宜、势头、气候，连侯家后大小店铺以及姑娘班子里的油水，一概都叫死崔霸去。他后悔，当年他势头最硬时，没借着死崔打坏自己一只眼，把他废了。现在干瞪眼、生气，也没辙。谁叫自己栽给傻二？怨谁，怨天怨地，不如怨自己。往往坏事的根由还是自己。

他不敢再去找人帮忙。戴奎一，王砍天，柳梆子，全弄得身败名裂。他指望索天响打败傻二，谁想到这祖师爷竟是唬牌的。索天响挨了一辫子，露了馅，回去后，家里边差点叫徒弟们端了。傻二"神鞭"的威名便加倍叫响。人们一谈起"神鞭"，自然扯到玻璃花。就是他在皇会上一闹，才惹出这条"神鞭"，要不傻二今天还在卖炸豆腐，埋没着呢！因此无论谁说神鞭，还都得从他那天"四脚朝天"的大跟斗说起。愈是把神鞭说神了，就愈得把他说得惨些。他还能牛气起来？只有甘心当小狗子。

有一天，他没钱花了，就来到东北城角三义庙左近的展家，敲门后，找飞来凤借钱。胡妈出来拿一包碎银子，说是二奶奶给他的。他觉得这样有点像打发要饭的，又一想自己当下还不如要饭的呢，便接过银包，对胡妈说："告诉你家二奶奶，钱花完了，还来找她。"他用这些银子混了二十天，花完了，真的又来敲后门，胡妈出来告诉他：大奶奶把二奶奶锁起来了。他不信，以为飞来凤不理他。便隔着那堵磨砖对缝的高墙，往里边扔砖头，把院子里的金鱼缸砸碎了，引出展家几个男仆要抓他，吓得他一口气跑到海河边，在盐坨里藏了一天一夜，饿了就抓点盐末子往嘴上抹抹。第二天清早才爬出来，刚走到宫北，忽听有人叫"三爷"。他心里一惊，因为这几个月没听人叫他"三爷"了。扭头瞧，原来是广来洋货店的掌柜杨殿起。

杨殿起专门倒腾洋货，卖美国斜纹布、英国麻布、日本的 T 字布和绉纱。各国的瓷器、金属器、纸张、烟卷、针线等小商品也够齐全。这几年，喜好洋货的人渐渐多起来，有人见洋货得使，有人买个新鲜，有人拿洋货为荣，这就使他的买卖愈做愈赚钱。他还带手收罗土产的红枣、黄麻、驼毛、花生、蚕茧、草帽辫、牛皮羊毛以及骨角等，卖给洋人运出海去，得利也不少。那年头，没有进出口一说，实际上进出口全都叫他包了，做的是来回都赚钱的买卖。这人细高挑儿，小白脸儿，目光锐利，精明外露。脑子快得很。他在紫竹林里结识不少洋人，能说几种洋话，家里有的、摆的、拿的、吃的，净是稀奇好玩的洋玩意儿，叫洋货迷们看了眼馋。有时他还陪着蓝眼睛、红胡子、金头发、白手套的洋人们在城里城外逛一逛，比洋人更不把中国人放在眼里。那时，攀上洋人算一种荣耀。站在洋人堆里，自己也觉得比中国人高一截儿。别看玻璃花喜欢洋货，在杨殿起看来不过是个土鳖。不过，杨殿起来船运货，必须同玻璃花这类人打交道。玻璃花也弄点古董玩器，来和杨殿起换些新鲜洋货，这样一来二去，两下就算很熟了。

杨殿起把玻璃花请到后屋，茶水点心照应，一口一个"三爷"，却绝口不谈玻璃花当下的处境。

玻璃花心想：自己的事，有耳朵不聋就能知道，多半这小子刚打外边做生意回来，还没听到自己的事，不然不会这么待承他。买卖人无论看货看人，都瞧行情。但如果姓杨的真不知道，就该唬着他。

"三爷新近又弄到嘛好玩意儿？"杨殿起问。

"好玩意儿倒是常有。估衣街上那些老板掌柜的，哪个弄到新鲜东西不孝敬我？"玻璃花说。

杨殿起粉白的脸上浮现一丝嘲笑，才出现又消失了。他接着问：

"有嘛，拿一件瞧瞧。"

玻璃花忽然想到飞来凤送给他的那块怀表在身上，便掏出来往桌上一撂，说："瞧吧！"那神气，好像还有十块八块。

杨殿起根本没伸手去摸，只用一种不以为意的眼神扫一下，起身从柜子里取出一个鸡心样的洋缎面的小匣子，也放在桌上：

"你瞧瞧我这块，打开——"

玻璃花也想装得吃过见过，不去动，但心里痒痒，止不住动手打开匣子，里边平放着一块辉煌锃亮、式样新奇的大怀表，个儿大，又讲究。自己那块表摆在旁边，就像不入品的小乡甲站在人家一品中堂身边一样。杨殿起从匣里拿起表来，用手指轻轻一推表壳上小小的金把儿，里边居然发出比胡琴还好听的悦耳之声。玻璃花看得那只花眼珠都冒出光来。杨殿起对他说：

"这比你那块画珐琅的怎样？三爷，你听了别生气，你那块是平平常常的洋货，我这块在洋货里才是上等的。这叫'推把带问'。瞧！镂金乌银壳，打点打刻不打分，一个钟点打四次，每刻一次。你要是想问几点，不用看，一推这把儿，响几下，就是几点。"

杨殿起说着又推一下小金把儿，叮叮当当打了八下，墙上的挂钟的时针正指在"Ⅷ"字上。

"里边好像有个人儿。"玻璃花情不自禁叫起来。

"比人报得还准！人还有遗忘的时候呢。"杨殿起笑道。

"嘛价儿？"玻璃花问。

杨殿起说："这是压箱底的宝贝，哪能卖呢？"说着把表收在匣里。匣子却摆在玻璃花面前。

玻璃花忍不住总去瞅，一瞅心里就像有个小挠子，挠他的心。他瞟了杨殿起一眼，忽然说道：

"你他妈别来这套，不想出手你给我看？你箱子里绝不止这块表，还不是装满了洋货！"

杨殿起笑而不答，好似默认了。跟着把话扯到另一件事上去：

"您那两个小铜炉还在手里吗？"

于是两人斗起法来。杨殿起一边贬他的铜炉是宣德炉，年份太浅，一边还追着要。这铜炉原是北大关落子馆唱莲花落的一斗金孝敬他的。他曾经拿这炉子，打算和杨殿起换一副玳瑁架的洋茶镜，没有成交，这次又嚼了半天舌头，还是没谈妥。杨殿起掏出一个洋指甲剪子，嘎嘎剪指甲，玻璃花头次见到这稀奇玩意儿，看得入了迷，再也沉不住气了，说拿自己两个铜炉加上飞来凤给他的珐琅表，换一块"推把带问"的怀表，外加这把指甲剪子。杨殿起觉得很合适了，但仍不吐口，非要玻璃花把铜炉拿来细看一看再说。

"我那两个炉子存在一个小混混家，今晚我去取，明早给你送来。"

"那好。明早我正要你跟我走一趟。"杨殿起说。

"哪儿？"

"紫竹林。"

"干嘛去？"玻璃花一怔。紫竹林是洋人的租界，那时候，一般人都怕去租界地。

杨殿起笑了。

"瞧你，喜欢洋货，却怕洋人。我不告诉你，但准有你的好处。"

玻璃花脖梗一歪说：

"三爷怕过谁？好处不好处，咱爷们不在乎，你得说明白，嘛事？"

"有位洋大人要会会神鞭。你不是跟他交过手吗？洋大人请你去说说，神鞭那小子有嘛绝活，这还不容易。你就劲还可以逛逛洋场。"

玻璃花一听这话才明白，原来杨殿起早就知道自己的景况。他没给自己白眼，是因为有用于自己。准是洋人给他什么好处，他才为洋人找自己的。好小子！想白使唤人，没那样便宜事！他就故意说自己明天有事去不成，想挤杨殿起现在就拿出表来。杨殿起立刻明白玻璃花这点蠢念头，他换了一种教训人的口气说：

"你挺明白的人，怎么犯傻了？这洋大人是东洋武士，要找神鞭打一架。你琢磨，咱国货抵不上洋货，国术哪能抵得过洋术？这东洋武士要把神鞭撂倒，你三爷不是又精神起来了，这事情一半也是帮你的忙哪！难道你打算后半辈子就这样窝窝囊囊下去了？东西算嘛？都是身外之物，再说，我还能少你的？"

玻璃花一晃脑袋，登时明白过来，马上答应明天去紫竹林。他把桌上的点心全划拉到肚子里，起身走出洋货店，乘着肚里有食，胡混一天，天擦黑就去金钟桥边那个小混混家去要铜炉。他踢开门，掏出一把刀子在自己胳膊划一道，鲜血直淌。小混混以为玻璃花报复来的，"扑通"趴在地上直叩头，没想到玻璃花开口却是要铜炉。他当即拿出铜炉来，用纸包好，交给玻璃花。玻璃花见床上放着一顶崭新的珊瑚顶子的小帽翅，不知这小混混打哪抢来的，他顺手操起，扣在头上就走了。

第八回　出洋相

转天大早，玻璃花换上出会那天不中不洋的打扮，袍子外边特意套上飞来凤送给他的那件洋马褂，来到广来洋货店。杨殿起见了就笑道：

"袍子外边怎么还套上西服坎肩？哈哈哈哈，到洋人那儿去，哪能这种打扮，甭说你这套行头不伦不类，就是穿上地道的洋装，在洋人眼里也是中国人，洋人反而看不上。"

杨殿起的穿装是顶顶考究又华美的国服。横罗大褂，拷纱马褂，两道脸儿的银缎鞋，一码崭新，用料上等，做工更是精致讲究。腰带上坠着九大件：扳指儿啦，怀表啦，笔筒啦，眼镜啦，胡梳啦，鼻烟壶啦……一概装在镶金嵌银的绣花套子里，下边垂着八宝流苏，一走三摆，手里还拿一把香妃竹的绢面扇，上边有字有画。

"好啊，铃铛寿星全挂齐啦！"玻璃花叫道，"八大家的老爷们也不过这一身吧！"

杨殿起笑一笑，没吭声。

玻璃花觉得自己跟人家一比，就露穷相了。这要在过去，他准得开口向杨殿起借身行装，现在不知为嘛，舌尖嘴皮都不硬气。他一面脱去洋马褂，一面把纸包的铜炉交给杨殿起。杨殿起打开一看，就说："呀，那天我在灯下没看清楚，一直以为是宣德炉，谁知竟是假宣德，你瞧这锈，都是浮锈，纯粹是做出来的；再看底上的字儿，多赖！算了算了，带去当作见面礼送给洋大人吧！"说着交给同去的小伙计。

"你他妈别拿它借花献佛，我没钱时，还指着它当点钱花呢！"玻璃花说。

"你堂堂三爷，干嘛说话露这种穷气。我嘛时候叫你流过血？和你交朋友，就得认赔！你凭良心说，是不？"

杨殿起说着笑着，两人一同穿过二道街，来到河边，那里早停着一辆大胶皮轮子的东洋马车。两人钻进四面透亮玻璃车篷，伙计登上车尾的踏板上，车夫"当——叮"一踩罐子样的大铜车铃，车子直上新修官道，刷刷地奔往东边的紫竹林租界。

玻璃花几年没进紫竹林，隔着玻璃窗子认出道边的江苏会馆、风神庙、高丽馆，以及邢家木场堆成大山小山似的蒿杆木板，溜米厂晾晒的东一片西一片的白花花的小站米，都是老样子。可是一进马家口，满认不得了。洋房、洋行、洋人，比先前多许多。各种各样的洋楼都是新盖的，铺子也是新开张的；那些尖的、圆的、斜的楼顶上插着的洋旗子，多出来好几种花样。还有一些树直花斜的园子，极是雅静；路面给带喷嘴的洒水车淋湿，像刚下过小雨，又压尘，又潮湿，男女老少的洋人，装束怪异，悠闲地溜达，活像洋片匣子里看的西洋景。玻璃花恍惚觉得自己留洋出海，到了洋人的世界中来。

杨殿起叫车夫停了车子。两人下车，伙计付了车费。没等玻璃花闹明白这里原先是哪条道，忽然一个东西飞来，又硬又重，"啪"地一下砸在他的腮帮上。他晕晕乎乎，还以为是谁扔来的砖头；前几天，在东门里就不明不白挨了一下，多亏歪了，砸在肩上。他捂着生疼的脸大骂：

"操你姥姥，都拿三爷不当人！"

"别乱骂，这是洋人的球。"杨殿起说着，拾起一个毛茸茸的球儿给玻璃花看，"瞧，这叫网球。"

只见左边一片绿草地上，一男一女两个洋人，中间隔着一道渔网似的东西。每个人手里都攥着一个短把儿的拍子，朝他咯咯笑，那男的愈笑愈厉害，索性躺在地上，笑得直打滚儿，一会儿肚子朝上，一会儿屁股朝上。那女的边笑边朝这边喊着洋话。杨殿起也朝他们喊洋话。

"你说的嘛？"玻璃花问。

"他们向你道歉，我说别客气。"

"客气？他打了三爷，就该赔罪！"

"您真不明事理。洋人能朝你笑，还道歉，就算很客气了。我看这两个洋人年轻，要是年岁大的，对你客气？不叫狗来轰你，就算你走运。"

"我他妈要是不客气呢？"

"叫白帽衙门的人碰见，起码关你三个月，还得挨揍，挨饿，外带罚银子。行了，三爷，别瞧您在天津城算一号，在这儿，随便一个洋人，就比咱知府大三品。这儿不是咱的地盘。咱平平安安，把东洋武士请去给您消消那口气，比嘛不强！"

玻璃花捏捏这又硬又软、挺稀罕的球儿，说道：

"行，三爷不跟他生气。但也不能白挨这一下，这洋球归我啦！"

他扭身刚要走，那女洋人穿着白纱长裙，像个大蝴蝶，跑上来两步，喊几句洋话。杨殿起叫玻璃花把球扔给她，少惹麻烦，玻璃花心里窝囊，也没辙，发泄似的把球狠狠扔过去，口中骂道：

"拿彩球往你三爷头上砸，三爷也不要你这臭娘儿们！"

那边两个洋人都不懂中国话，反而笑嘻嘻一齐朝他喊了一句洋话。玻璃花问杨殿起：

"他们说嘛？三块肉？是不是骂我瘦？"

杨殿起笑着说：

"这是英国话，说是'谢谢'的意思。这两个洋人对你可是大大例外了。我来租界不下一百次，也没见过这么客气的！"

嘻嘻，玻璃花心里的怒气全没了。

没走多远，杨殿起引他走进一座洋人宅院。头缠青布的黑脸印度仆人进去报过信，他们便登上摆满鲜花的高台阶，见到一个名叫"北蛤蟆"（实际叫"贝哈姆"，是玻璃花听了谐音）的洋人，秃脑袋，黄胡子，挺着松松软软的大肚子。人挺和气，总笑，还是哈哈大笑，好像觉得一切都很好玩。此外，还有两个上了岁数、身上散香气的洋女人，眼珠蓝得像猫，腰细得像葫芦，仿佛一碰就折。玻璃花头次在洋人家做客，真有点蒙头转向。特别是处处洋货：洋房、洋窗、洋桌、洋椅、洋灯、洋书、洋画、洋蜡、洋酒、洋烟和种种古怪有趣的洋零碎，叫他眼睛花得嘛也看不清楚，而且一半连名字也叫不上来。连养的一只长毛的花花大洋狗也隔路，趴在地上看不出哪儿是脑袋。以前，弄点洋货，好比大海捞针，这次算是掉进"洋"海里了。

杨殿起和北蛤蟆去到另一间屋，不知干嘛，甩下玻璃花一人。他正好得机会把这些洋玩意儿细心瞅一瞅，否则就白来了。他一眼先瞧见桌上有个黄铜小炮，心想多半是个小摆设，好奇地一按炮上的小钮，"咔"一下，从炮口射出一个东西，掉在地上，吓他一跳，再看原来是根洋烟卷。他把洋烟卷拾起来，却怎么也塞不回去了。他以为自己把这东西弄坏了，便将烟卷揉碎，偷偷掖在坐垫下边。他老实地坐了一会儿，不见人来，斜眼又见手边有个倒扣着的小银碗，上边有柄，柄上刻着两个光屁股的女人。他轻轻一拿，只听"叮叮叮"响，原来是铃铛。应声就有一个大胡子的印度人跑进来，瞪圆眼睛对他说话，他不懂，以为人家骂他，可这大胡子立即端来一杯又黑又浓又甜又苦的热水。

他不通洋话，吃亏不小。杨殿起和北蛤蟆有说有笑，说来道去。那北蛤蟆对杨殿起腰上拴的九大件感兴趣，从进门到出门，不断地摸摸这个，捏捏那个，不住地怪声呼叫，还拉来那两个女人看，好像见到什么宝贝。他坐在一旁，不知做什么，又不懂得洋人礼节，只好随着杨殿起去做去笑，人家点头他点头，人家摇头他摇头。一举一动都学人家，可活活累死人。后来北蛤蟆似乎对他发生了兴趣，总对他笑。到底是喜欢他，还是他脸上蹭了黑？弄不明白。一直到他与杨殿起告别时，北蛤蟆连说几声"拜拜"，又看着他，拍着自己的秃脑壳狂笑不止。

杨殿起进紫竹林，就像回老家，东串西串，熟得很，也神气得很。他叫玻璃花在一个尖顶教堂门前稍稍等等，自己进去一阵子才出来，然后带他往左边拐两个弯，再往右拐三个弯儿，走进一家日本洋行。这儿从院子到走廊都堆着成包成捆的中国药材、皮货、猪鬃、棉花之类。打这些冒着各种气味的货物中间穿过，在一间又低矮又宽敞的屋子里，与洋行老板喝茶。杨殿起换了一口日本话与老板谈了一会儿，老板起身拉开日本式的隔扇门，只见当院一张竹榻上，盘腿坐着一个穿长衫的日本人，垂头合目，似睡非睡，倒挺像庙里的老和尚打坐。

洋老板会说中国话。他告诉玻璃花，这就是东洋武士佐藤秀郎先生。跟着，洋老板朝佐藤咕咕嘎嘎喊了几句日本话。

佐藤把他谢了顶的脑袋一抬，露出一张短脸；眼儿一睁，一双藏在眉棱子下边的鹰眼，灼灼冒光。他双臂一振，像只大鸟，款款跳下竹榻，立在地上，原来是个矮子，矮身短腿，胳膊奇长，评书上说刘备"两手过膝"，原来世上真有这样的人。这家伙阴森森，真有点吓人。

洋老板叫玻璃花讲讲神鞭的能耐，玻璃花虽与神鞭交过手，又亲眼见过神鞭大败戴奎一、索天响等人的情景，但至今他也没弄明白那辫子怎么来怎么去，一闭眼只觉得晃来晃去，有如一条蛇影。此时，他为了在洋人面前表示自己是有用之人，便把那神鞭真真假假、云山雾罩地白话一通，真说得比孙猴子的金箍棒还厉害。

没料到，东洋武士听得上了火。他叫人拿来一杆赶大车的马鞭，交给玻璃花，叫玻璃花抽他。玻璃花哪敢。

洋老板说：

"佐藤先生叫你抽，你自管用劲抽。"

杨殿起也说：

"东洋武士瞧不起没能耐的，你不抽我抽。"

玻璃花心想，三爷不抽你是客气，打便宜人谁不会。他挽起袖口，抡起鞭子死命朝佐藤抽去。"啪"一响，并没抽上佐藤，鞭梢好像挂在什么地方了，抬头看看，头上无树，也没有别的东西缠绕，再一瞧，原来是给佐藤抓在手里。玻璃花吃惊地叫出声来：

"这——"

佐藤已撒开鞭梢，叫他再抽。他一鞭鞭，上下左右地，一鞭比一鞭狠。但每一下都给佐藤抓住，出手之快，看也看不清。玻璃花把鞭子扔在地上，抱拳说：

"佩服，佩服，佐爷！我没见过这种本事。"

杨殿起笑道：

"你就知道洋货好。洋人不强，洋货能强？"

老板把这些话翻译给佐藤，佐藤脸上毫无得意之色，大声喊来四条身材矮粗的日本汉子，看上去个个结实蛮勇，一人手里一杆长鞭。四人站四角，挥鞭抽打佐藤，佐藤左腾右跃，鞭子渐渐加快，佐藤的身子化成一条鬼影似的，分不出头脚，却没有一鞭沾上他。只听得鞭子在空气里挟带劲风的飒飒声。玻璃花看得发晕，一只眼显然更不够使的了。

　　忽然，鞭影中发出佐藤一声怪叫，佐藤就像大鸟从中闪电般蹿出来一样转眼间落在竹榻上。四条日本汉子傻站在那里，鞭子挥不动，原来四条鞭子的鞭梢竟给佐藤挽个扣儿，扎结在一起了。

　　杨殿起大声叫好称绝。玻璃花连"好"都喊不出来，为了表示自己不是外行，他琢磨一下，对佐藤说：

　　"佐爷，原来您练的是专门抓小辫！"

　　佐藤秀郎不答话，神气却傲然，好似天下所有人的辫子都能叫他抓在手里。玻璃花真算不白来，大开眼界，由此便知，天底下，练嘛功夫的人都有，指嘛吃饭的也有。当下，佐藤拜托玻璃花，送一张战表给神鞭傻二，约定三日后在东门外娘娘宫前的阔地上比武，到时候不到人就算认输。玻璃花见有这样的后戳，胆气壮起来，答应把战表交到傻巴手心里，把话捎到那傻巴的耳朵眼里。随后，杨殿起又用日本话同老板佐藤说了一小会儿，玻璃花插不上嘴，有些气，心想杨殿起这小子不是有话背着自己，便是有意向自己炫耀通洋语。分手时，玻璃花为了表示自己不是土鳖，就把刚才从"北蛤蟆"那里听来的两个字儿的洋话说出来：

　　"拜——拜！"

　　这一来，反弄得日本人大笑。

　　在返回城去的马车里，玻璃花问杨殿起，洋人为嘛总笑自己。杨殿起说：

　　"三爷不知，洋人和咱中国人习俗大不相同，有些地方正好相背。比如，中国人好剃头，洋人好刮脸；中国人写字从右向左，洋人从左向右；中国书是竖行，洋人是横排；中国人罗盘叫'定南针'，洋人叫'指北针'；中国人好留长指甲，洋人好剪短指甲；中国人走路先男后女，洋人走路先女后男；中国人见亲友以戴帽为礼，洋人就以脱帽为礼；中国人吃饭先菜后汤，洋人吃饭先汤后菜；中国人的鞋头高跟浅，洋人的鞋头浅跟高；中国人茶碗的盖儿在上边，洋人茶碗盖儿在下边。你刚才在贝哈姆先生家把碟子当碗盖，盖在茶碗上，当然人家笑话你了。"

杨殿起说这些话时，有一股精神从小白脸儿直往外冒。

"你敢情真有点见识！"玻璃花感到自愧不如。可是他盯了杨殿起的脸看了两眼，忽然说道，"我明白了——你小子原来两边唬——拿中国东西唬洋人，再拿洋货唬中国人。今儿你腰上拴这些铃铛寿星，就是为了唬北蛤蟆的。对不对？哎，我那两个铜炉子呢？"

杨殿起没说话，从怀里摸出两样东西给他。一样是指甲剪子，一样是块亮闪闪的金表，正是昨天见到的那种"推把带问"的。但不是昨天镂金乌银壳那块，而是亮光光、没有做工的镀金壳，显然是杨殿起刚从洋人手里弄来的。

"你小子，拿我那两个铜炉子换了几块表？"玻璃花问。

杨殿起看他一眼说："你不要就别攥在手里，拿来！我把那两个假宣德还你。你知道我往里搭进多少东西？一大挂五铢钱，还有一盒子血浸铜浸的玉件！"

"好小子，反正真假都由着你说。你和北蛤蟆跑那屋捣嘛鬼，我也不知道。认倒霉吧！"玻璃花推了一下表把，放在耳边，美滋滋地听一听，随即把表揣在怀里，链卡子别在胸前。

"你可还得给我再搜罗些铜佛、掸瓶、字画什么的。我——还有些好玩意儿，你见也没见过呢！"杨殿起说。

　　玻璃花身子随着车厢的摆动，眼瞅着在胸口上晃来晃去的金表链，听着杨殿起的话，忽然精神抖擞起来：

　　"等东洋武士打赢，三爷我翻过把来，咱他妈就大折腾折腾！"

第九回　佐爷的本事是抓辫子

　　四名长衣短裤的日本汉子在娘娘宫前的阔地上，用刀尖画个大圈，场子就打出来。不管人多挤，谁的脚尖也不敢过线。

　　这儿，除去山门对面的戏台不准上人，四边的楼顶、墙沿、烟囱，能站人的地方都站满了人。还有些人爬到过街楼"张仙阁"，推开窗子往下瞧。只见东洋武士佐藤秀郎和神鞭傻二面对面站着。东洋武士浑身全黑，短身长臂，鼠面鹰目，那样子非妖即怪。傻二还是宽宽松松一件蓝布大褂，辫子好像特意用蓖麻油梳过，上松下紧，辫梢夹进红丝线头绳，漂漂亮亮盘在顶上。人们都盯着他这神乎其神的辫子，巴望亲眼看见他显露神功。

　　东洋武士一抬手，玻璃花捧上一根碗口粗、四尺长、上平下尖的木桩子。东洋武士接过木桩，尖儿朝地，拿拳当锤，哐、哐、哐、哐，硬往下砸，眼见木桩一寸一寸往地下扎。这一出手就把人们看呆了，玻璃花高兴地又喊又叫。

　　玻璃花纯粹傻蛋一个。前三天说好，今天比武，日本洋行的老板不来，这边全靠杨殿起和玻璃花照应。杨殿起还得当翻译。偏巧昨晚杨殿起说铺子里有急事，坐船去了宁河的东丰台。玻璃花哪知道杨殿起由于天津人自打咸丰九年望海楼那桩教案，仇洋的情绪好比涨满的河水，使点劲就会溢出来，他怕招惹众怒，耍个滑儿躲开了。玻璃花竟然挺美，他以为杨殿起不在，日本人又不懂中国话，他想怎么说就怎么说了：

"傻二，瞧！今儿东洋的哥儿们，替三爷我拔撞来了。怎么样？三爷的路子野不野？今儿叫你小子明白明白，是洋大人神，还是你那狗尾巴神。看谁还敢骑着三爷的脖梗子拉屎！谁他妈恶心过三爷的，今儿东洋哥儿们就替三爷出气！哎，傻巴，你怔着干嘛？"

傻二确是有点发怔。

大前天，有人把战表包块砖头扔进他家院子，他就怵头。为嘛？说也说不明白。反正那时候中国人怵洋人，谁也不知道为了嘛。有原因就有办法，没原因就没办法。直到昨天后晌，他还犹犹豫豫，依然没有回表应战。这当儿有人敲门，他坐在屋里没开门，转眼却见一个人站在跟前，就是一阵风刮进来，也没这么快。这人身材瘦小，鼻子奇大，单看目光透彻的双眼，就知有修行深厚的功夫在身。没等他开口，这人纵身往后一跃，竟然毫无声息地贴在墙上，两脚离地三四尺，原来他左手的无名指钩在墙壁的钉子上，凭借这一指之力自由自在地悬起整个身体，就像蜻蜓落在上边一样，这功夫可是天下少见的。这人笑嘻嘻对他说：

"我看你的神气不对。哥儿们，难道你怵洋人？那你还算不上一条好样的汉子。洋人不过眼珠、头发、皮肤的颜色和咱不同，说话两样，至于其他吗——喜怒哀乐，行止坐卧，吃喝拉撒睡，还不都和咱一样？他们吃饱不打嗝儿，受凉不打喷嚏，睡觉不打呼噜吗？要说能耐，各有各的长处，要说比武打架，非压他们一头不可。哥儿们，论功夫，你在我之上。可是我都不把洋人当回事，你呢？咱初次见面，总不能叫我把你看尿了吧！尿给谁，也不该尿给洋人！洋人的武功再各色，总离不开手眼身法步，你只要留神他用嘛法子，破法拆招，保你打赢。何况你还多一条辫子呢……哎，兄弟，你给我把扇子，这天跟下火差不多。"

傻二转身拿扇子，边问：

"师傅尊姓大名？"

"鼻子——李。"

只听这三个字，回身已然不见墙上那人。头两字"鼻子——"声音还是在那面墙上，最后一个"李"字，已经是从门外边传进来的。

原来此人竟是赫赫有名的鼻子李。轻功盖世，名不虚传。人家既然如此看重自己，胆气也就足了。至于人家说功夫在自己之下，也并非一般客套话。像这种有真本事的人，总爱把自己藏在别人的后边；没真本事的人才总往前蹿，生怕丢掉自己。怕人忘掉是最悲惨的事——这是题外的话了。

且说这时，东洋武士已经把木桩子砸进地里一尺半，地面上露二尺半，他双臂一展，落在木桩上，像只老鹰落在旗杆顶上。他并不进攻，而是朝傻二比画两下，叫傻二进招。傻二想到鼻子李嘱咐他的话，用心琢磨对方的招法，悟到东洋武士身材矮小，够不上自己的发辫，故此先立个木桩，站在桩上，居高临下，逮机会好捉自己的辫子。傻二看破对方招数，也就马上有了对策，他纵身贴前，拳掌并用，就是不动辫子。东洋武士手法极快，把他的来拳来掌，一一抵住，而那双鹰眼始终死盯着他头上的发辫。傻二主意拿定，不到紧要关口，绝不使唤神鞭。东洋武士也看透了他的用意，故意卖个破绽，待傻二贴前，猛出双掌，快若迅雷疾电，傻二赶忙招架，两条胳膊顿时绞在一起，傻二的左腕被拨在中间，只要对方发力，就可能被拨断。使辫子！他刚一动念，辫子已经抽在东洋武士的脸上，这一下，打得东洋武士立即松开双臂，身子一晃，险些掉下木桩，但傻二这一辫子打出去，似乎感觉辫梢碰到什么，这是东洋武士的手！他立即明白东洋武士今天憋足劲是来捉自己的辫子的，挨了打也没忘了抓他的辫子。他变个招数，不用横抽，而是如蛇出洞，寻到空隙直戳出去。软软一条辫子，使得像铁杆扎枪，刚猛异常。玻璃花在一旁叫道："佐爷！小心辫梢扫眼睛！"东洋武士不懂中国话，怔了一下，就给傻二的辫梢飞快地戳上眼睛，不等他睁开眼睛，傻二抡起辫子就抽，"啪"声如霹雷，打得东洋武士在木桩上转了两圈，若不是脚下有根，早跟土地爷热乎去了。

这两下把东洋武士打糊涂了，他闹不清辫子的来龙去脉，甚至不知这辫子究竟在哪儿。可是他忽然见傻二的辫子一甩，像棍子一样横在自己眼前，东洋武士见这机会绝好，出手抓辫，指尖将将沾上辫子，这辫子又变成链条在他手腕"刷"地缠了两道。跟着傻二来个"狮子摆头"，硬把东洋武士从木桩上甩起来，同时一拳打在东洋武士胸口上。这一拳为了不叫东洋武士借机抓他辫子，因而运足了气力，锐不可当，直把东洋武士晕头转向地扔在对面的戏台上去。就这一瞬，傻二已然站在那木桩上，神鞭乌光光又松松地绕在肩上，双手倒背，神气顶足，好像站在那儿看戏。

在众人叫好和哄笑中，东洋武士就像名丑刘赶三，傻乎乎立在戏台上。不知谁大喊一声："打他妈洋毛子呀！"跟着一大群人跳进场子和四条日本汉子打成一团。看热闹的人见闹事了，有的往南跑，有的往北跑，反而挤成大瞎团。一时拳飞棒舞，不知谁揍谁。死崔忽然带着一帮小混混，冲进人群，围住玻璃花，一把将他胸前的金表夺去，跟着混混们手舞斧把、竹竿、门闩，把玻璃花打得杀猪一般嚎叫，一直把嗓子喊劈了，出不来声音。

第十回　它本是祖宗的精血

傻二鞭打东洋武士，不单威震津门，也落得美名四扬。本地乡绅送来厚礼和钱帖，才子们送来条幅对联，还有梅振瀛写的两对大漆描金的横匾。一块是"张我国威"，一块就是这"神鞭"二字，尤其这"神鞭"写得尤见气势。"鞭"字最后一捺甩出来，真像傻二的辫子一甩那股劲——又洒脱又豪猛。可惜他房小屋低，没处悬挂。本地的山西、闽粤两家会馆就召集买卖人募捐银钱，张罗泥工瓦匠，给他翻盖房屋。因为他这一鞭，压住了洋人的威风，也压住了洋货如潮、猛不可当的势头。一连多少天，卖国货的铺子盈利眼看着往上增。故此，无论傻二怎样推却，也推不掉众人这份盛情。紧接着，就有更多好武少年求他开山收徒，传授神功。他祖辈的规矩非子不能传。但不知谁在外边嚷嚷，说他大开门庭，广收弟子。每天叩门拜师的人很多，杂七杂八，嘛样都有。有的脑袋后边的辫子不比老鼠尾巴长多少，毫不自量，也要学辫子功。有一天，来一个黑脸的胖大汉子，辫子比棒槌粗，长得几乎挨地，竟然比傻二的神鞭还长。傻二愈看愈不对，上去一抓，掉下来一多半，原来掺了假发！傻二没工夫和这些人胡缠，便关上门，门板上贴张黄纸，写明不收徒弟。可外边照样有人自称是他的嫡传弟子。大仪门口的益美丰当铺迎面墙上，挂出一条大辫子，说是当年"傻二爷"送的。下边贴张红纸，写着"神鞭在此，百无禁忌"八个大字，引得不少人去观看，说真说假，议论不已。后来各买卖铺一窝蜂都挂出辫子来，也就没人再论真假了。

市面上闹得这样厉害，傻二是凡人，凡人不能免俗，难免得意扬扬，迷迷糊糊像驾了云。他想自己出人头地，穿着打扮都得合乎身份，便在人家送来的礼品中，择了一套像样的袍褂，刚要试穿，忽听门外传来拨动橇头的声音，知道这是担挑儿剃头刮脸的王老六。自己也正该把辫子精心梳洗整理一番，便开门把王老六招呼进来。

王老六是宝坻县人，本领出众。据说他当年在老家学艺时，师傅叫他抱着挂霜的老冬瓜剃，只准剃去瓜皮上的一层白霜，不准划破瓜皮。老冬瓜都长得坑坑洼洼，练过这一手才算真本事。王老六在西头一带，走街串巷二十多年，没听人说他划破过谁的头皮。可他今儿有点反常，不一会儿已经在傻二的头上划破五条口子，每划破一道口，就赶紧用胰子沫堵住，不叫血出来，杀得头皮好疼。傻二抬眼见王老六握剃刀的手直抖，便问：

"你怎么啦？"

这话问得直。王老六以为傻二看出自己心里的鬼来，扑腾跪在地上，浑身都抖起来，声音都发抖：

"您饶了我吧，傻二爷！"

傻二摸不着头脑，但觉得事情里边有事，往深处一追，王老六招出。原来玻璃花和杨殿起把他找去，说洋人要花一百两银子买傻二头上的辫子。他们先给王老六十两，待王老六割下辫子，再把赏银补齐。王老六一时贪财应了这事，临到动手心里又怕起来。王老六说到这儿，把头磕得山响，掉着泪说：

"不管您打我骂我，还是饶了我，从今儿我都再不在天津卫担挑剃头了。我白活了六十岁，什么发财的机会没碰上过，如今百十两银子就把我买了。别看我岁数大，到老不做人事，也不算人！"

这事叫傻二听了吃惊不小。

他好言把这财迷转向的老东西安慰一番，打发走后，西城的金子仙来访。这位金先生在各大南纸局挂举单，卖字画，自然一手好字好画，以画"八破"称名于世。这八破，即破碎的古瓶，虫咬的古书，霉烂的古帖，锈损的古佛，熏黑的古画，断残的古钱，磨穿的古砚和撕裂的古扇。他原先最爱吃傻二的炸豆腐，现在就自称是傻二的"老哥儿们"，常来串门。每来必送一幅字，都是用最考究的红珊瑚笺帛写的。

傻二把刚刚发生的事告诉金子仙，并说：

"我纳闷，他们割去我的辫子有嘛用？至多半年不又长出一条？"

金子仙慌忙说："不，不，你快敲木头，这话不能说。这神鞭既是你父母的精血，又是国宝，焉能叫洋人弄去。"他沉一下，放缓口气说，"老哥儿们，虽说你神功盖世，要论您这人……我下边要说的话就有点愣了……"

"你有话干嘛留在肚里！"

"您——哩！您这人可算冥顽不灵。对外，看不明白世道；对己，看不明白……您这神鞭。"

傻二想一想，连连点头说：

"对、对、对！是这么回事。你怎么看，说说。"

金子仙的话题非同一般，神色也变得庄重起来，皱成干枣儿似的眉头上，还颇有些忧国忧民之意：

"如今这世道是国气大衰，民气大振，洋人的气焰却一天天往上冒。他们图谋着，先取我民脂民膏，再夺我江山社稷。偏偏咱们无知愚民，不辨洋人的奸诈，反倒崇尚洋人。就说市面上那些怪怪奇奇的洋货，都是海外洋人的弃物，愚民竟当作珍宝，怪哉！还有洋人的图画，徒有形貌，毫无神韵，更是无笔无墨，上无刘李马夏，下无四王吴恽，全然以媚俗取悦于人，愚民也好奇争买。有人瞧见，紫竹林一家商店摆着一件塑像，名号叫'为哪死'（维纳斯），竟是赤身裸体的妇人！这岂不是要毁我民风，败我民气！洋人不过是猫儿狗儿变的，能有多少好东西？民不知祖，就有丧国之危！老哥儿们，您再想想自己头上这辫子，哪来这样出神入化？您自己也说过，想到哪儿，辫子就到哪儿，想多大劲儿，辫子就多大劲儿。凡人岂有这样的能力？这本是祖先显灵，叫你振奋国威民志，所谓'天降大任于斯人'！洋人想偷神鞭，意在夺我国民之精神！身上毛发，乃是祖先的精血凝成，一根不得损伤。您该视它为国宝，加倍爱惜才是。老哥儿们，我看您为人过于憨厚，凡事不计利害，怕您吃亏，才不管您爱不爱听，把话全扔出来！"

这一席话，已然使傻二听得浑身起鸡皮疙瘩。人们常说，神呀，仙呀，灵呀，魂儿呀，现在竟都在自己身上。他瞥一眼自己的辫子，仿佛弄不明白是嘛玩意儿了。好像脑袋后边拖着的不是辫子，而是整个大清江山，那么庄严，那么博大，那么沉重。但再寻思寻思，这事情确乎有点神。谁有这辫子，谁又听说过这样的辫子？一时，他有种当皇上那样的气吞山河之感。还有种感觉——那时没有"使命感"这个词儿——他就是这种自我感觉。他心想，既然自己的功夫不能外传，就该赶紧娶妻生子，否则便会打他这儿中断了祖辈传衍的神功，对不起祖宗。他见金子仙是个古板人，循规蹈矩，能信得过，便拜托金子仙帮他找个媳妇。金子仙家正好有个老闺女，就送过门来。这女人名叫金菊花，模样平常，人却勤恳诚实，对他的辫子真当作宝贝一样爱惜，三日一洗，一日一梳，为了安全，剃头的事都由她自己来做。梳洗好拿块蛋黄色绣金花的软绸巾包上；还专门缝个细绢套，睡觉时套上，怕压在身子下边挫伤了。逢到场面上的事该出头露面，她在这辫子每一节都插上一朵茉莉花，香气四溢，黑中缀白，煞是好看。这女人就一步不离地守在他身边，防备歹人意外偷袭，这样子极像四月初八城隍庙赛会上，各所看守古董玩器的童子。

第十一回　神鞭加神拳

光绪二十六年，有个歌儿唱彻天津城：

> 一片苦海望天津，
> 小神忙乱走风尘。
> 八千十万神兵起，
> 扫除洋人世界新。

这歌儿来得突然，事情来得更突然。天下闹起义和拳！但如果您要在那时候活过，身子叫在教的二毛子们当驴骑，眼见过知府大人在洋人面前不如三孙子，您又不会觉得义和拳来得离奇突然。俗话这叫：事出有因嘛！

清明一过，直隶省遍地义和拳纷纷竖旗立坛。一入五月，文安、霸州、静海、丰润、青县、沧州、安次、固安等地团民，呼啦啦潮水般拥进天津卫，凭借着两丈高的城垣，与紫竹林的毛子们交上火。炮弹来回来去，像蝗虫一样飞。人都说义和拳能避洋枪洋炮，天津卫的哥儿们应声闹起来，把各个庙宇、祠堂、公馆、公所、学院，甚至大家宅院，全都占作坛口。镇守天津的总督裕制军弹压不住，换个笑脸，穿着朝衣补褂，方头靴子，向各路拳首三拜九叩行大礼。这一来，满街走的都是义和拳了。文官遇上下轿，武官碰上下马，叫这些平时仰头走路的大老爷们垂头丧气，小百姓们自然高兴。这时，像广来洋货店那样的字号，在"洋"字上边贴个"南"字，像玻璃花去紫竹林坐的那类东洋车，也改称作太平车。一切沾"洋"字都犯忌。信教的二毛子、三毛子、直眼们大都给团民们捉去。腿快的逃往租界。杨殿起虽然不在教，平时发了洋财，无人不知，他机灵得很，不等义和拳闹起来，便提早躲进紫竹林，后来"天下第一团"的首领张德成，用八十一条火牛往租界里一冲，他怕租界守不住，就随同贝哈姆的家眷坐轮船出海渡洋，从此不当中国人了。

这些日子，外边人都嚷嚷傻二去紫竹林拿神鞭打毛子，其实他一直待在家。他心里痒痒，想摆个坛口，但又犯嘀咕，不大相信义和拳真能闭住洋枪洋炮。金子仙更是不叫他和乱民掺和一起。他整天闷在屋里，并不死心。

五月十七日，傻二在家，听大街上有人叫喊，传告各家用红纸蒙严烟囱，不许动火吃荤，三更时向东南方供馒头五个，凉水一碗，铜钱五枚。义和拳大师兄要到紫竹林去拆洋人大炮上的螺丝钉，如果马到成功，洋毛子的炮弹就落不到城里来了。不一会儿，又有人喊叫，各家都用竿子挑起红灯一盏，红灯照仙姑今晚要降神火烧教堂。傻二将信将疑，叫金菊花照样做了，一天一夜，竟然真的没有洋人炮弹落下来；当晚城那边果然起了大火，冒起三柱粗粗的黑烟，夹着一闪一闪的大火星子，直把东半边天都烧红了，比正月十五放烟火盒子还要辉煌壮观。一扫听，原来是西门内、镇署前、仓门口的三座洋教堂，给红灯照借来神火烧着了。

转天，傻二在家中无事，忽听有人敲门找他。开门进来一个穿团服的矮小老头儿，倒梨样的圆脸儿，腰间别着一根九孔小管，自称是傻二老乡——安次县廊坊西边香芦村人。他忙请老头儿屋里说话。他不认得这老头儿，老头儿却知道他。因为老头儿和傻二的爹同辈儿。

"你听说一个外号叫'青头愣'的吗？"老头儿问他。

傻二想起，爹爹生前提到过此人，吹一口好笛，在村里的"吹歌会"领头。这会是纯粹的音乐会，红白喜事不吹，只在逢年过节演奏一番，讲求音调和味道。"青头愣"本姓刘，排行老四，由于头皮青得发蓝，乡人给他起了这个蚂蚱的绰号。傻二说：

"原来您是刘四叔啊！"

老头儿高兴地咧开嘴唇，直露出牙花，连连点头。这刘四说，早在乡间就听说天津卫出了一个"神鞭"，他猜到这是傻二爹，谁知这次到天津一扫听，没料到傻二爹没了，但功夫已经传到他身上。傻二问刘四，怎么会猜到是他家。刘四说，天下还有谁会这独门奇功？跟着，他告诉傻二所不知道的事儿——

传说傻二的老祖宗，原先练一种问心拳，也是独家本领，原本传自佛门，都是脑袋上的功夫。但必须仿效和尚剃光头，为了交手时不叫对方抓住头发。可是清军入关后，男人必须留辫子，不留辫子就砍头。这一变革等于绝了傻二家的武艺。事情把人挤到那儿，有能耐就变，没能耐就完蛋。这就逼着傻二的老祖宗把功夫改用在辫子上，创出这独异奇绝的辫子功……

刘四啧啧赞赏地说：

"你祖辈有能耐，这一变，又是绝活！"

傻二好似一下子找到自己的根儿，心里十分快活，呼叫金菊花备些酒菜招待。刘四说，团有团规，不准吃荤、喝酒、逛窑子、诈钱财，违者挨一百杖，还要给赶出坛口。然后就问傻二身怀绝技，为什么待在家，不去竖一杆旗，上阵灭敌，光宗耀祖。他正色说：

"东洋武士都败在你手下，难道你还怕洋人？你匾上写着'张我国威'，挂在这儿给谁看的？你要是把这辫子当作古玩，它可就成死的了。如今，大男儿不去为民除害，以身报国，等啥？我老汉乡下还扔着一大家子人呢！"

"您……今年高寿？"

"整整七十啦！"刘四说。但乡下人操心少，活动多，吃新米鲜菜，都显得年轻硬朗。

"这样高龄也上阵吗？"

"不上阵，我一百多里下卫来干啥？虽然舞不动铁枪钢刀，穷哥儿们杀毛子时，我也吹吹笛，鼓鼓劲儿呗！"

傻二心里一动，眉毛也一动，问道：

"刘四叔，我入你的团如何？"

金菊花一旁想要阻拦，却给傻二的目光逼得没敢张嘴。

刘四笑道：

"不瞒你说，今儿是义和拳的总头领曹福田老师叫我请你来的，当下就在近边的吕祖堂。说啥入不入团，请你去做老师！神鞭一到，团民立刻要精神十倍呢！"

傻二把搁在心里的话说出来：

"人都说义和拳都避枪炮，这话当真？"

刘四看他一眼，说：

"不假。你要看，就随我来！"

傻二把"神鞭"往头上一盘，对刘四说声："走！"就拉着刘四走出大门。

他们来到吕祖堂，这清静的庙宇如今大变模样。殿顶墙头插满牙边绣面的黄红团旗，就像戏台上武生后背插着的靠旗，好不威风！大殿前月台上，团民正操演排刀，殿前摆一条大香案，供着大大小小许多神牌。一尊水缸大的生铁炉子插着数百棵线香，团团浓烟往上冒，直与那些旗子卷在一起。团民们齐刷刷站了一圈，四周还有不少百姓，观看团民拜神上法，表演过刀。这场面可是既奇特又神秘，傻二以前在乡间看过白莲教、红枪会铺坛，连气氛都很相像。

义和拳按八卦中的乾、坎、艮、震、巽、离、坤、兑，分八门，又分红黄白黑四色。曹团是乾字团，主黄，故团民一色黄包头，黄褡膊，黄裹腿。有的青蓝布衫外边罩一个金黄兜肚，镶滚紫边，当胸拿红布缝个"☰"字，高矮胖瘦，老少豪秀，嘛样都有，却一概威风凛凛，神情庄重，若有神在。

一个年轻团民跳到月台中央。这小子圆胖小脸，肥嘟嘟小噘嘴，左眼下有块疤，嗓门又哑又尖，一口地道的天津话。他脚上穿一双白布孝鞋，十分刺眼，自称能求来孙猴子附体。他走到香案前对着神牌先叩三个头。这些木头做的神牌上，用墨笔写着神仙的姓名，却都是戏里的人物。有关羽、姜太公、诸葛亮、张天师、周仓、孙行者、黄天霸、黄三泰、窦尔墩、杨六郎、武松、秦叔宝等，他叩过头，站在香案旁一位络腮胡须、个子高大的师兄，拿起一道符，口中念道：

> 快马一鞭，
>
> 几山老君，
>
> 一指天门开，
>
> 二指地门开，
>
> 要学武技请师傅来。

这穿孝鞋的圆脸团民也口念一咒语：

> 北六洞中铁布衫，
>
> 止住风火不能来，
>
> 天有天道，地有地道，
>
> 齐天大圣护我身，五雷刚。

念过后，闭上眼，浑身猛地一抖，好像有神附入体内，跟着就陡然旋身疾转，手舞足蹈，每一动作都极像猴子。傻二看出这是"猴拳"的招式。大个子师兄问团民："何人下山？"这团民尖声答道："我乃悟空，刀枪不入也。不信就拿刀来试一试！"这声调与戏台上孙猴子的道白差不多。师兄操起一柄开了刃的九环大刀，朝这团民哗哗响举起来。这团民并不怕，拉开衣裤，一运气，肚子鼓得像扣上去的一个小盆儿。师兄一刀砍在肚子上，但听"咔"一响，居然皮肉不伤，刀刃砍过之处，只有一道白印，渐渐变红。这一来，团民愈发神气，对师兄叫道："你拿洋枪来，我也不怕！"师兄就从香案下取出一支洋枪。这洋枪里没上子弹，而是塞满掺了沙子的火药，抬起来，枪口对着团民。这场面可够惊心动魄，谁料这小子胆大包天，非但不避，反而把肚子凑近枪口，带着股刚烈气息，尖声叫得刺耳："来呀，毛子们来呀！"只听轰一响，硝烟飞过，这小子毫无损伤！他像掸尘土那样，把打在肚皮上的沙子用手都拂下来。众人看得说不出话来。傻二心想，这团民用的是不是硬气功！即便如此，这也是顶上乘的功夫。他从未见过，也没听说过。因此对这附神上法也就信多疑少。哪知道，那时义和拳就是用这样的高手，稀世的绝招，鼓动士气，使人相信上阵能避枪炮、灭洋人，以此招徕团众。经过这叫人信服的操演，那些要去打洋人、却畏惧枪炮的哥儿们，就都嚷嚷着要入坛了。

这时，忽从五仙堂走出几个团首，簇拥着一个背披斗篷、腰悬大刀、气度非凡的黑瘦汉子。这汉子正是津门义和拳总头领曹福田。刘四忙引傻二登上月台去见曹老师。

曹老师是行伍出身，浑身带着干练精悍的劲头，见傻二就单手打个问心说：

"神鞭一到，不愁赶尽洋毛子！"

众人见是神鞭傻二来入坛，一齐欢呼起来，气氛很是热烈。

傻二说：

"曹老师为咱中国人雪耻，要率弟兄们去紫竹林与洋毛子一决雌雄，胆量气节，都叫我五体投地。"

曹老师说：

"哪的话！你的神鞭给我添了十倍的力量。就请您当众略施神功，壮我士气！"

傻二马上慨然答应，叫八名团民挥刀砍他，眨眼之间，啪啪数响，不及看清，那八柄腰刀早给横七竖八抽落在地。惊得众人一时无声，然后哄地同声喊起好来。

傻二这几辫抽出精神来，他对曹老师说：

"几时去紫竹林接仗，我愿同往！"

"今日后晌就去。我给您两队团民，由您带领，殷师弟——"曹老师扭头对刚才演排刀、穿孝鞋那个圆脸团民说，"你跟着去！"

"好！"殷师兄过来对傻二说，"只要您叫我上，迎着枪子儿也上，如有半点含糊，就是狗娘养的！"

傻二对他含笑点头。他已经深为这团民的豪气所感动。

"眼看晌午，我就不回家送信了，快快上阵。"傻二说到这儿，心想还是上法在身更牢靠些，便抱拳对曹老师拱拱手说，"愿借神威！"

曹老师当即拿出黄表朱墨，写了咒符一张给他，傻二接过来看，上边写着：

> 家住东海南，
> 日没昆仑山，
> 沙子赛冰凌，
> 闭炮不冒烟。

这四句咒语后边还画个"五雷正法"的符图：

　　他看了半天，似懂非懂，等他把这符咒折成三折，塞进辫根里，感到满脑袋的头发都发烫。似乎真有法力注入他的辫子里。他想：神鞭加神拳，毛子全玩完。心里有种纵入紫竹林，一扫洋人的渴望。

　　这时，曹老师已经派遣三名精壮团民到紫竹林去下战表。那战表上这样写着：

　　　　统带津、静、盐、庆义和神团曹，谨以大役布告六国使臣麾下：刻下神兵齐集，本当扫平疆界，玉石俱焚，无论贤愚，付之一炬，奈津郡人烟稠密，百姓何苦，受此涂炭。尔等自恃兵强，如不畏刃避剑，东有旷野，堪作战场，定准战期，雌雄立见，何必缩头隐颈，为苟全之计乎？殊不知破巢之下，可无完卵，神兵到处，一概不留，尔等六国十载雄风，一时丧尽，如愿开战，晌后相候。

　　晌午，傻二随同团民饱餐一顿百姓送来的得胜饼和绿豆汤，然后，列齐队伍，刀上贴了符纸，开拔上阵。兵分作二路，曹老师一路出东门直捣马家口，傻二一路出南门径取海光寺。临行时，曹老师赠给傻二一块缝着乾字图样的头巾。他掖在怀里没戴，而是故意把那四尺多长的神鞭乌光光顶在头上。

一时，城中人都说，这一下，傻二爷要把毛子们都赶到海里去，就势还要拿神鞭将紫竹林里的洋楼和电线杆全都抽倒。说到电线杆，因为那时百姓们都认为电线杆里藏着洋人的妖法。

第十二回　一个小小的洋枪子儿

地有准，天没准，说阴就阴。虽然没有倾盆瓢泼往下浇，空中飘起又细又密的雨毛毛，不一会儿，树皮草叶就湿乎乎冒光，地皮也发滑了。

刚刚，傻二带领团民与毛子们打了一场硬碰硬的交手战。毛子果然有隔路的招数，挺着枪刺只捅不扎，与咱中国人使唤扎枪的法子大不相同，傻二也使出拿手好戏，辫梢专抽毛子们的眼睛，只要毛子睁不开眼，团民上去挥刀就砍。毛子吃了大亏，忽然脱开肉搏，退到土岗子后边放一排枪。傻二头一次与毛子们交战，这洋枪子儿比戴奎一的泥球神得多，连声音都听不见，辫子自然也毫无举动，身后的团民却一个个倒下去。待他们冲上土岗子，毛子们连影儿也没了。傻二见倒在身边一个团民，胸口给洋枪子儿穿三个洞，鲜血直冒，心里犯起嘀咕，还有几个年少的团民看着发怔，似乎也对"刀枪不入"起了疑惑。那个穿孝鞋的殷师兄走过来说：

"这几个哥儿们功夫没练到家，请不到神仙附体，就顶不住洋枪子儿！"

话刚说这两句，忽然跑马场那边毛子们打起炮来。西瓜大的乌黑的弹丸，眼瞧着远远地飞过来，落在开洼地里，炸得泥水、土块、小树乱飞。殷师兄一点也不怕，对众团民叫道：

"站好啦，甭怕，怕鬼才被鬼吓着！等大炮咋呼完了，毛子们就该出窝啦！"

团民们都迎着又凉又湿的风站着，没一个躲藏。

这阵炮没伤着人。随后，在前边墨绿色的树丛后边竖起一杆小洋旗来，摇了两摇，小鼓咚咚响，毛子们出来了，前后三排，端着枪，踩着鼓点直挺挺走过来。团民们正待迎上去肉搏，毛子们忽然变化阵势，头排趴下，二排单腿跪下，三排原地站着。轰！轰！轰！三排枪。立即就有许多团民向前或向后栽倒。其余团民不明其故，仍旧站着不动，殷师兄尖声喊道："趴下！趴下！"于是团民们和傻二都趴在泥地上。

毛子们换上子弹，轰！轰！轰！又是三排枪。

子弹贴着傻二他们的头和后脊梁骨飞去，压得他们抬不起头来。殷师兄就趴在傻二身边，他的头巾被打煳了一块，压得他必须把脸贴在泥地上，他嘴巴上蹭了一大块泥印子，气得他脸憋得通红，眼珠子直掉泪，奶奶娘地大骂，愈骂火愈旺，忽然跳起来，用那撕扯人心的尖嗓子大叫一声："操他祖宗，我娘叫他们糟蹋，我把他们全操死！"就像疯了一样舞着宽面大刀冲上去。他那穿着白孝鞋的脚，几步就闯入敌阵中间。

应声的团民们立即全都蹿起来，迎着飞蝗一般洋枪子儿上，不管谁中弹倒下，还是不要命往前冲。傻二自然也不管身上有没有法了，夹在团众里，一直冲入毛子们阵中，挥刀舞斧，碰上就打。耳边听着哧哧枪子儿响，跟着还有一阵阵助阵的鼓乐声从身后传来。这乐曲好熟悉！是《鹅浪子》吧！它这悲壮的、尖啸的、凄厉的、一声高过一声的声音，好像带着尖，有形又无形，钻进耳朵，再使劲钻进心里，激起周身热血，催人冒死上前，叫人想哭、要怒，止不住去拼死！呀！这就是刘四叔那小管儿吹出来的吧！他来不及分辨，连生死都不分辨了。一路不知辫子已经抽倒了多少毛子。忽然轰一响，眼一黑，自己的身子仿佛是别人的，猛地扔出去，跟着连知觉也从身上飞开了。待他醒来，天色已暗，周围除去几声呱呱蛙叫，静得出奇，他糊里糊涂以为自己到了阴曹地府。再一看，原来是在一个水坑里，多亏这坑里水浅，屁股下边又垫着很厚的水草，鼻尖才没有沉到水面下边，不然早已憋死。他从水里站起来，身上腿上都没伤，肩膀给洋枪子削去一块肉，血染红了左半边褂子。

他爬上坑边一看，满地都是死人，有毛子，也有团民，衣服给小雨淋得颜色深了，伤口的血却被雨水冲淡，一片片浅红濡染尸体与草地。他忽然发现殷师兄和一个毛子死死抱在一起，一动不动卧在地上。他用手一掰，原来殷师兄的大刀扎在毛子的胸口里，毛子的枪刺捅进殷师兄的肚子，早都死了。在湿地上，那孝鞋白得分外刺眼。他四下把团民的尸体翻翻看，没发现一个有气儿的。不知为嘛，他急于走开这地方。

他辨明方向，往城池那边走。走不多远，忽见一个黄土台上，横躺竖卧一堆死人。细看竟是他老家来的吹歌会，已然全部捐了性命。牛皮大鼓被炸裂，木头鼓梆还冒着烟儿，地上扔着唢呐、笙、小钹、鼓槌。在这中间，斜躺着一个老头儿，头上的包布脱落，脑壳露在外边，给雨淋得像瓜似的，冒着幽蓝幽蓝的光。他手里紧紧攥着一根九孔小管，呀，正是刘四叔！他差点叫出声来。当他俯下腰给刘四合上眼皮时，心里一阵难受，并涌起一股火辣辣的劲儿来，头发根儿都发炸，他猛扬头，一甩辫子，要只身闯入紫竹林决死一拼，但他忽然感到脑袋上的劲儿不对，再一甩，还不对，辫子好像不在脑袋上，扭头看，还在后背上垂着，真怪！他把辫子拉到胸前一看，使他大惊失色，原来这神鞭竟叫洋枪子儿打断了，断茬烧焦起来，只连着不多几根。掖在辫子里边的黄表符纸也烧得剩下一小半。嘛？神鞭完啦？

啊！他蒙了，傻了，不知道是怎么回事。一时好似提不住气，一泡尿下来，裤裆全湿了。

天黑时，他才回去，却不敢回家，又怕路上撞到熟人，叫人看见。他用曹老师给他的那块头布包上脑袋，进城后赶快溜进丈人金子仙家。金子仙听了，惊得差点昏过去，待他神智稍稍清醒，就忙把傻二严严实实藏起来，千万不能叫外人听到半点风声！

第十三回　只好对不起祖宗了

天津城陷后，很长时候，没人提起傻二。有人说，他去紫竹林接仗那天，踩响毛子埋的地雷，丧了性命；也有人说，他叫毛子们施了法术，关进笼子，还用电线捆起神鞭——那时人们不知电线怎么回事，以为其中有魔——装上船，运到海外展览。庚子变乱之后，一连几年，人心不定，社会不宁。毛子们拆去天津城墙，又把租界扩大一倍，天津地面上的毛子更多起来。中外一仗，有人打明白了，不再怕毛子；有人打糊涂了，更怕毛子。他们想，天上诸神下界，都拿毛子没辙，一条神鞭，即便真是祖宗显灵，也顶不住。

金子仙人够精细。他把傻二这么一个五六尺、咳嗽喘气的大活人，藏在家里半年多，居然没人知道。傻二养好肩上的伤，断辫子却一直没长好。那辫子是给洋枪子儿斜穿肩膀打断的，上边只剩下半尺多，养了半年，长过了二尺却愈长愈细，颜色发黄，好比黄羊屁股上的毛，而且尖头出了叉儿。头发一生又就不再长，辫子少了一尺，甩起来不够长，也没劲，打在人身上就像马尾巴扫上一样。

这些天，金子仙父女和傻二的心情极糟，真像打碎一件价值连城、祖辈传下来的古董。金子仙跑遍城内外的药铺，去找生发的秘方。直把腿肚子跑细了一寸，总算打听到估衣街上瑞芝堂的冯掌柜有这样的秘方。金子仙马不停蹄来到估衣街，谁知药铺的掌柜早换了蔡六。蔡六说冯掌柜在半年前，洋人洗城时，叫一堵炸塌的山墙压死了。金子仙不死心，又幸亏他鼻子下边长了一张不嫌费事的嘴，终于在北大关"一条龙"包子铺后边找到冯掌柜。冯掌柜如今在一间豆腐块大的门脸房摆小糖摊。一提药铺，冯掌柜就哭了。

原来，庚子变乱之时，聂军门武卫军的马弁们在估衣街上，乘乱烧抢当铺，大火把瑞芝堂药铺引着。蔡六抢在水会来到之前，把账匣子扔到火里。药铺的钱账，早就由冯掌柜交给蔡六掌管，花账、假账肯定不少。这一烧就没处查对。火灭之后，蔡六买通一伙人，自称是债主，向冯掌柜讨债，冯掌柜拿不出账来，蔡六又里应外合，点头承认铺子欠着这些人债款，只有人家说多少给多少，直把冯掌柜逼得倾家荡产。最后把药铺盘出去，才把债还清，谁知收底盘下这铺子的正是蔡六。冯掌柜抹着泪说：

"这应了一句老话，真能治死你的，就是身边的人。"

金子仙感慨不已。人活五十，都经过九曲八折，都有追悔莫及的事，联想傻二的辫子，他后悔变乱时，不该叫傻二和菊花住在城外，若在身边，他绝不叫傻二去和洋枪洋炮玩命。他见冯掌柜胆小怕事，老实软弱，不会在外边多说多道惹麻烦，就悄悄把傻二辫子的事告诉冯掌柜。他明白，如果他胡诌一个什么亲戚得了鬼剃头，冯掌柜不会拿出秘方来。他话到嘴边，犹豫一下，不自主用点心眼儿，只说傻二喝醉酒，辫子叫油灯从中烧断的。冯掌柜听了，叫道：

"呀！神鞭断了，这还得了！您老别急，我这儿有个祖传秘方，还是太后老佛爷用的。这方子我没给过任何人。前年头里，阮知县得秃疮，掉头发，我也没给他使过这方子，只给他抄一个偏方。偏方和秘方是两码事。我祖上传这方子时，有四句诀：'青龙丹凤，沾上就灵；黑狗白鸡，用也白用。'傻二爷不是凡人，那辫子是祖传法宝，只要用上这方子，保他眨眼就生出黑油油的头发！"

金子仙叫道：

"太好了！我就信祖传的！人家告我紫竹林一家德国药店，卖什么'拜耳生发膏'，灵透了，我就不信。不信洋人比咱祖宗高明。"

冯掌柜听得眉开眼笑。他先收了摊子，关上门，然后打开屋角的花梨木箱子，从箱底取出一个紫檀小匣，开了铜锁，捧出一个用宋锦裹得方方正正的小包，上边系着一条皇绫带子，解带剥包，再把一层又一层缎的、绸的、绢的、毛纸的包皮打开，最后才是一块玉片压着的几张药方。药方的纸儿变黄，那些拿馆阁体的蝇头小楷写的字依旧笔笔清晰。他恭恭敬敬把药方放在桌上，用镇纸压牢，取了纸笔，一边郑重其事誊抄，一边把各药的用法细心讲解出来：

"这是《千金方》。寻叶、麻叶……各三两……米泔水煮汤，要等它不凉不热时拿它给傻二爷洗发。它有促生毛发健旺之效。这是《圣惠方》，本是太后老佛爷最喜爱的梳头药。总共三味药：榧子，三个，去壳；核桃，两个，带皮；侧柏叶，一两，生用，放在一起捣烂了。切切记住，药引子必须是雪水。千万不能用一般河水井水。要用雪水泡透药末，再用梳子蘸这药水梳发。这核桃的功效在于

'润肌黑发'，如果新发赤黄，就在里边多加一个核桃……你能记得住吗？"

金子仙拍着手说："行了，行了，这下神鞭保住了！"他又问道："多少钱，我付！"

冯掌柜虽然软弱，却好激动。他见金子仙这样高兴，又激动起来。摆着手说："分文不取！保住神鞭，也是保住咱祖宗留下的元气。我情愿赠送！"他又另给金子仙抄了两个秘方。一是《老佛爷护发膏》，一是《老佛爷香发散》。这样，洗梳撒涂的药，全都齐了。冯掌柜嘱咐他，把这药分在几个药店去买，别叫人暗中抄去了方子。医药之道，剽窃抄袭更是厉害。

金子仙心想，自己真是碰上大好人。千恩万谢之后，便揣起方子快快活活去抓药。回去按方一用，果见成效。这药仿佛藏着神道，不多天，傻二的头发渐渐变黑变亮，仿佛用油烟墨一遍遍染上的。随后就眼看着粗起来，有如春天的草枝。半月后，忽见每根头发都拱出乌黑崭亮的尖子来，好像蹿芽拔节，叫金家父女惊喜得直叫。而且，用药以来，金菊花用新鲜的雪水泡药，拿它天天给傻二梳洗头发，眼看日长三分，过年转春，那一条光滑乌亮、又粗又长的神鞭完全复原了。

傻二耍几下，和先前那条并无两样。

这时候，外边到处传说，傻二没死，也没给洋人运到海外，他的辫子叫油灯烧断了。像秃尾巴鸡一样躲在老丈人金子仙家里，于是就有好事的人，假装到金家串门，包打听。金子仙反而从这些"包打听"口中套出，这些传说竟是打冯掌柜嘴里说出来的。他想，没错！这些话正是自己告诉冯掌柜的。幸亏那天留个心眼儿，真话没全说，否则人们都会知道神鞭是给洋枪子儿打断的，岂不坏了大事！这真叫他后怕得很。他愈想愈气，直拍桌子，还要去找冯掌柜算账，但沉下心一想，对冯掌柜这种软弱的人，骂他一顿又有嘛用？别看这种人脓包，更坏事。他心中暗道：

"这也应上一句老话：可怜人必可恨！"

傻二宽慰老丈人：

"何必气呢，明儿我上街一逛，露露面，保管嘛闲话全没了！"

第二天，金家父女陪着傻二城里城外转一大圈。人人都看见傻二，也看见傻二头上耀眼的神鞭，传言立时无影无踪了。看来，谣言不管多厉害，经不住拿真的一碰。就像肚子里的秽气，只能隔着裤子偷偷往外窜。

尽管在外人眼里，神鞭威风如旧，但傻二的心里不是滋味。那天，在南门外洼地上，看不见的洋枪子儿穿肩断辫的感觉，始终沉甸甸压在他心上，高兴不起来。虽然他在众人面前强撑着"神鞭"的功架，"张我国威"的大匾依旧气势昂扬地挂在家中。他五脏六腑总觉得空荡荡，没有根，底气不足。这辫子在头顶上就像做了一个灿烂又悠长的梦。现在懵懵懂懂地醒来，就像有股气从辫子里散了。

近一年来，金子仙的日子不好过。花钱买他的"八破"自来多是遗老遗少，而遗老遗少总是愈来愈少。他每天唉声叹气，不知要念上多少遍"古调虽自爱，今人多不弹"。但不卖画就没饭吃，肚皮常常会瓦解人的硬气劲。他便改用费晓楼的笔法，给活人画小照，给死人画小影。偏偏这时，洋人的照相业传进来，花不多钱，就能把人的相貌神气，一点不差留在小纸片上。洋人的照相术虽然奇妙，却也有缺陷，相片不能大，画像要多大有多大。但没等他发挥画像的长处，排挤照相，跟着打海外又传来一种擦炭画法，把相片的人放大，并且画得和相片一样逼真。这纯粹不叫金子仙吃饭了，气得他大骂洋人，逢"洋"必骂，发誓不买洋货，还把家里一台对时的洋座钟砸了。可是庚子之后，城拆了，没城门，不用按时辰开门关门，鼓楼上又驻扎洋人的消防队，那"一百零八杵"大钟早就停止不打。他便无法知道时辰，只有看太阳影和猫眼睛里那条线了，遇事常常误点。他犯上犟劲，就是不买洋钟洋表，于是就这样一误再误地误下去。

这时傻二与金菊花早搬回西头的家去住，日子却要靠金子仙接济。他见老丈人手头一天天紧起来，再下去该勒裤带了，就对金子仙说：

"我和菊花一直没孩子。辫子功必须传给子孙这条规矩，看来是行不通。我寻思，一来，总不能把这门祖宗留下的功夫绝了，二来，一日三餐，柴米油盐，没钱不成。反正肚子空了，到时候准叫。我打算开个武馆，教几个徒弟，不知这样做，是不是犯了祖宗？"

金子仙没言语，想了三天，回答他：

"我看也只有这样了。反正功夫没传给洋人，就算对得起祖宗。但收弟子时千万要挑选正派人，宁肯少而精，切忌多而滥，万万不可辱没家风。"

傻二以为老丈人古板得很，这种违反祖宗的事，必定反对。听了这话，自己反倒犹豫起来，害怕祖宗的魂儿来找他。

金子仙之所以同意，还有一个说不出口的原因，就是金菊花不能生育，傻二无后，但如功夫不传外姓，便会生出再娶一房小婆的打算，因此金家父女极力撺掇他开武馆，收徒弟，金菊花还总拿着空面袋、空盐罐、空油瓶给他看。傻二被逼无奈，一咬牙，开山收徒。一时求师的人真不少，他从严挑选了两个，并给这俩取了艺名。姓汤就叫汤小辫儿，姓赵就叫赵小辫儿，待到功夫练成，再称呼大名。傻二还和金子仙商量出武馆的八则戒条，为"四要"和"四不准"，由金子仙用朱砂纸写好，贴在墙壁上：

一、要知尊师敬祖；

二、要知忠孝节义；

三、要知礼义廉耻；

四、要知积德累功；

五、不准另拜别师；

六、不准代师收徒；

七、不准泄露功诀；

八、不准损伤发辫。

收徒那天，傻二向祖宗烧香叩头，骂自己大逆不道，改了祖宗二百年不变的规矩；但又盟誓，要把辫子功发扬光大，代代传衍。这才是真正不负古人，不违先辈创造这神功的初衷。

其实，他是给事情赶到这一步，不改不成，改就成了。祖宗早烂在地下，还能找他来算账？总背着祖宗，怎么往前走？

第十四回　到了剪辫子的时候

傻二开了武馆，一直教授这两个徒弟。徒弟都是富裕人家的子弟，学艺钱和额外的孝敬，足够傻二夫妇糊口了。他一心传艺，两个徒弟碰上这样难得的高师，自然认认真真学本事。几年过去，一百单八式的辫子功，实打实地学会了三十六式。可是这时候，大清朝亡了，外边忽然闹起剪辫子。这势头来得极猛，就像当年清军入关，非得留辫子一样。不等傻二摸清其中虚实，一天，胖胖的赵小辫儿抱着脑袋跑进来。进门松开手，后脑袋的头发竟像鸡毛掸子那样岔开来。原来他在城门口叫一帮大兵按在地上，把他辫子剪去了。

傻二大怒：

"你没打他们？你的功夫呢！"

赵小辫儿哭丧着脸说：

"我饿了，正在小摊上吃锅巴菜，忽然一个大兵拦腰抱住我，不等我明白嘛事，又上来几个大兵，把我按在地上。更不等我知道为嘛，稀里糊涂就给剪去了。"

"等？等嘛！你不拿辫子抽他们！"

"辫子没啦，拿嘛抽……"

"混蛋！你不懂大清的规矩，剪去辫子，就得砍头！"

金菊花在一旁插嘴：

"你真气糊涂了。大清不完了吗？"

傻二一怔，跟着明白现在已是民国三年。但他怒气依然挺盛，吼着：

"他们是谁？是不是新军？我去找他们！"

"眼下这么乱，看不出是哪路兵。他们说要来找您。有一个瘦子还说，叫我捎话给您，他要找上门来报仇。"

"报仇？报嘛仇？他叫嘛？"

"他没自报姓名，模样也没看清。是个哑嗓子，细高挑儿，瘦得和咱汤小辫儿差不多，有一只眼珠子好像……"

正说着，有人在外边喊叫："傻巴，滚出来吧，三爷找你结账来啦！"随这喊声，还有一群男人起哄的声音。

傻二开门出去，只见一个瘦鬼儿，穿着"巡防营"中洋枪队的服装，站在一丈开外的地方，后边一群大兵穿着同样的新式军衣，连说带笑又起哄，傻二不知是谁。

"你再拿眼瞧瞧——连你三爷都不认得了？还是怕你三爷？"瘦子口气很狂。

傻二一见他左边那只不灰不蓝的花眼珠子，立时想到这是当年的玻璃花，心里不由得一动，听玻璃花叫着："认出来了吧，俗话说'君子报仇，十年不晚'。庚子年，那个曾经祸害你三爷的死崔，给洋人报信，叫义和拳五马分尸干了，也算给你三爷出口气。不过，毁你三爷的祸根还是你的辫子。今儿，三爷学会点能耐，会会你。比画之前，先给你露一手——"说着把前襟一撩，掏出一个乌黑乌黑的家伙，原来是把"单打一"的小洋枪。

傻二一见这玩意儿，立时一身劲儿全没了，提不住气，仿佛要尿裤。当年在南门外辫子被打断时的感觉，又出现了。这时，只听玻璃花说声："往上瞧！"抬手拿枪往天上一只老鹰打去，但没有打中，把老鹰吓得往斜刺里飞逃而去。

几个大兵起哄道：

"三爷这两下子，还不到家。准是不学功夫，只陪师娘睡觉了！"

玻璃花说："别看打鸟差着点，打个大活人一枪一个。傻巴！咱说好。你先叫我打一枪，你有能耐，就拿你那狗尾巴，像抽戴奎一的泥弹子那样，把我这洋枪子儿抽下来，三爷我今儿晌午就请你到紫竹林法租界的'起士林'去吃洋饭。你也知道，三爷我一向好玩个新鲜玩意儿，玩得没到家，不见得打上你。要是打不上，算你小子走运，今后保准再不给你上邪活；要是打上了，你马上就得把脑袋上那条狗尾巴剪下来，就像你三爷这样——"说着，摘下帽子，露出一个小平头。

大兵们大笑，在一旁瞎逗弄：

"你叫人家把辫子剪了，指嘛吃饭？人家就指这尾巴唬人钱呢！"

"三爷，你先叫人挨一枪，可有点不够，给他上一段德国操算了！"

"三爷可得把枪对准，别又打歪啦，栽面儿，哈哈！"

玻璃花见傻二站在对面发怔，不知为嘛？一点神气也没有。这样玻璃花更上了劲："傻巴，别不吭气，你要认脏，就给我滚回家去，三爷绝不朝你后背开枪！"一边说，一边把一颗亮晶晶的铜壳的洋枪子儿，塞进枪膛。

傻二瞅着这洋枪子，忽然扭身走进院子，把门关上。汤小辫儿和赵小辫儿见师傅皱紧眉头，脸色刷白，不知出嘛事了。墙外边响起一阵喊叫："傻巴傻啦，神鞭脓啦！神鞭神鞭，剪小辫啦！"一直叫到天黑。大兵走了，还有一群孩子学着叫。

神鞭傻二一招没使，就认栽给玻璃花，真叫人摸不着头脑。外边人都知道，玻璃花在关外混了多年，新近才回到天津，腰里揣着些银钱，本打算开个小洋货铺子。谁知在侯家后香桃店里又碰上飞来凤。原来大清一亡，展老爷气死，大奶奶硬把飞来凤卖回到香桃店，这么一折腾，人没了鲜亮劲儿，满脸褶子，全靠涂脂抹粉。玻璃花上了义气劲儿，把钱全使出来，赎出飞来凤当老婆。自己到巡防营当大兵，拿饷银养活飞来凤。他这人脑袋浑，手底下又糙，嘛玩意儿都学不到手。

这洋枪是从管营盘的排长手里借来的，没拿倒了就算不错。今儿纯粹是想跟傻二逗闷子，怄一怄，叫他奇怪的是，傻二这么厉害，为嘛连句硬话没说，掉屁股就回窝了？他想来想去，便明白了，使他震住傻二的，还是这玩意儿。于是他只要营盘没事，就借来小洋枪，别在腰间，找上几个土棍无赖陪着，来到傻二门前连喊带叫，无论他拿话激，拍门板，往院里扔砖头，傻二就是闭门不出。他们拾块白灰，在傻二门板上画个大王八，那王八的尾巴就是傻二的神鞭。这辱没神鞭的画儿就在门板上，一连半个多月，傻二也不出来擦去。他想，莫非这傻二不在家？

有一天，玻璃花在街上碰上赵小辫儿，上去一把捉住。赵小辫儿没了辫子，也就没能耐，好像剪掉翅膀的鸽子，不单飞不上天，一抓就抓住。玻璃花问他师傅在家干嘛。赵小辫儿说：

"我师傅早已经把我赶出来，我也半个月没去了。"

玻璃花不信，又拉了几个土棍，拿小洋枪顶着赵小辫儿的后腰，把他押到傻二家门前，逼他爬上墙头察看。赵小辫儿只好爬上去，往里一望，真怪！三间屋的门窗都关得严严的，而且一点动静也没有。院里养的鸡呀、狗呀、鹅呀，也都不见，玻璃花等人听了挺好奇，大着胆儿悄悄跳进院子，拿舌尖舔破窗纸往里瞧，呀，屋里全空着，只有几只挺肥的耗子聚在炕头啃什么。

哎呀呀，傻二吓跑了！

傻二为嘛吓跑了？管他呢，反正他跑了。

玻璃花抬脚踹开门，叫人把梁上那块"神鞭"大匾摘下来，拿到院子里，用小洋枪打，可惜他枪法不准，打不上那两个字，只好走到跟前，在"神鞭"两个字上，各打了一个洞。

第十五回　神枪手

　　一年，才刚开春，草木还没发芽子，远远已经能够看见点绿色了。南门外直通海光寺的大道两边开洼地，今儿天蓝水亮，风轻日暖，透明的空气里飘着朵朵柳絮。这时候，要是在大道上放慢腿脚溜达溜达，四下望望，那才舒服得很呢！

　　玻璃花来到道边一家小铁铺，给营盘取一挂锁栅栏门的大链子。他来得早些，铁匠请他稍候一候。他骂一句街，便在大道上闲逛逛，逛累了，在道旁找到一个石头碾子，跷腿坐在上边，看见过路的大闺女小媳妇，就哼哼一段婆娘们哄孩子的歌儿，找个乐子：

　　　　小小子儿，坐门墩儿，

　　　　哭哭啼啼要媳妇儿，

　　　　要媳妇儿干——嘛，

　　　　做鞋做袜儿，穿衣穿裤儿，

　　　　点灯说话儿，吹灯亲嘴儿。

　　女人家见他这土痞模样，不敢接茬，赶紧走去。他见道上行人不少，忽然想到要显一显自己才弄到手的小洋货，便打怀里摸出一根烟卷，叼在嘴上，还模仿洋人，下巴一甩劲，烟头神气地向上撅起来。跟着他又摸出一盒纯粹洋人用的"海盗牌"的黄头洋火，抽出长长一根，等路人走近，故意手一甩，"嚓"地在裤腿上划着，得意扬扬点着烟，嘴唇巴巴响地一口口往里嘬，就这当儿，忽然"啪"一下，烟头被打灭，他还没弄清怎么回事，"啪"又一下，叼在嘴上的烟卷竟给打断；紧接着，"啪"一下，帽子被打飞了。三声过后，他才明白有人朝他开枪。他原地转一圈，看看，路人全吓跑了，正在惊讶不已的时候，打开洼地跑来一个瘦瘦的少年，递给他一张帖子说：

"我师傅要会会您。"

他帖子没看就撕了，问道：

"你师傅是哪个王八蛋？"

瘦小子一笑，说："随我来！"走了几步，故意回头逗他一句："您敢来吗？"

"去就去，三爷怕嘛！神鞭都叫你三爷吓跑了！"玻璃花毫不含糊，气冲冲跟在后边走。

他随这瘦小子从大道下到开洼地，走不多远，绕过一小片野树林子，只见那里站着一个四十多岁的汉子，阔脸直鼻，身穿宽宽绰绰的蓝布大褂，头上缠着很大一块蛋青色绸料头巾。他见这人好面熟，再瞧，唉，这不是傻二吗！怎么这样精神？脸上的糟疙瘩都没了，一双小眼直冒光，可是玻璃花立即也拿出十足的神气唬住对方："傻巴，你是不是想尝尝'卫生丸'嘛味的？"他一撩前襟，手拍着别在腰间的小洋枪啪啪响，叫道："说吧，怎么玩法？"他拿傻二最怕的东西吓唬傻二。

谁知这傻二淡淡一笑，把双襟的褂子中间一排扣儿，从上到下挨个解开，两边一分，左右腰间，居然各插着一把六眼左轮小洋枪，他双手拍着左右两边的枪，对瞪圆眼睛的玻璃花说："眼下，我也玩这个了。你既然要玩这东西，我陪着。我先说个玩法——咱们一人三枪，你一枪，我一枪，你先打，我后打。你那两下子我知道，我这两下子你还不知道。我要是不告诉你，那就算我欺负你了！你看——"傻二指着前边，十丈远的一根树杈上，拿线绳吊着一个铜钱，在阳光下锃亮，像一颗耀眼的金星星。

"你瞧好了！"

傻二说着一扭身，双枪就"刷"地拿在手里，飞轮似的转了两圈，一前一后，"啪啪"两响，头一枪打断那吊铜钱的线绳，不等铜钱落地，第二枪打中铜钱，直把铜钱顶着飞到远处的水坑里，腾地溅出水花来。

玻璃花看得那只死眼都活了。他没见过这种本事，禁不住叫起来："好枪法，神枪！神枪！"再一瞧，傻二站在那里，双枪已经插在腰间。这一手，就像他当年甩出神鞭抽人一样纯熟快捷，神鬼莫测。玻璃花指着傻二说："你那神鞭不玩了？"

傻二没答话，带着一种莫名其妙的微笑，抬手把头布一圈圈慢慢绕开取下，露出来的竟是一个大光葫芦瓢，在太阳下，像刚下的鸭蛋又青又亮。玻璃花惊得嗓音变了调儿：

"你，你把祖宗留给你的'神鞭'剪了？"

傻二开口说：

"你算说错了！你要知道我家祖宗怎么情况才创出这辫子功，就知道我把祖宗的真能耐接过来了。祖宗的东西再好，该割的时候就得割。我把'鞭'剪了，'神'却留着。这便是，不论怎么变，也难不死我们；不论嘛新玩意儿，都能玩到家，绝不尿给别人。怎么样，咱俩玩一玩？"

玻璃花这才算认了头：

"三爷我服您了。咱们的过节儿，打今儿就算了结啦！"

傻二一笑，把头布缠上，转身带那瘦徒弟走了。玻璃花看着他的身影在大开洼里渐渐消失，不由得摸着自己的后脑壳，倒吸一口凉气，恍惚以为碰到神仙。他回到营盘后，没敢跟任何人说起这件事，怕别人取笑他。不久，听说北伐军中有一个神枪手，双手打枪，指哪打哪，竟说一口天津话，地地道道是个天津人，但谁也说不出这人姓名，玻璃花却心里有数，暗暗吐舌……

附记：近来，忽有兴致，要在《雕花烟斗》《高女人和她的矮丈夫》等这一条路之外，也在《铺花的歧路》《走进暴风雨》等那一条路之外，另辟一条新路走一走。即写写地道的天津味儿。笔下纸上都是清末民初，此地一些闲杂人和稀奇事。写它做甚？所使何法？读者看后自得分晓。此乃若干中篇与若干短篇组成，不成"系列"，可谓"组合"，冠之总名：怪世奇谈。

中　编

百姓世相

胡　子

　　有本时尚杂志说，胡子是男性美最鲜明的标志。还说男人的雄性、刚性、野性都在这黑乎乎糊满了下巴的胡茬子上——这话可不是真理！对于我认识的老蔡来说，胡子可不是什么美，而是他的命运。

　　老蔡从十三岁起唇上就长出软髭。这些早生的黑毛长长短短，稀稀拉拉，东倒西歪，短得像眉毛，长得像腋毛。他正为这些讨厌的东西烦恼时，黑毛开始变硬，渐渐像一根根针那样竖起来。一次和同学扭打着玩，这硬毛竟把同学的手背扎破，多硬的胡子能扎破人的手背？那不成刺猬的刺了吗？因而他得了一个外号，叫刺猬。从此再没人敢和他戏耍了。

　　他执意要把这个耻辱性的外号抹去，便偷用父亲的刮胡刀刮去唇上和下巴上的那些硬毛。头一次使刮胡刀，虽然笨手笨脚地划出几条血伤，但刮出来的光溜溜的瓷器一般的下巴叫他快乐无穷。这一下真顶用，刺猬的绰号不攻自废。可时过不久，一茬新生的胡子从他嘴唇四周冒出头来，反而变粗一些，也更硬一些。他急了，再刮，更糟！原来胡子天生具有反抗性。愈刮愈长，愈刮愈硬。到了高中二年级，已经非得一天一刮不可了。

这时，他不得不在自己的胡子前低下头来。认头人家称他"刺猬"，不和他亲近。他呢？渐渐被别人这种惧怕"刺猬"的心理所异化，主动与别人保持距离。他是不是因此变得落落寡合？并在上大学时选择了远离世人的古生物研究专业，工作后主动到那种整天戴着口罩的试验室工作？

后来，这胡子还成为他和女友之间的障碍。一次看完电影，女友忽然把手中的电影票递给老蔡，说："你用它蹭蹭脸。"

"为什么？"他不明白她的用意，却还是这样做了。当电影票从脸颊上蹭过，发出非常清晰的嚓嚓声。

真是挺可怕。三个小时前他从家里出来时刚刮过脸。难道只是一场电影的工夫，胡子就冒出来了！

还能怪女友不准他凑过脸去吗？这位与他结交的第一位女友送给他一个比刺猬更具威胁的绰号，叫"铁蒺藜"。无疑，这绰号里边包含着一种恐惧。

从此他一天不止一次刮胡子了。一位同事笑他："这应上了那句俏皮话——一天刮三遍胡子——你不叫我露脸，我不叫你露头！"

老蔡面对镜子里黑乎乎的自己。真不明白这些坚硬的、顽强的、不可抑制的硬毛是从哪里来的。皮下边？肉里边？到底他身上多了些什么怪诞的元素，使他如此难堪与苦恼。他发现自己进入二十岁之后，胡子变得更加癫狂。不仅更黑更粗更硬更密，而且沿着两腮向上攀升，与鬓角连成一体。不可思议的是，有时面颊上也会蹿出油亮的一根。这别是人类的"返祖"现象吧。他去看过医生，医生笑道："指甲长得快能治吗？汗毛儿长得多也能治吗？你这不是病！比你胡子多的人我也见过。你父亲胡子是不是也很盛？要是遗传就谁也没办法了。你天生就得这样。"

没办法了。任凭这命中注定、霸气十足的胡子把他第一个女友打跑。虽然女友没说分手的原因是为了胡子。但谁会一辈子天天夜里睡在铁蒺藜旁边？用下巴上的胡子把女朋友吓跑，可谓天下少有，真算得上蝎子厄厄——毒一份（粪）了。

从此老蔡变得自卑起来，甚至不敢主动去接近女人。至于他后来的妻子，完全是人家自己主动走进他这一团荆棘的。若说这段姻缘的起始，那可是再普通不过的一件小事——

一次老蔡出差杭州办完事，买了回程的车票在火车站等车。站台上有一个很长的水泥水池，上边一排七八个水龙头，这是为了方便来往的长途旅客洗洗涮涮的。可有的人只顾洗，完事不关龙头，三个龙头正在哗哗流水。过往的人没有一个人当回事儿。老蔡上去把这三个龙头全拧上——这个细节叫坐在车窗边的一个女子瞧见，心中生出敬意。老蔡上车后凑巧坐在这女子的斜对面。谁想这女子就主动和他交谈起来。这女子在杭州上大学，念中文，喜欢文学的女子都很看重人的心意。而真正的爱慕，往往是从对方身上感触到自己人生理想的准则开始的。还有比关水龙头再小的事吗？但对于这念文科的女子，它就像一束细细的光照亮一个世界。有了这样的来自心灵的因由，胡子就不会是任何障碍了。

如果爱一个人，一定爱这个人的一切，包括缺欠。缺欠甚至可以被美化。比如对老蔡的胡子。妻子称之为"温柔的锉"。

老蔡自己却很小心。刚结婚时，他怕在激情中扎伤妻子，每天睡觉前都把下巴刮得锃亮。一天早晨醒来，睡意未尽的妻子无意间伸过来的手触到他的脸，手马上闪开，好像触到一个硬棕刷，被扎一下。妻子不知道睡了一觉的老蔡的胡子竟会长成这样。

老蔡说："我马上起来刮脸。"

妻子笑道："不，这是你的识别物。如果摸不到胡子就不是你了，换别人了。"妻子逗他。

老蔡有点急。他赌气说："还有一种情况就是我死了，人一死就不会再长胡子了。"

妻子忽然翻身起来，使劲捂住他的嘴，朝他大声叫着："说什么混话呀，快敲木头，敲木头！"

老蔡很惊讶。娴静的妻子怎么会变得这样的气急败坏。

老蔡不是学文的。也许他没想过，爱的本质就是生命的相互依赖。

再往后，老蔡与胡子的关系不但不小，反而更大了。

比方二十世纪六十年代末被关进牛棚时候，他最受不了的并不是那些逼供啦、写检查啦、批斗时"坐飞机"以及挨揍啦等，而是不能刮胡子。从十七岁起，他没有一天不刮胡子，可是牛棚里任何人都不准刮胡子，主要是怕他们用刮胡刀片自杀。饭碗也不用瓷的，怕他们摔碎碗用瓷片割脖子，他们用的饭碗都是搪瓷或铝的。此外也不给他们筷子，担心他们把筷子头磨尖，插进自己身体的要害处。据说一位老专家就用这种自己改制的筷子了结了自己。因此吃饭时发给他们每人一条硬纸片做代用品。

于是，被放纵的胡子便在老蔡的脸上像野草那样疯长起来。五天后像卡斯特罗，十天后就像张飞了。他感到下半张脸发热，捂得难受，好像扣着一个厚厚的棉帽。这时候正是八月天气，不时要用手巾去擦胡子中间的汗水——好似草里的露水。不久，他感到胡子根儿的地方奇痒，愈搔愈痒，大概生痱子了。

他原以为自己这么硬的胡子，长得太长会像四射的巨针。在他刚被关起来的头几天胡子还真是长得又长又硬，使他想起少年时代那个"刺猬"的绰号。但没料到，胡子过长，反而变软，就像柳枝愈长愈柔，最后垂了下来。可是他的胡子垂下来并不美，因为这胡子没经过修剪和梳理，完全是野生的。一脸乱毛，横竖纠结，在旁人看来像肩膀上扛着一个鸟窠。于是，他的胡子就成了被审讯时的主要话题——成了审讯他的那帮小子耍坏取乐的由头。

一次，一个小子居然问他：

"你怎么不说话，哑巴了？你那堆毛里边有嘴吗？那里边只会尿尿吗？"

他没生气，过后也没拿这句话当回事。如果他拿胡子不当回事，这世上就没什么可以特别较真的事了。

四个月后，他被宣布为"人民内部矛盾，但不平反，帽子拿在人民手中"。可以回家了。

他从单位的牛棚走出来，即刻拐向后街一家小理发店。由于在牛棚里没人看他，也不怕人看，整天扬着一脸胡子，已经惯了；此刻走在大街上，竟把一女孩子吓得尖叫起来，仿佛见了鬼。待进了理发店，坐下来，对镜子一瞧，俨然一个判官。一时把站在椅子后边的剃头师傅吓了一跳。自己也完全不认得自己了。

剃头师傅问他："怎么剃法？"

他说："全剃去。"

师傅放下椅背，叫他躺好。拿过一块热气腾腾的手巾捂在他下巴上，真是温暖！不一会儿剃头师傅掀去手巾，用胡刷蘸着凉滋滋、冒着气泡的肥皂水涂在他的下巴上，好似清冽的溪水渗入久旱的荒草地。当大大小小的肥皂泡儿纷纷炸破时，每根胡子都感到了愉悦。跟着一刀刮去，便感到一股凉爽的风吹到那块刮去胡子的脸上。一刀刀刮去，一道道清风吹来。他闭上眼，享受着这种奇妙的快感。鼻子闻着肥皂的香气——其实只是一种最廉价的胰子而已；耳听着又薄又快的刀刃扫过面皮时清晰悦耳的声音，还有胖胖的剃头师傅俯下身来喘着暖呼呼的粗气……随后又一块湿漉漉的热毛巾如同光滑的大手在他整个脸上舒舒服服地抹来抹去。最后只听师傅说："好了。"他被推起来的椅背托直了身子。

睁眼一瞧，好似看到一个白瓷水壶摆在镜子中央——他更认不得自己了。

怎么？刚才有胡子的不是自己，此刻没胡子的也不是自己，究竟谁是自己呢？自己在哪儿呢？

他付了钱。口袋里有五六块钱，是两个月前妻子送衣服来时放在口袋里的。他跑到小百货店给妻子买了一瓶雪花膏，又跑到街口买了一小包五香花生，两支刚蘸着玻璃般亮晶晶糖汁的糖葫芦。这都是妻子平日最喜爱的东西。天已经暗下来，他回到家。一手举着糖葫芦，一手敲门，想给妻子一个突然的意外的惊喜。她并不知道他今天被放回来。他们已经四个月没见面，音讯断绝，好似生活在阴阳两极。

里边门一开。妻子看见他立即惊得一叫，声音极大，好像出了什么事。他说：

"你是不是不认识我了？我是老蔡呀。"

妻子把他拉进屋，关上门，扑在他怀里，哭起来。边说："你变成狗，我也认得你。你怎么不事先告我一声呀！"

老蔡说："我还以为我刮脸，刮得太白太光，你认不出我来呢！"

妻子抬头看他一眼，带着眼泪笑了，说："什么太白太光，你什么时候刮的脸，那些胡子又都出来了。"

他一怔，抬起手背蹭蹭下巴，这么短的时间已经又毛茸茸地冒出一层！但这一次他对胡子的感觉很例外，很美妙。就这层胡茬儿，使他忽然感到，往日往事，充溢着勃勃生机的生命，还有习惯了的生活，带着一种挺动人的气息又都回来了。

老蔡的病是八十年代开始得的。

先是视力下降，干不成他化验室的工作；后来是一根脑血管不畅，走道打斜，也无法在办公楼里传送文件和里里外外跑跑颠颠；跟着是负面的遗传基因开始发作——血糖高上来了，他父亲就是从这条道儿去天国的；随后是内分泌乱了套，他称自己的体内正在进行"文化大革命"。各大医院都去过了，各大名医也托人引荐见过了，最终还是躺在了床上。奇怪的是，虽然身体各部分都很弱，唯有胡子依然很旺，黑亮而簇密，生气盈盈。他依旧习惯地早一次晚一次刮两遍。一位朋友说："这表明老蔡生命力强。毛发乃人的精血呀！"

于是，胡子成了老蔡和妻子隐隐约约的一种希望与寄托。这期间经常挂在妻子嘴边的，是她从古诗中改出来的两句：

"胡子除不尽，剃刀刮又生。"

然而，胡子从来就不听老蔡的，只给他找麻烦。

最早发现胡子发生变异的，不是他自己，而是妻子。

自从他躺到床上，一早一晚刮胡子的事就由妻子来做。自己刮自己的脸，脸蛋和刮刀相互配合，不会刮破脸；别人来刮就难了，常常会刮破。老蔡血糖高，伤口不好愈合，幸好那时市场上出现一种进口的电动剃须刀，刀头上蒙着一种带网眼儿的铁罩，绝对安全。妻子赶紧买了一个，倒是十分得用。但一天，妻子发现老蔡下巴上有一根胡子怎么也刮不掉，奇怪了？怎么会刮不掉呢？戴上花镜一看，竟是一根很怪异的胡须，颜色发黄，又细又软，须尖鬈曲。它弯弯曲曲很难进入网罩上的细眼儿。老蔡的胡子向来都是又黑又硬，怎么冒出这么一根？好似土地贫瘠长出的荒草。妻子只当是偶然。谁料从此，这蜷曲的黄须就一根根甚至攒三聚五地出现。随后，她发现他下巴上的胡须变得稀疏，开始看见白花花的肉皮了。

她心里明白，却不敢吱声。反正老蔡很少照镜子，肯定不知道脸上所发生的变化。一天傍晚，妻子给他刮脸。迟暮的余晖由窗口射入。一缕夕阳正照在他的下巴上。妻子陡然觉得这日渐荒芜的下巴，好似晚秋时节杂草丛生的土岗子那样萧瑟而凄凉。她不觉落下泪来，泪水滴在老蔡的脸上。

老蔡闭着眼，却开口说："从小我就巴望它们长得慢点、慢点，现在终于遂了我的愿。你该高兴才是。"

妻子反而哭出声来。

从老蔡病倒卧床那天开始计算，七年后的一天，一个平平常常的春天的早晨，妻子醒来，习惯地用手去摸老蔡的下巴。手心抚处，奇异般的光滑，像一块卵石。她下意识地感到了什么，又摸一下，感觉更不对，老蔡的胡子呢？

此时此刻她分明听到一个声音，是老蔡的声音，很遥远，那是许久许久以前老蔡说过的一句话：

"人一死就不再长胡子了。"

她猛地翻过身，叫一声老蔡。老蔡极其刻板地仰面躺着，灰白而消瘦的脸一片死寂，没有一根胡子。她第一次看到老蔡不生胡子的脸。原来不生胡子的脸这样难看。

雪夜来客

"听，有人敲门。"我说。

"这时候哪会有人来，是风吹得门响。"妻子在灯下做针线活，连头也没抬。

我细听，外边阵阵寒风呼呼穿过小院，只有风儿把雪粒抛打在窗玻璃上的沙沙声，掀动蒙盖煤筐的冻硬的塑料布的哗哗啦啦声，再有便是屋顶上那几株老槐树枝丫穿插的树冠，在高高的空间摇曳时发出的嘎嘎欲折的摩擦声了……谁会来呢？在这个人们很少往来的岁月里，又是暴风雪之夜，我这两间低矮的小屋，快给四外渐渐加厚的冰冷的积雪埋没了。此刻，几乎绝对只有我和妻子默默相对，厮守着那烧红的小火炉和炉上丝丝叫的热水壶。台灯洁净的光，一闪闪照亮她手里的针和我徐徐吐出的烟雾。也许我们心里想的完全一样就没话可说，也许故意互不打扰，好任凭想象来陪伴各自寂寞的心。我常常巴望着有只迷路的小猫来挠门，然而飘进门缝的只有雪花，一挨地就消失不见了……

咚！咚！咚！

"不——"我要说确实有人敲门。

妻子已撂下活计,到院里去开门。我跟出去。在那个充满意外的年代,我担心意外。

大门打开。外边白茫茫的雪地里站着一个挺宽的黑乎乎的身影。谁?

"你是谁?"我问。

那人不答,竟推开我,直走进屋去。我和妻子把门关上,走进屋,好奇地看着这个莫名其妙的不速之客。他给皮帽、口罩、围巾、破旧的棉衣包裹得严严实实。我刚要再问,来客用粗拉拉的男人浊重的声音说:

"怎么?你不认识,还是不想认识?"

一听这声音,我来不及说,甚至来不及多想一下,就张开双臂,同他紧紧拥抱在一起。哟哟,我的老朋友!

我的下巴在他的肩膀上颤抖着:

"你……怎么会……你给放出来了?"

他没答话。我松开臂膀,望着他。他摘下口罩后的脸颊水渍斑斑,不知是外边沾上的雪花融化了,还是冲动的热泪。只见他嘴角痉挛似的抽动,眼里射出一种强烈的情绪。看来,这个粗豪爽直、一向心里搁不住话的人,一准要把他的事全倒出来了。谁料到,他忽然停顿一下,竟把这情绪收敛住,手一摆:

"先给我弄点吃的,我好冷,好饿!"

"哦——好!"我和妻子真是异口同声,同时说出这个"好"字。

我点支烟给他。跟着我们就忙开了——

家里只有晚饭剩下的两个馍馍和一点白菜丝儿,赶紧热好端上来。

妻子从床下的纸盒里翻出那个久存而没舍得吃掉的一听沙丁鱼罐头，打开放在桌上。我拉开所有抽屉柜门，恨不得找出山珍海味来，但被抄过的家像战后一样艰难！经过一番紧张的搜索，只找到一个松花蛋，一点木耳的碎屑，一束发黄并变脆的粉丝，再有便是从一个瓶底"磕"下来的几颗黏糊糊的小虾干了。这却得到妻子很少给予的表扬。她眉开眼笑地朝着我："你真行，这能做一碗汤！"随后她像忽然想到一件宝贝似的对我说：

"你拿双干净筷子夹点泡菜来。上边是新添上的，还生。坛底儿有不少呢！"

待我把冒着酸味和凉气的泡菜端上来时，桌上总算有汤有菜，有凉有热了。

"凑合吃吧！太晚了，没处买去了。"我对老朋友说。

"汤里再有一个鸡蛋就好了。"妻子含着歉意说。

他已经脱去棉外衣，一件不蓝不灰、领口磨毛、袖口耷拉线穗儿的破绒衣，紧紧裹着他结实的身子，被屋里的热气暖和过来的脸微微泛出好看的血色。

他把烟掐灭，搓着粗糙的大手。眼瞪着这凑合起来的五颜六色的饭菜，真诚地露出惊喜，甚至有点陶醉的神情："这，这简直是一桌宴席呀！"然后咽一口口水，说，"不客气了！"就急不可待地抓起碗筷，狼吞虎咽起来。他像饿了许多天，东西到嘴里来不及尝一尝、嚼一嚼，就吞下去。却一个劲儿、无限满足、呜噜呜噜地说："好极了，真是好极了，真香！"

这仅仅是最普通、最简单、以至有点寒酸的家常饭呀，看来他已经许久没吃到这温暖的人间饭食了。

女人最敏感。妻子问他：

"你刚刚给放出来，还没回家吧！"

我抢过话说："听说你爱人曾经……"我急着要把自己知道的情况说出来。

他听了，脸一偏，目光灼灼直对我。我的话立即给他这奇怪却异常冷峻的目光止住了，嘴巴半张着。怎么？我不明白。

妻子给我一个眼色，同时把话岔开：

"年前，我在百货大楼前还看见嫂子呢！"

谁知老朋友听了，毫无所动。他带着苦笑和凄情摇了摇头，声调降到最低：

"不，你不会看见她了……"

怎么？他爱人死了，还是同他离婚而远走高飞了？反正他的家庭已经破碎，剩下孤单单的自己，那么他从哪儿来，到哪儿去？

一时，我和妻子不知该说什么，茫然无措地望着他，仿佛等待他把自己那非同寻常的遭遇说出来。

他该说了！若在以前，他早就说了——

我等待着……然而，当他的目光一碰到冒着热气儿的饭呀菜呀，忽然又把厚厚的大手一摆，好像把聚拢在面上的愁云拨开，脸颊和眸子顿时变得清亮，声调也升高起来：

"哎，有酒吗？来一杯！"

"酒？"我和妻子好像都没反应过来。

"对！酒！这么好的菜哪能没酒？"他说。脸上露出一种并非自然的笑容。但这笑容分明克制住刚才那浸透着痛楚的愁容了。

"噢……有，不过只有做菜用的绍兴酒。"妻子说，"咱北方人可喝不惯这种酒。"

"管它呢！是酒就行！来，喝！"他说。话里有种大口痛饮、一醉方休的渴望。

"那好。"妻子拿来酒，"要不要温一下？"

"不不，这就蛮好！"他说着伸手就拿酒。

还是妻子给他斟满。他端起酒叫道：

"为什么叫我独饮？快两年没见了，还能活着坐在一起，多不易！来来来，一起来！"

真应该喝一杯！我和妻子有点激动，各自斟了一杯。当这漾着金色液体的酒杯一拿起来，我感觉，我们三人心中都涌起一种患难中老友相逢热烘烘、说不出是甜是苦的情感。碰杯前的刹那，我止不住说：

"祝你什么呢？一切都还不知道……"

他这张宽大的脸"腾"地变红，忽闪闪的眸子像在燃烧，看来他要依从自己的性格，倾吐真情了。然而当他看到我这被洗劫过而异常清贫的小屋，四壁凄凉，他把厚厚的嘴唇闭上，只见他喉结一动一动，好像在把将要冲出喉咙的东西强咽下去。他摆了摆手，用一种在他的个性中少见的深沉的柔情，瞅了瞅我和妻子，声音竟然那么多愁善感：

"不说那些，好吧！今儿，这里，我，你们，这一切就足够了。还有什么比这一切更好？就为眼前这一切干杯吧！"

一下子，我理解了他此时的心情。我妻子——女人总是更能体会别人的心——默默朝他点头表示同意。

我们把酒朝他举过去，好像两颗心，"当"地碰响了他那微微却强烈抖动的杯子。

我们各饮一大口。

酒不是水，它不能把心中燃起的情感熄灭，相反会加倍地激起来。

瞧他——抓起身边的帽子戴上头又扔下，忙乱的手把外边的绒衣直到里边衬衫的扣子全解开了。他的眉毛不安地跳动着，目光忽而侧视凝思，忽而咄咄逼人地直对着我；心中的苦楚给这辛辣的液体一激，仿佛再也遏止不住而要急雨般倾泻出来……

我和妻子赶忙劝他吃菜、饮酒，不给他说话的机会。只要他张开嘴，不等他说，就忙抓起酒杯堵上去。

我们又像在水里拦截一条来回奔跑的鱼，手忙脚乱，却又做得不约而同。

他，忽然用心地瞧我们一眼。这眼肯定对我们的意图心领神会了。他便安静下来，表情变得松弛平和，只是吃呀、饮呀，连连重复一个"好"字……随后就乐陶陶地摇头晃脑。我知道他的酒量，他没醉，而是尽享着阔别已久的人间气息，尽享着洋溢在我们中间纤尘皆无的透明的挚诚……不用说，我们从生活的虚伪和冷酷的荆棘中穿过，当然懂得什么是最宝贵的。生活是不会亏待人的。它往往在苦涩难当的时候，叫你尝到最甜的蜜。这时，我们已经互相理解，完全默契了。我给他点上烟。抽着烟，我们相对不语，只是默然微笑着。隔着徐徐的发蓝的烟雾，对方可亲的笑容或隐或现。是啊，现在似乎只有微笑才能保住这甜蜜的情景。由于这微笑是给予对方的，才放进去那么多关切、痛惜、抚慰和鼓励，才笑得这么倾心、这么充实、这么痴醉，一直微笑得眼眦里颤动着发涩的泪水来。

如果任何美好的事物都是有限的，我们今天的相见就应该到此为止。恰恰这时，老朋友拿起帽子扣在头上，起身告辞了。啊，我们可是真正懂得怎样爱惜生活了！

外边依旧大风大雪，冰天冻地。

在冷风呼啸的大门口分手的一瞬，他见我嘴唇一动，忙伸手打个手势止住我。我朝他点头，也算作告别吧！他便带着一种真正的满足，拉高衣领，穿过冰风冷雪去了。

他至走什么也没说。

那天，我和妻子不知在寒风里站了多久。

大风雪很快盖住他的脚印。一片白茫茫，好像他根本没来过。这却是他，留给我的一块最充实的空白……

老夫老妻

为我们唱一支暮年的歌儿吧!

他俩又吵架了。年近七十的老夫老妻,相依为命地共同生活了四十多年,也吵吵打打地一起度过了四十多年。一辈子里,大大小小的架,谁也记不得打了多少次。但是不管打得如何热闹,最多不过两个小时就能恢复和好,好得像从没吵过架一样。他俩仿佛两杯水倒在一起,怎么也分不开。吵架就像在这水面上划道儿,无论划得多深,转眼连条痕迹也不会留下。

可是今天的架打得空前厉害,起因却很平常——就像大多数夫妻日常吵架那样,往往是从不值一提的小事上开始的——不过是老婆儿把晚饭烧好了,老头儿还趴在桌上通烟嘴,弄得纸块呀,碎布条呀,粘着烟油子的纸捻子呀,满桌子都是。老婆儿催他收拾桌子,老头儿偏偏不肯动儿。老婆儿便像一般老太太们那样叨叨起来。老婆儿们的唠唠叨叨是通向老头儿们肝脏里的导火线，不一会儿就把老头儿的肝火引着了。两人互相顶嘴，翻起对方多年来一系列过失的老账，话愈说愈狠。老婆儿气得上来一把夺去烟嘴塞在自己的衣兜里，惹得老头儿一怒之下，把烟盒扔在地上，还嫌不解气，手一撩，又将烟灰缸子打落地上。老婆儿则更不肯罢休，用那嘶哑、干巴巴的声音说：

"你摔呀！把茶壶也摔了才算有本事呢！"

老头儿听了，竟像海豚那样从座椅上直蹿起来，还真的抓起桌上沏满热茶的大瓷壶，用力"叭"地摔在地上，老婆儿吓得一声尖叫，看着满地碎瓷片和溅在四处的水渍，直气得她那年老而松垂下来的两颊的肉猛烈抖颤起来，冲着老头大叫：

"离婚！马上离婚！"

这是他俩还都年轻时，每次吵架吵到高潮，她必喊出来的一句话。这句话头几次曾把对方的火气压下去，后来由于总不兑现便失效了；但她还是这么喊，不知是一时为了表示自己盛怒已极，还是迷信这句话最具有威胁性。六十岁以后她就不知不觉地不再喊这句话了。今天又喊出来，可见她已到了怒不可遏的地步。

同样的怒火也在老头儿的心里撞着，就像被斗牛士手中的红布刺激得发狂的牛，在看池里胡闯乱撞。只见他嘴里一边像火车喷气那样不断发出呼呼的声音，一边急速而无目的地在屋子中间转着圈。转了两圈，站住，转过身又反方向地转了两圈，然后冲到门口，猛拉开门跑出去，还使劲啪的一声带上门。好似从此一去就再不回来。

老婆儿火气未消，站在原处，面对空空的屋子，还在不住地出声骂他。骂了一阵子，她累了，歪在床上，一种伤心和委屈爬上心头。她想，要不是自己年轻时候得了肠结核那场病，她会有孩子的。有了孩子，她可以同孩子住去，何必跟这愈老愈执拗、愈急躁、愈混账的老东西生气？可是现在只得整天和他在一起，待见他，给他做饭，连饭碗、茶水、烟缸都要送到他跟前，还得看着他对自己耍脾气……她想得心里酸不溜秋，几滴老泪从布满一圈细皱的眼眶里溢出来。

过了很长时间，墙上的挂钟当当响起来，已经八点钟了。他们这场架正好打过了两个小时。不知为什么，他们每次打架过后两小时，心情就非常准时地发生变化，好像大自然的节气一进"七九"，封冻河面的冰片就要化开那样。刚刚掀起大波大澜的心情渐渐平息下来，变成浅浅的水纹一般。她耳边又响起刚才打架时自己朝老头儿喊的话："离婚！马上离婚！"她忽然觉得这话又荒唐又可笑。哪有快七十的老夫老妻还打离婚的？她不禁"扑哧"一下笑出声来。这一笑，她心里一点皱褶也没了；连一点点怒意、埋怨和委屈的心情也都没了。她开始感到屋里空荡荡的，还有一种如同激战过后的战地那样出奇的安静，静得叫人别扭、空虚、没着没落的。于是，悔意便悄悄浸进她的心中。她想，俩人一辈子什么危险急难的事都经受过来了，像刚才那么点儿小事还值得吵闹吗？——她每次吵过架冷静下来时都要想到这句话。可是……老头儿总该回来了；他们以前吵架，他也跑出去过，但总是一个小时左右就悄悄回来了。但现在已经两个小时仍没回来。他又没吃晚饭，会跑到哪儿去呢？外边正下大雪，老头儿没戴帽子、没围围巾就跑了，外边地又滑，瞧他临出门时气冲冲的样子，别不留神滑倒摔坏吧？想到这儿，她竟在屋里待不住了，用手背揉揉泪水干后皱巴巴的眼皮，起身穿上外衣，从门后的挂衣钩儿上摘下老头儿的围巾、棉帽，走出房子去了。

雪下得正紧，积雪没过脚面。她左右看看，便向东边走去。因为每天早上他俩散步就先向东走，绕一圈儿，再从西边慢慢走回家。

夜色并不太暗，雪是夜的对比色，好像有人用一支大笔蘸足了白颜色把所有树枝都复勾一遍，使婆娑的树影在夜幕上白绒绒、远远近近、重重叠叠地显现出来。雪还使路面变厚了，变软了，变美了；在路灯的辉映下，繁密的大片大片的雪花纷纷而落，晶晶莹莹地闪着光，悄无声息地加浓它对世间万物的渲染。它还有种潮湿而又清冽的气息，有种踏上去清晰悦耳的咯吱咯吱声；特别是当湿雪蹭过脸颊时，别有一种又痒、又凉、又舒服的感觉。于是这普普通通、早已看惯了的世界，顷刻变得雄浑、静穆、高洁，充满活鲜鲜的生气了。

她一看这雪景，突然想到她和老头儿的一件遥远的往事。

五十年前，她和他都是不到二十岁的欢蹦乱跳的青年，在同一个大学读书。老头儿那时可是个有魅力、精力又充沛的小伙子，喜欢打排球、唱歌、演戏，在学生中属于"新派"，思想很激进。她不知是因为喜欢他、接近他，自己的思想也变得激进起来，还是由于他俩的思想常常发生共鸣才接近他、喜欢他的。他们在一个学生剧团。她的舞跳得十分出众。每次排戏回家晚些，他都顺路送她回家。他俩一向说得来，渐渐却感到在大庭广众中间有说有笑，在两人回家的路上反而没话可说了。两人默默地走，路显得分外长，只有脚步声，那是一种甜蜜的尴尬呀！

她记得那天也是下着大雪，两人踩着雪走，也是晚上八点来钟，她从多少天对他的种种感觉中，已经又担心又期待地预感到他这天要表示些什么了。在沿着河边的那段宁静的路上，他突然仿佛抑制不住地把她拉到怀里去。她猛地推开他，气得大把大把抓起地上的雪朝他扔去。他呢？竟然像傻子一样一动不动，任她用雪打在身上，直打得他浑身上下像一个雪人。她打着打着，忽然停住了，呆呆看了他片刻，忽然扑向他身上。她感到，他有种火烫般的激情透过身上厚厚的雪传到她身上。他们的恋爱就这样开始了——从一场奇特的战斗开始的。

多少年来，这桩事就像一张画儿那样，分外清楚而又分外美丽地收存在她心底。每逢下雪天，她就不免想起这桩醉心的往事。年轻时，她几乎一见到雪就想到这事；中年之后，她只是偶然想到，并对他提起，他听了都要会意地一笑，随即两人都沉默片刻，好像都在重温旧梦。自从他们步入风烛残年，即使下雪天气也很少再想起这桩事。是不是一生中经历的事太多了，积累起来就过于沉重，把这桩事压在底下拿不出来了？但为什么今天它却一下子又跑到眼前，分外新鲜而又有力地来撞她的心……

现在她老了，与那个时代相隔半个世纪了。时光虽然依旧带着他们往前走，却也把他们的精力消耗得快要枯竭了。她那一双曾经蹦蹦跳跳、多么有劲的腿，如今僵硬而无力；常年的风湿病使她的膝头总往前屈着，雨雪天气里就隐隐发疼；此刻在雪地里，每一步踩下去都是颤巍巍的，每一步抬起来都费力难拔。一不小心，她滑倒了，多亏地上是又厚又软的雪。她把手插进雪里，撑住地面，艰难地爬起来，就在这一瞬间，她又想起另一桩往事——

啊！那时他俩刚刚结婚，一天晚上去平安影院看卓别林的《摩登时代》。他们走进影院时，天空阴沉沉的。散场出来时一片皆白，雪还下着。那时他们正陶醉在新婚的快乐里，内心的幸福使他们把贫穷的日子过得充满诗意。瞧那风里飞舞的雪花，也好像在给他们助兴；满地的白雪如同他们的心境那样纯净明快。他们走着走着，又说又笑，跟着高兴地跑起来。但她脚下一滑，跌在雪地里。他跑过来伸给她一只手，要拉她起来。她却一打他的手：

"去，谁要你来拉！"

她的性格和他一样，有股倔劲儿。

她一跃就站了起来。那时是多么轻快啊，像小鹿一般，而现在她又是多么艰难呀，像衰弱的老马一般。她多么希望身边有一只手，希望老头儿在她身边！虽然老头儿也老而无力了，一只手拉不动她，要用一双手才能把她拉起来。那也好！总比孤孤单单一个人好。她想到楼上邻居李老头，"文化大革命"初期老伴被折腾死了。尽管有个女儿，婚后还同他住在一起，但平时女儿、女婿都上班，家里只剩李老头一人；星期天女儿、女婿带着孩子出去玩，家里依旧剩李老头一人。年轻人和老年人总是有距离的。年轻人应该和年轻人在一起玩，老人得有老人为伴。

真幸运呢！她这么老，还有个老伴。四十多年如同形影，紧紧相随。尽管老头儿爱急躁，又固执，不大讲卫生，心也不细，等等，却不失为一个正派人，一辈子没做过一件亏心的、损人利己的、不光彩的事。在那道德沦丧的岁月里，他也没丢弃过自己奉行的做人的原则。他迷恋自己的电气传动专业，不大顾及家里的事。如今年老退休，还不时跑到原先那研究所去问问、看看、说说，好像那里有什么事与他永远也无法了结。她还喜欢老头儿的性格，真正的男子气派，一副直肠子，不懂得与人记仇记恨；粗心不是缺陷，粗线条才使他更富有男子气……她愈想，老头儿似乎就愈可爱了。两小时前能够一样样指出来、几乎无法忍受的老头儿的可恨之处，也不知都跑到哪儿去了。此刻她只担心老头儿雪夜外出，会遇到什么事情。她找不着老头儿，这担心就渐渐加重。如果她的生活里真丢了老头儿，会变成什么样子？多少年来，尽管老头儿夜里如雷一般的鼾声常常把她吵醒，但只要老头儿出差外地，身边没有鼾声，她反而睡不着觉，仿佛世界空了一大半……想到这里，她就有一种马上把老头儿找到身边的急渴的心情。

　　她在雪地里走了一个多小时，大概快有十点钟了，街上没什么人了，老头儿仍不见，雪却稀稀落落下小了。她两脚在雪里冻得生疼，膝头更疼，步子都迈不动了，只有先回去了，看看老头儿是否已经回家了。

　　她往家里走。快到家时，她远远看见自己家的灯亮着，灯光射出，有两块橘黄色窗形的光投落在屋外的雪地上。她心里怦地一跳：

　　"是不是老头儿回来了？"

　　她又想，是她刚才临出家门时慌慌张张忘记关灯了，还是老头儿回家后打开的灯？

　　走到家门口，她发现有一串清晰的脚印从西边而来，一直拐向她楼前的台阶。这是老头儿的吧？跟着她又疑惑这是楼上邻居的脚印。

　　她走到这脚印前弯下腰仔细地看，这脚印不大不小，留在踏得深深的雪窝里。她却怎么也辨认不出是不是老头儿的脚印。

　　"天呀！"她想，"我真糊涂，跟他生活一辈子，怎么连他的脚印都认不出来呢？"

　　她摇摇头，走上台阶打开楼门。当将要推开屋门时，心里默默地念叨着："愿我的老头儿就在屋里！"这心情只有在他们五十年前约会时才有过。初春时曾经撩拨人心的劲儿，深秋里竟又感受到了。

　　屋门推开了，啊！老头儿正坐在桌前抽烟。地上的瓷片都扫净了。炉火显然给老头儿捅过，呼呼烧得正旺。顿时有股甜美而温暖的气息，把她冻得发僵的身子一下子紧紧地攫住。她还看见，桌上放着两杯茶，一杯放在老头儿跟前，一杯放在桌子另一边，自然是斟给她的……老头儿见她进来，抬起眼看她一下，跟着又温顺地垂下眼皮。在这眼皮一抬一垂之间，闪出一种羞涩的、发窘、歉意的目光。每次他俩闹过一场之后，老头儿眼里都会流露出这目光。在夫妻之间，打过架又言归于好，来得分外快活的时刻里，这目光给她一种说不出的安慰。

　　她站着，好像忽然想到什么，伸手从衣兜里摸出刚才夺走的烟嘴，走过去，放在老头儿跟前。一时她鼻子一酸，想掉泪，但她给自己的倔劲儿抑制住了。什么话也没说，赶紧去给空着肚子的老头儿热菜热饭，还煎上两个鸡蛋……

楼顶上的歌手
　　——一个在极度压抑下浪漫的故事

一

　　那天早晨，忽有一块极亮的、颤动着的光像发狂的精灵，在我房间里跑来跑去。当这光从我眼前掠过，竟照得我睁不开眼。我发现这块诡奇的光是从后窗外射进来的，推窗一看，原来隔着后胡同，对面屋顶上那间小阁楼正在安装窗子的玻璃。

　　我也住在阁楼上。不同的是，我的阁楼是顶层上的两间低矮的亭子间；对面的阁楼是立在楼顶之上孤零零、和谁都没关系的一间尖顶小屋。远远看，很像放哨用的岗楼。它看上去很小，而且从来没人居住。它为什么盖在楼顶上，当初是干什么用的，无人能说。这片房子是二十世纪二十年代英国人"推广租界"时盖的。只记得后胡同里曾经有人养过鸽子，有许多白的、黑的、灰的鸽子便聚到这荒废的屋子里，飞进飞出，鸽子们拿这小空屋当作乐园。现在有人住了吗？是谁搬进来了？

隔了十来天，黄昏时分，忽然一阵歌声如风一样吹进我的后窗。后胡同从来没有歌声，只有矿石收音机劣质的纸喇叭播放着清一色的语录歌和样板戏。那种充满霸气的吼叫和强加意味的曲调被我本能地排斥着。于是此刻，这天籁般的歌声自然就轻易地推开我的心扉了。

没等我去张望是谁唱歌，妻子便说："是那小阁楼新来的人。"

女人对声音总是比男人敏感。

我们隔着窗望去，对面阁楼的地势略高一些，相距又远，无法看到那屋里唱歌的人。这是一个男性的歌声，音调浑厚又深切，虽然声音并不大，但极有穿透力，似乎很轻易地就到了我耳边。这时金红色的夕照正映在那散发着歌声的小屋，神奇般地闪闪烁烁。我分不出这是夕阳还是歌声在发光。

我第一次感受到声音是发光的，有颜色的。

这个人是谁呢？一个职业的歌手吗？他是谁？只一个人吗？从哪搬来的？他也像我们——抄家之后被轰到这贫民窟似的楼群里来的？对于楼顶上这间废弃已久的小破屋，似乎只有被放逐者才会被送到这里。

我相信我的判断。因为我的判断来自他的歌声。一些天过去，我听得出他的歌声如同盛夏的天气时阴时晴。这声音里的阴晴是歌者心中的晦明。我还听得出，他的歌声里透出一种很深的郁闷与无奈。他的歌为什么从来不唱歌词？在那个"革命歌曲"之外一切都被禁唱的时代，他一定是怕这些歌词会给自己找麻烦吧。从中,我已经感知到他属于那个时代的受难者。

　　也许我和他是社会的同类。也许他随口哼唱出来的歌——那些名歌、情歌、民歌我太熟悉,也太久违了。我为自己庆幸。好像在沙漠的暴晒和难耐之中,忽然天上飘来一块厚厚的雨云,把我遮盖住,时不时还用一些凉滋滋的雨滴浇洒我的心灵。

　　我这边楼群的后胡同,其实也是他那边楼群的后胡同。后胡同自来人就很少。从我的后窗凭栏俯望,这胡同又窄又细又长又深,好像深不见底的一条峡谷。阳光从来照不进去,雨点或雪花常常落下去,但落下去一半就看不见了;下一半总是黑乎乎的,阴冷潮湿,冒着老箱子底儿那种气味。对面的楼群似乎更老。一色的红砖墙上原先那种亮光光刚性的表层都已经风化、粉化、剥落,大片大片泛着白得刺目的碱花。排水的铅管久已失修,大半烂掉,只有零碎的残管东一段西一段地挂在墙角。一颗凭着风吹而飘来的椿树籽在女儿墙边扎下根,至少活了二十年,树干已有擀面杖粗。它们很像生长在悬崖石壁的树,畸形般地短小,却顽强又苍劲。这些老楼里的人拥挤得不可思议,每间屋子里差不多都住着一家老少三代甚至四代,各种生活的弃物只能堆在屋外。不论是胡同下边的小院,上上下下的楼梯,还是阳台上。到处堆着破缸、碎砖、废炉子、自行车架以及烂油毡。最奇特的景象还是在屋顶上,长长短短的竹竿拉着家家户户收音机细细的天线,好像一张巨大的蜘蛛网笼罩着整片的楼群。然而,这种破败、粗粝而艰辛的风景现在并不那么难看了。因为它和神灵般的歌声融在了一起。

二

一切艺术中，最神奇最伟大的莫过于音乐，莫过于歌。它无形无影，无可触摸，飘忽不定，甚至不如空气——挥挥手掌就能感到。但它却能够以其独有的气质与情感，改变它所充盈的空间里的一切。它轻盈我们轻盈，它沉重我们沉重，它恬淡我们恬淡，它激情鼓荡我们便热血债张。一个地方只要有音乐，连那里的玻璃杯看上去也有感觉。这些被艺术家神化的声音，能够一下子直接进入我们的心，并轻而易举地把我们带进它的世界，心甘情愿地接受它美的主宰。

那时代，我活得可够劲。整个社会都疯了，我所供职的画院里的人们忽然都视艺术为粪土，都迷上了军装。穿上军装，都把眼睛睁得奇大，好像处处藏着"敌人"。对于我，离开了艺术的生活空洞无物，更何况整个生活充斥着那种与艺术相悖的东西。你躲不开它，又绝对不能拒绝它，还要装着顺从它——甚至热爱它。

不管为了什么，违心地活着都很累。

当我带着一天的倦乏回家，拉下肩上的挎包——此时已无力把挎包放在柜子或椅子上，而是随手往地上一扔，一转身仰面朝天倒在床上，心中期待的是对面楼顶上的歌声飘过来。

尽管他的歌是苦味的，有时很苦，很苍凉，但很动情；他的歌声还有一种很特别的磁性美，使我的心一直走进他的歌声里，一天里积存在浑身骨节和肌缝里的疲惫，便不知不觉烟一般地消散了。不仅如此，他的歌还常常会给我端起的水酒里添上一点滋味，感染得我和家人亲热时多一些爱意与缠绵。最令我惊奇的是，他的歌还像精灵一样钻进我的笔管里。白天在单位不能画画，下班在家便会铺开纸，以笔墨释怀。这时我发现我的笔触与水墨居然明显地多了些苦味，很像他歌里的那种味道。歌声能够改变画意吗？当然不是，其实这种苦味原本也潜在我的心底，只不过被他的歌声唤醒罢了。为此，我非但没有去抵制他对我的影响，反而喜欢在他的歌声中作画。

　　一天，我被他低沉而阴郁的歌声感动，一种久违的冲动使我急急渴渴在桌案上展纸提笔，以充沛的水墨抹上大片厚厚的阴霾。然而，他浓重的低音并不绝望，时而透出一种祈望，于是我笔下的阴云在相互交错中不觉地透出一块块天光。我情不自禁还在云隙之间，用极淡的花青点上薄薄的蓝色。这是晴空的颜色。但它又高又远，可望而不可即。这是无限的希冀之所在，一块极其狭小的安放遐想之地，却又朦朦胧胧，远如幻梦。

　　后来，他的声音转而变得强劲。那种金属般磁性的音质渐渐有力地透露出来。这一瞬，我看见在画面的云天上，飞着几只乌黑的大雁，它们引颈挥翅，逆风而行，吃力地扇动着翅膀。我在画这些顶风挥舞的雁翅时，好像自己的臂膀也在用力，甚至听到这些大雁与强风较劲时肩骨发出的咯吱咯吱声。我忽然想，这苦苦挣扎却执意前行的大雁所表现的不正是一切生命本质中的顽强！

　　我忽然彻悟到，人的力量主要还是要在自己的身上寻找。别人给你的力量不能持久，从自己身上找到的力量，再贯注到自己身上，才会受用终身。

　　也许为此，这样题材的画我不止一次地画过。奇妙的是，每次画这些逆风的大雁耳边都会幻觉般地出现那天听到的歌声来。

我个人生活的一段时光是和他的歌声在一起的。

我很幸运。因为那是我生命中极度贫乏的一段日子。

和歌声在一起是奇妙的。它与我似伴相随。

它进入我的生活时，是随意的，自由的，不知不觉的；它走出我的空间时，也随意而自由，像烟一般地飘去。它从不打扰我。他的歌很少完整地从头至尾，似乎随心所欲，想唱就唱。有时一段歌反复地唱，有时只唱一两句就再没声音。他是绝对自我的，完全不管也不知道我的存在。这反而使我很自由，完全不必"应酬"他。人和音乐所进行的是两个心灵奇妙的"对话"。当心灵互不投机时，人与音乐彼此无关；当两个心灵互相碰撞一起，便一下子相拥一起了。我和这歌手也如此，有时他的歌与我的心情不一致——我就不去用心倾听它。我与人聊天说话或者独自沉思时，它仅仅是一种远远的背景。就像身后的一幅画。

白天里很少听到他的歌，大多是他下班归来，所以他的歌总是和黄昏的夕照同时进入我的后窗。

由于他不唱歌词，歌中内容多是代以"啊、噢、啦、哎、呜"，类似歌手练习发声，但他在这字音里注入很多情感。这种无歌词的哼唱听起来就更像是音乐。有时他还会唱一些著名的钢琴曲或交响曲的旋律。这些旋律一直刻在我心里。他一唱，我就觉得旧友旧情亲切地回来了。

虽然他的歌不是为我唱的，却不时会与我共鸣。有时我像站在山这边听他在那边"自言自语"，有时却一下子落入他歌的深谷里。这些歌于我，常常勾引回忆，唤起向往，抚慰心灵，诱发爱意。它能使我暂时忘掉身边的苦恼，但当我离开这些歌，回到现实中，我会感到更苦恼更茫然。

渐渐地，他的歌已成为我生活的一部分。

如果一两天听不见他的歌。我会想他，猜他，为他担心。但是他人长得什么样？我看不清楚。他大多时间待在屋，偶尔会到屋外——也就是对面楼群的房顶上站一站。或在晾衣绳上晾晒洗过的衣物。我最多只能知道，他中等略高的身材，瘦健，头发似乎较长。眉眼就绝对看不清了。除此之外，我对他一无所知。

但我知道他的心，他的气质与情绪。这全来自于他的歌。

歌声就是歌手本人。因为歌是歌手外化的灵魂。由此说，我已经和他神交了。

一天，天降急雨。因为是北风，我怕雨水溅进屋，关上后窗。忽然一阵歌声混在雨声里，这支歌一听就立即感动了我。它很伤感、无奈，还有些求助的意味。它穿过密密的雨一直来到我后窗前，粘在我的玻璃上。风儿一个劲儿地吹我的窗，好像有人在外边哐哐地推。不知道为什么，我打开窗放它进来。一瞬间，我感觉这歌声仿佛是淋着雨进来的，好像一位顶着雨来串门的老朋友。

三

忽然一天，妻子站在后窗边，手指着楼对面叫我去看。她发现，歌手那边的窗边有个新的人影。鲜黄的衣色，黑色长发，显然是一个女人。这人是歌手的妻子吗？新交的女朋友吗？一年多来，那阁楼上只有歌手孤单一人，从没见过任何别的身影。

他一直很孤独，这是他的歌告诉我的。

但从那天起，我听得出他的歌发生了变化。歌声里边多了些新鲜的东西。有更多的光线与色彩，还有明媚的花朵，柔和的风，慢慢行走在天上的洁白无瑕的云，静谧的月色与奔涌的激流……而这些美好的事物好像实实在在就在眼前。

我妻子说："他在恋爱了。"她微笑着。

我望着妻子含辛的脸庞上柔和的目光。忽然感受到我们的生活和我们自己。脑袋里冒出一幅画来：大风大雪中，幽暗的密林深处一双小鸟相互紧靠在一起。我马上把心中这个画面画下来，即兴还写了四句诗：

> 北山有双鸟，
>
> 老林风雪时，
>
> 日日长依依，
>
> 天寒竟不知。

妻子看罢，对我打趣地说："你现在还在恋爱吗？"

我望她一眼。她依然是那种天生而不变的柔和的目光，脸上茹苦含辛的意味却一扫而空。

这之后歌手的歌愈来愈明亮，声音也明显高昂起来。一天黄昏，他居然唱起那支古巴民歌《鸽子》，而且连歌词也唱出来。歌声与夕阳一同把我们后窗遮阳的窗帘照得雪亮，歌中最高亢的含着那种金属质感的磁性的声音混在一束强烈的阳光里，穿过窗帘上一个破洞，雪亮地直射进来。这使我们很激动。在那个文化真空的时代，一时好像天下大变了。

突然后胡同一个男人粗声一吼："谁唱的？派出所来人了！"

歌手和歌好像被轧刀"咔嚓"切断，整个世界没声音了。严酷的现实回到眼前。

我想，那个叫喊的男人，多半嫌歌声太大，打扰了他。但这一吼过后，歌声戛然而止，立即消失，整个世界因突然无声而显得分外的空洞与绝情。

我真的担心歌声由此断绝。但一周之后，对面楼顶上的歌声渐渐出现。开始只是断断续续，小心翼翼，浅尝辄止，居然还夹着一点语录歌的片段。随后，他又像以前那样唱歌——没有歌词；没有歌词就安全，因为住在后胡同里那些人没人懂得他唱的是什么。而由此他的音量始终控制得比较轻。令我奇怪的是，他的歌中那些光线与色彩却变得含糊了，内含犹疑了，甚至还有些缭乱不安。他要向我诉说什么呢？

四

一个月后，歌手的歌无缘无故地中断。是由于那次唱《鸽子》被人告发，还是出了什么事或是病倒了？

我总在猜。

妻子说："要不你到那楼上瞧瞧去。他一个人，如果真的病倒了呢？"

没想到，我们已经把这个不曾认识、甚至连长相都不知道的人，当作朋友一样关切了。

若要进入他那片楼群，先要走出我这片楼，绕到后边一条窄街上，寻一个楼口进去。

他这楼群是十几排楼房组成的。他在哪一排？我事先观察了地形，估摸好他那楼的位置和距离，但真的走进这片老得掉牙的楼群里，马上转向，纵横迂回了半天，还是扎进了一条死胡同。又费了很大劲，总算找到他这排楼。可是一排楼有许多门，哪个门通向楼顶上歌手那个阁楼。我看见一位矮胖的大娘站在楼前，上前询问。

矮胖大娘显然是街道代表一类人物。叫她大娘时，她一脸肉松松地微笑。待一打听那歌手，她腮帮的肉立即紧绷，小眼睛警惕地直视着我，好像发现了"敌情"。总算我还机灵，扯谎说我是东方红电机厂毛泽东思想宣传队的，想找那人去唱革命歌曲，尽管她将信将疑，还是告诉我应该走哪个门。

这种年深日久的老楼的楼梯，差不多都只剩下一半宽窄的走道，其余地方堆满破烂，全都蒙着厚厚的尘土；楼梯的窗子早都没有玻璃，有的连窗框也没有，不知哪年叫一场大风扯去的；墙壁上的灰皮大块大块地剥落下来，露出砖块；顶子给烟熏得黑乎乎，横七竖八地扯着电线。做饭时分，家家门口的煤球炉子都用拔火罐，辣眼的浓烟贯满楼梯上下。

我从中穿过，直攀楼顶，一扇小门从乳白色的煤烟中透出来。我屈指敲了敲门，里边没声音，手指再用点劲，门径自开了，没有上锁，看看门框，也没有锁。

眼前的景象使我惊呆。说老实话，我从没见过如此一贫如洗的房间。七八平米小屋，家徒四壁。墙上除去几个大小不同、锈红的钉子，什么也没有。用码起的砖块架着的几条木板就是他的床。一个旧书架，上面放着竹壳暖瓶、饭盒、碗盆、梳子、旧鞋、药瓶；只有几本书，都没封皮，我却看得出其中一本旧书是屠格涅夫的《猎人笔记》，因为书中有些写得极美的段落我能背诵。小屋里既无柜子，也没桌椅。墙角放着两个装香烟的纸箱子，大概是放衣服的。我着意看一眼果然是，一只装干净衣服的，一只盛脏衣服的。

我真不解，就这样几乎一无所有的地方，一年多来，竟给了我们那么丰盈、深切、充满美感的抚慰和补偿！

其实，这才正是艺术的神奇与伟大。不管物质怎样贫乏内心怎样压抑，它都能创造出无比丰富的精神和高贵的美来。

我从他的窗子向外张望，对面正是我住的楼房，再往下看，是我的阁楼。换一个位置看自己的家的感觉挺有趣，就像站在镜子前瞧自己。此时，我妻子好像正在窗子里抬头望我。她很想知道我看到了什么吧。我向她打手势，太远，她肯定看不清。我想告诉她，我看到的远远比我想看到的多得多。

十天后，外边忽然又传来他的歌声，他重新"出现"了。我和妻子在惊喜之时，不约而同地屏住呼吸，从他的歌声里询问他的一切。

这次的歌，婉转低回，郁闷惆怅，宛如晚秋的风景一片凋零。所有树木光秃秃的枝条都无力地低垂着，枝梢俯在地上，并浸在凹处冰冷的积水里。不用再去分辨，我坚信这是失恋者的哀伤。从这歌声里知道，他没有患病，却看到十多天来他身上发生了什么。他的歌最多只是几句，断断续续，似乎每次唱，都是难耐痛苦的一种释放。失恋中的苦与爱是同步的。从中我听得出昨日的爱在他生命中的位置。

她为什么离开他？不知道。歌声里只有情感没有叙事。

这天傍晚，我的一位画友在我家吃饭。我这位朋友住在老西开那座天主教堂的高墙后边。他最初画水墨，近些年改画油画，画得很抽象。

他画中怪异而冷峻的变形缘于心中的变态，他笔下那些畸形的形态彰显着内心的扭曲。

我问他："你不怕这种画会给你找麻烦？"

他说："那些人不像你，他们不懂画。我会对他们说，我的画还没画完，或者说我刚学画，还画不像。"

我笑道："这是绘画的好处。作家不行。作家都是白纸黑字。弄不好一句话就招来大祸。"

妻子在餐桌摆上炒鸡蛋、炸花生、拌黄瓜、猪肉丸子汤，还有一瓶刚从凉水盆里拿出来的啤酒，这便是那时代上好的家宴了。酒到半酣时，后窗外传来那歌手很轻的哼唱。我的画友问我：

"这是谁在唱？"

我便讲了对面楼顶上的那位歌手。从一年多前他搬到对面那阁楼上，一直讲到这些天发生的事。还讲到他的歌和我的感受，以及我对他的造访和他的热恋与失恋。我的画友问我："直到今天，你也不知道他的模样吗？"

"从未见过。长什么样根本不知道，姓氏名谁更无从得知。"我说。

我的画友笑道："有意思。可你却是他的知音。不，应该说你是他这世上唯一的知音。哎，他知道你吗？"

"不！"我说，"他可能根本不知道我的存在。"

我的画友忽然停住不再说话，手中的筷子也停下来，这因为歌手那边又轻轻唱起来。我的画友听得用心，仿佛也有些投入了。他忽发感慨地说道：

"原来失恋不单苦，也这么美。"

我说："在艺术中，痛苦的东西愈美就愈深切。"

五

我对大地震的亲身体验是，第一下并非左右剧烈摇摆，而是突然向上猛地一弹，所有东西和人都往上猛地一蹦。我妻子对大地震体验是门框下边才最安全。她当时摔倒在门框下边，地震时屋里屋外砖瓦落如急雨，但凭仗着门框的保护她居然没受到一点伤。

这次全世界都知道的大地震总共摆了四十秒钟。我楼下的邻居后来说，他们听到我从始至终一直在拼命叫喊，我说我不知道。据说这种喊叫是人的一种本能的反应，是在释放心中的恐怖，自己并不知道。但在那地动山摇时，我却听到两声来自后胡同的高声的呼叫。我太熟悉歌手这种带着磁性的声音了，但我怎么也不会想到这是我听到的他最后的声音。

大地震的第二天，我爬上自家的破楼，在坍塌的废墟——成堆的瓦砾里，寻找可用和急用的衣物。地震中，我的屋顶没了，一切全暴露在光天化日之下；房间靠后胡同那面大墙，带着后窗户一起落下去。现在对面的楼群一目了然。我像站在一座山顶，看另一片山，感觉极是奇异。这片上了年纪的老楼早已松松垮垮，再给大地一摇，全像狼牙狗啃过一样。突然，一个景象闯进我的眼中，令我愕然。对面屋顶那歌手的小屋消失了，成了一堆砖头瓦块，远远看，像一个坟冢。

他呢？被砸了还是侥幸逃生了？

两年后，我的小阁楼修复了，只是把原先厚重的瓦顶改成简易的木顶。但对面歌手那小屋却一直没有重建。待他那堆震垮的瓦砾清除干净后，整片楼顶重新铺过油毡，黑黑的，一马平川，反射着刺目的光，看上去很异样。望着对面这空荡荡的屋顶常常牵动我的是那歌手的下落，他是否还在人间。

我又到他那片楼里去一趟。此时"文革"已然结束，再去打听那位歌手不必提心吊胆。奇怪的是，那楼里的邻居竟连他叫什么也说不清楚。只知道他地震中受了伤，被人抬走了。但他被谁抬走的，抬到哪去了，没人知道。

那时代，人对人知道得就这么少。

六

三年后一天晚上，我到不远的"三角地"那边的地震棚去看一个朋友，聊天聊得太长，回来已经挺晚。街上很黑，也很静。秋叶清新的气息呼吸起来很舒畅。走着走着，后边传来一阵歌声，像风一般吹到我的背上。我立即被热烘烘地感动起来。这歌是那时候传唱最广的《祝酒歌》。欢悦里边含着很深的苦涩和伤感，这是那个时代特有的情感。然而我不只是为这支歌而感动。更让我惊喜的发觉——哎呀，不正是那失踪已久又期待已久的歌手的声音吗？真的会是他吗？

我扭过头，只见唱歌那人骑着车，从街心远处一路而来，歌声随之愈来愈近。

可是在这短暂的时间里，我又不能立即确定这就是那歌手的声音。

因为我听过他的歌是没有歌词的，现在却唱着歌词。这声音听起来就有点似是而非了。就在犹疑之间，唱歌的人骑车从我身边擦肩而过。这一瞬，我看清楚了他，一个中年男人，头发向后飘着，瘦削的脸上线条清晰，眉毛很深，他唱得很动情，神情完全投入到歌里边去了。可是我从来没见过他呀。反倒是愈看清楚他，愈不能断定了。眼看他已经跑到我前面十几米远，马上就要走掉，我心一急，一举手，待要招呼住他，却忽然控制住自己。如果他不是那歌手，不就会很尴尬，而且更失落吗？世上的事，有时模糊比弄清楚更好。希望不总是在模糊中吗？于是我伫立街心，目光穿过黑夜，跟着他的身影与歌声一同远去，直到消失在深邃的夜色里，我却还在下意识和茫然地举着一只空手。

抬头老婆低头汉

这世上的事说复杂就复杂，说简单就简单。要说复杂，有一堆现成的词儿摆在这儿，比方千形万态、千奇百怪、千头万绪、千变万化等，它们还互不相干地混成一团，复不复杂？要说简单——那得听咱老祖宗的。咱老祖宗真够能耐，总共不过拿出两个字，就把世上的事掰扯得清清楚楚明明白白。这两字是：阴阳。

老祖宗说，日为阳，月为阴，天为阳，地为阴，火为阳，水为阴，男为阳，女为阴，对不对？大白天，日头使足力气晒着，热热乎乎，阳气十足，正好捋起袖子干活；深夜里，月光没有什么劲儿，又凉又冷，阴气袭人，只能盖上被子睡觉。日，自然是阳；月，自然是阴。至于天与地、水与火、男与女，更是阴阳分明，各有各的特性。何谓特性？阳者刚，阴者柔。然而单是阳，太刚太硬不行；单是阴，太柔太弱也不行。阴阳就得搭配一起，还要各尽其能，各司其职。比方男女结为夫妻，向例都是男主外，女主内；男人养家，女人持家；男人搬重，女人弄轻……每每有陌生人敲门，一准是男人起身迎上去开门问话，哪有把老婆推在前头的？男人的天职就是保护女人，不能反过来。无论古今中外全是这样。这叫作天经地义。

可是，世上的事也有隔路的、另类的、阴阳颠倒的、女为阳男为阴的，北方人对这种夫妻有个十分形象的俗称，叫作抬头老婆低头汉。

二

这对夫妻家住在平安街八号一楼那里外间房。两人同岁，都是四十五。

先说抬头老婆。姓于，在街办的一家袜子厂当办公室主任。但从来没人叫她主任，不论袜子厂上上下下还是家门口的邻居都喊她于姐。这么叫惯了，叫久了，连管界的户籍警也说不出她的名字来。

于姐精明强干。鼓鼓一对球眼，像总开着的一对小灯亮闪闪。她身上的一切都和这精明外露的眼睛相配。四十开外的人，没一根白发，满头又黑又亮齐刷刷。嘴唇薄，话说得干脆利索；手瘦硬，干活正得用；两条直腿走路快，骑车也快，上下车骗腿时动作像个骑兵。别小看了这个连初中也没毕业的女人家，论干活她才是袜子厂的一把手。凭着她勤快能干，办法多，又不惜力气，硬叫这小厂子一百来号人有吃有喝有钱看病一直挨到今天。

再说低头汉，姓龚。他可不如他老婆，不单名字——连他的"姓"也没人知道。所有熟人，包括他老婆都叫他老闷儿。

他人闷，模样也闷，好像在罐里盒里箱子里捂久了，抽抽巴巴，乌里乌涂。黑脸的人本来就看不清楚，一双小眼再藏在反光的镜片后边，很难看出他的心思。他从不张嘴大笑，不知他的嘴是大是小。虽然没听说他有什么病，但身子软绵绵，站直了也是歪的。多少年来，他一直像个小学生那样斜挎着一个长背带的黑色的人造革公文包上下班。他在大沽路那边的百货公司做会计。有人说他这样挎包是因为包里边装的全是账本，提在手里不保险，会丢，会被抢，套在身上才牢靠。他走路很慢，不会骑车，每天走路要用很多时间，他为什么不学骑车呢？不爱说话的人的道理是无法知道的。

他的脚步极轻，没有声音。这脚步就像他本人，从不打扰别人，碰上街坊最多抿嘴一笑，不像她老婆兴冲冲的步伐像咚咚敲鼓。老婆喜欢和人搭讪，喜欢主动说话，不在乎对方是不是生人，也不在乎别人什么想法，求人帮忙时也一样，就像工厂派活时，一下子就交到人家手里。可是老闷儿不行，逢到必须开口求人帮忙时，嘴上就像贴了胶带。于是家里所有要和外边打交道的事就全落在老婆身上。

老婆在门外边，他在门后边；老婆与人谈判，他站在一边旁观，也绝不插嘴。可户主是他老闷儿呀。

其实不只是家外边的事，家里边的事也都摊在老婆身上。

老婆急性子，老闷儿慢性子；性急的人遇事主动抢着干。老婆能干，他不会干；能干的人遇事不放心交给别人干。这就是为什么世上的事总是往急性子和能干的人身上跑的缘故。

久而久之，这个家庭形成的分工别有风趣。老婆做饭，老闷儿洗碗；老婆登梯爬高换灯泡换保险丝，老闷儿扶梯子；老婆搬蜂窝煤，老闷儿扫煤渣，老婆还总嫌他扫不干净一把将扫帚夺过去重扫。这个家里给老闷儿只留下一件正事，就是给不识数的儿子补习数学。所以，老婆常常会对人说，我在家是两个人的"妈"。在这个老婆万能的家庭里，老闷儿常常找不到自己。从属者的位置是可悲的。这是不是老闷儿总那么闷闷不乐的根由？

于是平安街上的人家，常常可以看到这对抬头老婆低头汉几近滑稽的形象——

于姐习惯地扬着脸儿、挺着胸脯走在前边。一个在家里威风惯了的女子会不知不觉地男性化。她闪闪发光的眼睛左顾右盼，与熟人热情和大声地打招呼。老闷儿则像一个灰色的影子不声不响紧紧跟在后边。老婆不时回过头来叫一声："你怎么也不帮我提提这篮子，多重！"

这一瞬，老闷儿恨不得有个地沟眼没盖盖儿，自己一下掉进去。

改变这种局面是一天夜里。老婆突然大喊大叫把老闷儿惊醒。老闷儿使劲睁开睡眼才明白，一只大蝙蝠钻进屋来，受惊的蝙蝠找不到逃路便在屋里像轰炸机那样呼呼乱飞，飞不好就会撞在头上。

老婆胆子虽大，但她怕一切活物。从狗、猫、老鼠到壁虎、蟑螂、屎壳郎全怕。更怕这种吱吱尖叫、乱飞乱撞的蝙蝠。儿子叫道："老师说，叫蝙蝠咬着就得狂犬症！"吓得老婆用被子蒙头，一手拉着儿子，光脚跳下床，拉开门夺路跑到外屋。动作慢半拍的老闷儿跟在后边也要逃出去。被老婆使劲一推，随手把门拉上，将老闷儿关在里边。只听老婆在外屋叫着："该死，你一个大男人也怕蝙蝠，不打死它你别出来！"

老闷儿正趴在地上打哆嗦，老婆的话像根针戳在他的脊梁骨上。他忽然浑身发热，脸颊发烧，扭身抓过立在门后的长杆扫帚，一声喊打，便大战起蝙蝠来。他一边挥舞扫帚，一边呀呀呀地喊着。这叫喊其实是一种恐惧，也为了驱赶心中的恐惧。

然而，于姐在门外看呆了。她隔着门上的花玻璃看见丈夫抡动扫帚的身影，动作虽然有些僵硬，但从未有过如此的英勇。伴随着丈夫的英姿，那一闪一闪的东西就是发狂的蝙蝠的影子。只听几声哗哗啦啦瓷器碎裂的声音，跟着像是什么重东西摔在地上，随即没了声音。于姐怕老闷儿出什么事，正疑惑着，突然屋里爆发一阵大叫："我打死它啦，我胜啦，我胜啦！"

老婆和儿子推门进去，只见满地的碎壶、碎碗、糖块、闲书、破玻璃，老闷儿趴在中间，手里的扫帚杆直捅墙根。一只可怕的黑乎乎的非鼠非鸟的家伙被扫帚杆死死顶住，直顶得蝙蝠的肚肠带着鲜血从长满尖牙的嘴里冒出来。

老婆说："老闷儿，你还真把它弄死了。"伸手把他拉起来。

儿子兴奋极了，说："我爸真棒，我爸是巨无霸！"

老闷儿一身是土，满头是汗，眼镜不知掉在哪儿了；抖动的手还在紧握着扫帚杆。过度的紧张和兴奋，使他的表情十分怪异。他对老婆说：

"我行——"

然后，直盯着老婆，似是等待她的裁决。

老婆第一次听到他用"我行"这两个字表白自己，心里一酸，流下泪来。对他哽咽地说：

"是、是，你行，真的行！"

三

进入二十一世纪的第一个月，老闷儿流年不利，下岗了。一辈子头一遭没事干，或者说干了一辈子的事忽然没了，人也就空了。

这并不奇怪。公司亏损，无力强撑，便卖给私企老板，老板精兵减员，选人摘优汰劣，这都是在理的。但老板只讲效益，不讲人情，人裁得极狠，下去一半，老闷儿自然在这一刀切下的一堆一块里边。

老闷儿和他老婆慌了神，着实忙了一阵，托人找事，看报找事，到人才中心找事，在大街上贴条找事；用会计的单位倒是有，但那种像模像样的企业一见老闷儿就微笑着说拜拜。小店小铺小买卖倒也用人，可就是另一层天地另一番人间景象了。经老婆的袜子厂一位同事介绍，有三家店铺都想用人，铺子不大，财务上的事都不多，想合用一个会计，月薪不算低。说要老闷儿和他们"会会"。老婆怕老闷儿不会说话，好事弄坏，便和他同去。这两口一前一后走进人家的店铺，很像家长领着一个老实的孩子来串门。

待和这三家的小老板一一见过谈过，才知道在这种店铺里，会计这行当原来只是一台数字的造假机器。前两家的小老板说得直截了当，不管他用偷税漏税加大成本还是开花账造假账等什么花活，只要保证账面上月月"收支平衡"就行。小老板对老闷儿呲着黄牙笑道：

"您是见过世面的老手，这种事对于您还不是小菜一碟？"

这话叫老闷儿冒一头冷汗。

第三家是一家国营的贸易公司下边的实体。老板的左眼是个斜眼，眼神挺怪，话却说得更明白："我们这买卖就是为领导服务。领导的招待费礼品费出国费用全要揉到账里。"他用食指戳戳账本，"你的工作是在这里边挖口井。"

老板的话是对老闷儿说的，眼睛却像瞅着于姐。老闷儿听不懂他的意思，没等他问，于姐便问：

"什么井？您说白了吧。"

老板一笑，目光一扫他俩，一时弄不清他的眼睛对着谁，只听他说：

"你们怎么连这话也听不懂？小金库嘛！井里不管怎么掏，总得有水呀！"

这话叫于姐也冒出冷汗。走出门来，于姐对老闷儿说："咱要干这个，等于把自己往牢里送！"

打这天，于姐不再忙着给老闷儿找事，老闷儿便赋闲在家了。

在旁人眼里，老闷儿坐着吃，享清福。整天没事，有人管饭，多美！但世上的美事浮在表面，谁都能看见；人间的苦楚全藏在心里，唯有自知。为了表示自己的存在价值，老闷儿把接送儿子上下学、采买东西、洗碗烧饭、收拾屋子全揽在自己身上。一天两次用湿布把桌椅板凳擦得锃亮。

可是老婆并不满意他做的事，干惯了活的人的手闲不住，随手会把不干净不舒服的地方再收拾收拾。这在老闷儿看来，都是表示对他价值的否定。

　　老闷儿便悄悄地通过他有限的熟人，为他介绍工作。邻居万大哥也是下岗人员，靠卖五香花生仁度日。五香花生仁是他自己炒的，又脆又酥又香，卖得相当不错，有时还能挣到些烟钱酒钱零花钱。

　　万大哥对他说："哪有老爷们吃老娘们的，这不坐等着别人说闲话？跟我卖花生去！喂不饱自己的肚子，起码也能堵住别人的嘴。"

　　老闷儿跟着万大哥来到不远的大超市那条街上，按照万大哥的安排，两人一个在街东口，一个在街西口。可是老闷儿总怕碰见熟人，不敢抬头，抬起头又吆喝不出口。不像卖东西，倒像站在街头等人的。直等到天色偏暗，万大哥笑嘻嘻叼根烟，手里甩着个空口袋过来了。老闷儿这口袋的花生仁却一粒不少。

　　就这一次，万大哥决定把自己的义气劲儿收回了。

　　一天，老闷儿上街买菜。一个黄毛小子叫他，说一会儿话才知道是七八年前到他们百货公司会计科实习过的学生，只记得姓贾，名字忘了。小贾听说老闷儿下岗陷入困境，很表同情，毅然要为老闷儿排忧解难。他说，卖东西最来钱的是卖盗版光盘。卖光盘这事略有风险，但对老闷儿最合适，不但无须吆喝也根本不能吆喝，一吆喝不就等于招呼"扫黄打非"那帮人来抓自己吗？只要悄悄往商店门口台阶上一坐，拿三五张光盘放在脚边，就有人买，卖一张赚两块。其余光盘揣在书包里，背在身上。万一看到有人来查光盘，拾起地上的那几张就走，如果查光盘的人来得太急，拔腿便跑，地上的光盘不要了，几张光盘也不值几个钱。

　　不等老闷儿犹豫，小贾就领着老闷儿到不远一家商店门口，亲眼看见一个人半小时就卖掉五六张光盘。十多元钱的票子已经装进口袋。

　　身在绝境中的老闷儿决心冒险一搏。晚上就向老婆伸手借钱。家里的钱从来都在老婆的手里攥着。老婆听说他要干这种事,差点笑出声来。可是老闷儿今儿一反常态,老婆反对他坚持,老婆吓他他不怕,看上去又有点当年大战蝙蝠的气概。老婆带着一点风险意识,给了他三百块本钱。转天一早老闷儿就在菜市场等来小贾。小贾答应帮他去进货,还帮他挑货选货。他把钱掏出来,留下一百,其余二百交给小贾,一个小时候后,小贾就提来满满一塑料兜花花绿绿的光盘。对他说:

"您运气真够壮。正赶上一批最新的美国大片,还有希区柯克的悬念片呢!都是刚到的货。保您半天全出手!"

老闷儿把光盘悉数塞满那个当年装账本的黑公文包,斜垮肩上。自个儿跑到就近的一家商店门口坐在台阶上。伸手从包里掏出五张光盘,亮闪闪放在脚前边。没等他把光盘摆好,几只又黑又硬的大皮鞋出现在视线里。查光盘的把他抓个正着。他想解释,想争辩,想求饶,却全说不出口来。人家已经把他所有光盘连同那公文包全部没收。只说了一句:"看样子你还不是老手。你说吧,是认罚,还是跟我们走。"说话这声音,在老闷儿听来像老虎叫。

他的腿直打哆嗦,走也走不动了。只好把身上剩下的一百块钱掏出来,人家接过罚款,把他训斥一番,警告他"下不为例",便放了他。他竟然没找人家要罚单,剩下的只有两手空空和一个吓破了的胆。

当晚,老婆气得大脸盘涨得像个红气球,半天说不出话来。待了一会儿,她眼皮忽然一动,目光闪闪地问道:

"没罚单怎么知道他们是扫黄打非的?他们穿制服了吗?别是冒牌的吧?"

老闷儿怔着,发傻。他当时头昏脑涨,根本没注意人家穿什么,只记得那几只又黑又硬的大皮鞋。

老婆突然大叫："我明白了。这两个人和你那个小贾是一伙的。他们拴好套，你钻进去了。老闷儿呀——"这回老婆气得没喊没骂，反倒咯咯笑起来，而且笑得停不住也忍不住。

老闷儿像挨了一棒。这一棒很厉害，把他彻底打垮。

世上有些事，不如不明白好。

四

小半年后的一天晚饭后，于姐的弟弟于老二引一个胖子到他们家来。

胖子姓曹，人挺白，谢顶，凸起的秃脑壳油光贼亮，像浇了一勺油。这人过去和于老二同事，在单位里伙房的灶上掌勺，手艺不错，能把大锅菜做出小灶小炒的味儿来。近来厂子挺不住，刚刚下岗。于老二想到姐夫老闷儿在家闲着，而姐夫家在不远的洋货街上还空着一间小破屋，不如介绍他们合伙干个露天的"马路餐馆"，屋里砌个灶做饭，屋外摆几套桌椅板凳，下雨时扯块苫布，就是个舒舒服服的小饭摊了。于老二还说，洋货街上的人多，买东西卖东西的人累了饿了，谁不想吃顿便宜又好吃的东西？

"你给人家吃什么？"于姐问曹胖子。

曹胖子满脸满身是肉，肚子像扣个小盆。一看就是常在灶上偷吃的吃出来的。他神秘兮兮地说出三个讨人喜欢的字来：

"欢喜锅。"

"从来没听过这菜名。"于姐说，脸上露出颇感兴趣的样子。

于老二插话说，听说过去南方有个地方乞丐挺多，讨来的饭菜都是人家剩的，没有吃头儿，只能填肚子。可这帮乞丐里有个能人，出一个主意，叫众乞丐把讨来的饭菜倒在一个锅里煮。别看这些东西烂糟糟，可有鱼尾有虾头有肉皮有鸡翅膀有鸭脖子，一煮奇香，好吃还解馋，从此众乞丐迷上这菜食，还给它起个好听的名字，叫"欢喜锅"。

"瞎说八道！我听怎么有点像'佛跳墙'呢，是你编出来的吧。"于姐笑道。

曹胖子接过话说："还不都是种说法。那'李鸿章杂碎'呢，不也是把各种荤的、腥的、鲜的全放在一锅里烩？要紧的是得把里边特别的味道煮出来。"

"这些东西放在一块煮说不定挺香的，就像什锦火锅。再说鸡脖子鱼头猪肉皮都是下脚料，不用多少钱，成本很低。"于姐说。

"您算说对了！"曹胖子说，"其实这锅子就是'穷人美'，专给干活的人解馋的，连汤带菜热乎乎一锅，再来两个炉火烧饼，准能吃饱。"

"怎么卖法？"姐往下问。

"我先用大锅煮，再放在小砂锅里炖。灶台上掏一排排火眼，每个火眼放上一个砂锅，使小火慢慢炖，时候愈长，东西愈烂，味愈浓。客人一落座，立马能端上来，等也不用等。一人吃的是小号砂锅，八块；两人吃，中号，十二块；三人吃，大号，十五块。添汤不要钱，烧饼单算。"曹胖子说。看来他胸有成竹。

这话把于姐说得心花怒放。凭她的眼光，看得出这欢喜锅有市场，有干头。合伙的事当即就拍板了。往细处合计，也都是你说我点头，我说你点头。于姐和曹胖子全是个痛快人，不费多时就谈成了。小饭店定位为露天的马路餐馆。单卖一样欢喜锅，一天只是晚上一顿，打下午六点至夜里十一点。两家入伙的原则是各尽所有，各尽所能。老闷儿家出房子和桌椅板凳，曹胖子手里有成套的灶上的家伙。两家各拿出现金五千，置办必不可少的各类杂物。人力方面，各出一人——老闷儿和曹胖子。曹胖子负责灶上的事，老闷儿担当端菜送饭，收款记账。谈到这里，老闷儿面露难色，于老二一眼瞧见了。他知道，姐夫是会计，不怵记账，肯定是怕那些生头生脸的客人不好对付。因说：

"姐夫，反正你们这马路餐馆只是晚上一顿，晚上只要我没事就来帮你忙乎。"

于姐斜睨了老闷儿一眼，心里恨丈夫怕事，但还是把事接过来说道：

"我晚上把儿子安顿好也过来。"

老闷儿马上释然地笑了。老婆在身边，天下自安然。

曹胖子却将这一幕记在心里。这时，于姐提出一个具体的分工，把餐厅买菜的事也交给老闷儿。曹胖子一怔。不想老闷儿马上答应下来："买菜的事，我行。"

老闷儿因为刚刚看出老婆不高兴，是想表现一下，却不知于姐另有防人之心。曹胖子老经世道，心里明明白白。他懂得，眼前的事该怎么办，今后的事该怎么办。因说道："那好，我只管一心把欢喜锅做成——人人的喜欢锅！"说完哈哈大笑，浑身的肉都像肉球那样上下乱窜。

在分红上，于姐的表态爽快又大方，主动说十天一分红，一家一半。这种分法，曹胖子原本连想都不敢想，连房子带家具都是人家的呢！可是曹胖子反应很快，赶紧说了一句："我这不是占便宜了吗？"便把于姐这分法凿实了。随后，他们给这将要问世的小饭铺起了一个好听好记又吉利的名字：欢喜餐厅。

于姐这人真是给点阳光就灿烂，给个舞台就光彩，而且说干就干！打第二天，一边到银行取钱和凑钱，一边找人刷浆收拾屋子，办工商税务证，打点洋货街的执法人员，购置盘灶用的红砖、白灰、沙子、麻精子、炉条、煤铲、烟囱，还有灯泡、电门、蜡烛、面缸、菜筐、砂锅、竹筷子、油盐酱醋、记账本、手巾、蝇拍、水桶、水壶、暖壶、冲水用的胶皮管子、扫马路的竹扫帚和插销门锁等。但是，能将就的、家里有的、可买可不买的，于姐一律不买。桌椅板凳都是袜子厂扩建职工食堂时替换下来的，一直堆在仓库里，她打个借条从厂里借出七八套，连厨房切菜用的条案也弄来一张，并亲手把这些东西用推车从厂里推到洋货街。她干这些活时，老闷儿跟在后边，多半时候插不上手，跟着来跟着去，像个监工的。

于姐还请厂里的那位好书法的副厂长，给她写个牌匾，又花钱请人使油漆描到一块横板子上，待挂起来，有人说字写错了。把餐厅的"厅"上边多写了一点，成了"厅"字。这怎么办？曹胖子不认字，他摆摆肉蛋似的手说，多一点总比少一点强，凑合吧。偏有个退休的小学教师很较真，他说繁体的"廳"字上边倒有个点，简体的"厅"字绝没点，没这个字，怎么认？怎么办？于姐忽然灵机一动，拿起油漆刷子踩凳子上去。挥腕一抹，将上边多出来那一点抹到下边的一横里边。虽说改过的这一横变得太粗太楞，但错字改过来了，围看的人都叫好。老闷儿也很高兴，不觉说：

"她还真行。"

站在一旁的曹胖子说：

"你要有你老婆的一半就行了。"

老闷儿不知怎样应对。于姐听到这话，狠狠瞪曹胖子一眼。对于老闷儿，她不高兴时自己怎么说甚至怎么骂都行，可别人说老闷儿半个不字她都不干。这一眼瞪过去之后，还有一种隐隐的担忧在她心里滋生出来。这时，一阵噼噼啪啪的声音打断她的思索。两挂庆祝买卖开张的小钢鞭冒着烟儿起劲地响起来。洋货街不少小贩都来站脚助威，以示祝贺。

不出所料，欢喜锅一炮打响。

人嘴才是最好的媒体。十天过去，欢喜锅的名字已经响遍洋货街，跟着又蹿出洋货街，像风一样刮向远近各处。天天都有人来寻欢喜锅，一头钻进这勾人馋虫的又浓又鲜的香味中。自然，也有些小饭铺的老板厨师扮作食客来偷艺，但曹胖子锅子里边这股极特别的味道，谁也琢磨不透。

老闷儿头一次掉进这么大的阵势里，各种脾气各种心眼各种神头鬼脸，好比他十多年前五一节单位组织逛北京香山时，在碧霞寺见到的五百罗汉。他平时甭说脑袋，连眼皮都很少抬着，现在怎么能照看这么多来来往往的人？两眼全花了，心一急就情不自禁地喊：

"老曹。"

曹胖子忙得前胸后背满是汗珠。光着膀子，大背心像水里捞出来似的湿淋淋贴在身上。灶上一大片砂锅中冒出来的热气，把他熏得两眼都睁不开。这当儿，再听老闷儿一声声叫他，又急又气回应一嗓子：

"老子在锅里煮呢，要叫就叫你老婆去吧。"

外边吃饭的人全乐了。

人和人之间，强与弱之间，都是在相互的进退中寻找自己的尺度。

本来曹胖子对他还是客客气气的，可是冒冒失失噎了他一句，他不回嘴，就招来了一句更不客气的。渐渐地，说闲话时拿他找乐，干活憋手时拿他撒气，特别是曹胖子一个心眼想把买菜的权利拿过去，老闷儿偏偏不给——他并不是为了防备曹胖子，而是多年干会计的规矩。曹胖子就暗暗恨上了他。开始时，拿话呛他、损他、撞他，然后是指桑骂槐说粗话；曹胖子也奇怪，这个窝囊废怎么连底线也没有。这便一天天得寸进尺，直到面对面骂他，以至想骂就骂，骂到起劲时捽捽打打，并对老闷儿推推搡搡起来。老闷儿依旧一声不吭，最多是伸着两条无力的瘦胳膊挡着曹胖子的来势汹汹的肉手，一边说："唉唉，别，别这样。"他懦弱，他胆怯，不敢也不会对骂对打；当然也是怕闹起来，老婆知道了，火了，砸了刚干起来的买卖。

每次曹胖子对老闷儿闹大了，都担心老闷儿回去向于姐告状。可是转天于姐来了，见面和他热情地打招呼，有说有笑，什么事儿没有，看来老闷儿回去任嘛没说。这就促使曹胖子的胆子愈来愈大，误以为这两口子不一码事呢。

洋货街上的人都是人精，不干自己的事躲在一边，没人把老闷儿受欺侮告诉于姐，相反倒是疑惑于姐有心于这个做一手好饭菜并且一直打着光棍的胖厨子。有了疑心就一定留心察看。连她对曹胖子的笑容和打招呼的手势也品来品去。终于有一天看出眉目来了。这天收摊后，歇了工的老闷儿夫妇和曹胖子坐在一起，也弄了一个欢喜锅吃。不止一人看到于姐不坐在老闷儿一边，反倒坐在曹胖子一边。吃吃喝喝说说笑笑之间，曹胖子竟把一条滚圆的胳膊搭在于姐的椅背上，远看就像搂着老闷儿的老婆一样。可老闷儿叫人当面扣上绿帽子也不冒火，还在一边闷头吃。

人们暗地里嘻嘻哈哈议论开了。一个说：看样子不是曹胖子欺侮他，是他老婆也拿他不当人，当王八。

另一个说，八成是这小子不行。干那活儿的时候，这小子一准在下边。

前一个说，等着瞧好戏吧，不定哪天收了摊，这女人把他支回家，厨房的门就该在里边销上了。

后一个说，那"欢喜锅"不变成了"欢喜佛"？

打这天，人们私下便把欢喜锅叫成"欢喜佛"，而且一说就乐，再说还乐，越说越乐。

可是世上的事多半非人所料。一天收摊后，老闷儿动手收拾桌椅板凳，曹胖子站在一边喝酒，他嫌老闷儿慢，发起火来。老闷儿愈不出声他的火反而愈大。到后来竟然带着酒劲给老闷儿迎面一拳。老闷儿不经打，像个破筐飞出去，摔在桌子上，桌面一斜，反放在上边的几个板凳，劈头盖脸全砸在老闷儿身上。立时头上的血往下流。曹胖子醉烘烘，并不当事。看着老闷儿爬起来回家，还在举着瓶子喝。

不一会儿，于姐突然出现，二话没说，操起一根木棍抡起来扑上来就打。曹胖子已经醉得不省人事，却知道双手抱着头，蜷卧在地，像个大肉球，任凭于姐一阵疯打，洋货街上没人去劝阻，反倒要看看这里边是真是假谁真谁假。于姐一直打累了，才停下来，呼呼直喘，只听她使劲喊了一嗓子："别以为我家没人！"

这话倒是像个男人说的。

打这天起，欢喜餐厅关门十天。第十一天的中午曹胖子来卸了门板，收拾厨房，从里边往外折腾炉灰炉渣，不一会儿黑黑的烟就从小屋顶上的烟囱眼儿里冒出来，看样子欢喜餐厅要重新开业。

下午时分，于姐就带着老闷儿来了。于姐扬着头满面红光走在前边，老闷儿提着两筐肉菜跟在后边——抬头老婆低头汉也来了。

洋货街的小贩们都把眼珠移到眼角，冷眼察看。不想这三人照旧有说有笑，奇了，好像十天前的事是一个没影儿的传说。

五

一个卖袜子的程嫂听说，于姐已经在袜子厂停薪留职，来干欢喜锅了。她放着袜子厂的办公室主任不做，跑到街头风吹日晒，干这种狗食摊，为嘛？为了给她的宝贝老公撑腰，还是索性天天"欢喜佛"了？如果是后者，那天那场仗的真情就变成——曹胖子打老闷儿是给于姐看，于姐打曹胖子是给大伙看。这出戏有多带劲，里边可咀嚼的东西多着呢！

可是，于姐的为人打乱了人们的看法。她逢人都会热乎乎地打招呼，笑嘻嘻说话，有忙就帮，大小事都管，看见人家自行车放歪了也主动去摆好。最难得的是这人说话办事没假，一副热肠子是她天生的，很快于姐就成了洋货街上受欢迎的人物。这种人干饭馆人气必然旺，人愈多她愈有劲，那双天生干活的手从来没停过；从地面到桌面，从砂锅到竹筷，不管嘛时候都像刚刚洗过刷过擦过扫过一样，桌椅板凳叫她用碱水刷得露出又白又亮的木筋。而且老闷儿在外边听她指挥，曹胖子在厨房听她招呼，里里外外浑然一体。自打于姐来到这里，再不见曹胖子对老闷儿发火动气，骂骂咧咧。老闷儿那张黑黑的脸上竟然可以清晰地看到笑意。

　　她来了三个月，马路餐桌已经增加到十张，但还是有人找不到座位，把砂锅端到侧边那堵矮墙上吃；四个月过去，于姐给曹胖子雇个帮厨；半年过后，曹胖子买了辆二手九成新的春兰虎摩托，于姐和老闷儿各买一个小灵通。到了年底，于姐和曹胖子就合计把不远一连三间底层的房子租下来。那房子原是个药铺，挺火，后来几个穿制服的药检人员进去一查，一多半是假药，这就把人带走，里边的东西也掏净了。房子一直空着没用，房主就是楼上的住户。

　　于姐对曹胖子说："我已经和房主拉上关系了。前天还给他们送去一个欢喜锅呢。拿下这房子保证没问题。"

　　日子一天天阳光多起来，闪闪发亮，使人神往；但日子后边的阴气也愈聚愈浓，只不过这仨人都不自觉罢了。

六

　　天冷时候，露天餐馆变得冷清。这一带有不少大杨树，到了这节气焦黄的落叶到处乱飘，刚扫去一片又落下一片，有时还飘到客人的砂锅里，于姐打算请人用杉篙和塑料编织布支个大棚，有个棚子还能避风。不远一家卖衣服的小贩说，他们也想这么干，要不衣服摊上也都是干叶子，不像样。他们说西郊区董家台子一家建材店就卖这种杉篙，又直又挺，价钱比毛竹竿子还低。他们已经订了十根，今晚去车拉。于姐叫老闷儿晚上跟车去一趟，问问买五十根能打多少折。傍晚时车来了，是辆带槽的东风120，又老又破。马达一响，车子乱响；马达停了，车子还响。

卖衣服的小贩叫老闷儿坐在车楼子里，自己披块毯子要到车槽上去，老闷儿不肯。老闷儿绝不会去占好地方，他争着爬上了车槽。老闷儿走时，于姐在家里给孩子做饭。于姐来时，听说老闷儿跟车走了，心里一动，也不知哪里不对劲儿。是不是没必要叫老闷儿去？老闷儿即使去也没多大用处，他根本不会讨价还价，那么自己为什么叫老闷儿去呢？一时说不清楚是担心是后悔还是犯嘀咕，后脊梁止不住一阵阵发凉发瘆，打激灵子。她只当是自己有点风寒感冒。

这天挺冷挺黑，收摊后远远近近的灯显得异样的亮，白得刺眼。于姐、曹胖子和那个帮厨正在把最后几个砂锅洗干净，嘴里念叨着老闷儿该回来了，忽然天大的祸事临到头上。洋货街一家卖箱包的小贩上气不接下气地跑来报信，说老闷儿他们的车在通往西郊的立交桥上和一辆迎面开来的长途大巴迎头撞上，并一起栽到桥下！

于姐立时站不住了，瘫下来。曹胖子赶紧叫来一辆出租车，把她拉到车里。赶到出事的地方，两辆汽车硬撞成一堆烂铁，分不出哪是哪辆车。场面之惨烈就没法细说了，血淋淋的和屠宰场一样，横七竖八的根本认不出人。曹胖子灵机一动，用手机拨通老闷儿小灵通的号码，居然不远处的一堆黑乎乎的血肉里响起铃声。于姐拔腿奔去，曹胖子一把拉住，说嘛也不叫于姐去看，又劝又喊又拦又拽，用了九牛二虎的力气，又找人帮忙才强把她拉回来。看着她这披头散发、直眉瞪眼的样子，怕她吓着孩子，将她先弄到洋货街上。谁料她一看到欢喜餐厅的牌子，发疯一样冲进去把所有砂锅全扔出来，摔得粉粉碎。她嘶哑地叫着：

"是我毁了老闷儿呀，是我毁了你呀！"

她的喊叫撕心裂肺，灌满了深夜里漆黑空洞的整条洋货街。

曹胖子忽然跑到厨房把炖肉的大铁锅也端出来，"叭"地摔成八瓣。

欢喜餐厅的门板又紧紧关上。照洋货街上的人的看法，于姐一定会带着儿子嫁给光棍曹胖子，和他一起把这人气十足的饭馆重新开张干起来。但是，事违人愿，一个月后，于姐人没露面，却叫曹胖子来把那块牌匾摘下来扔了，剩下的炊具什物全给了曹胖子。

又过些日子来了一高一矮两个生脸的人，把小屋的门打开，门口挂几个自行车的瓦圈和轮胎，榔头改锥活扳手扔了一地，变成修车铺了。矮个子的修车匠说这房子花两万块钱买的。这才知道香喷喷的欢喜锅和那个勤快又热情的女人不会再出现了。

有人说，她没嫁给曹胖子，是因为曹胖子有老婆，人家还有个十三岁的闺女呢；也有人说，欢喜锅搬到大胡同那边去了，为了离开这块伤心之地，也为了避人耳目。

真正能见证于姐实情的还是平安街的老街坊们。于姐又回到袜子厂。据说不是她硬要回去的，而是厂里的人有人情，拉她回厂。她回厂后不再做那办公室主任，改做统计。倒不是因为办公室主任的位置已经有人，而是她不愿意像从前那样整天跑来跑去，抛头露面。

此事过去，她变了一个人。平安街的老街坊们惊奇地看到，从眼前走过的于姐不再像从前那样抬着下巴，目光四射，不时和熟人大声地打招呼。她垂下头来，手领着儿子默默而行。人们说，她这样反倒更有些女人味儿。

开始都以为她死了丈夫，打击太重，一时缓不过劲儿来。后来竟发现，先前那股子阳刚气已经从她身上褪去。难道她那种昂首挺胸的样子并非与生俱来？难道是老闷儿的懦弱与衰萎，才迫使她雄赳赳地站到前台来？

　　这些话问得好，却无人能答；若问她本人，则更难说清。人最说不好的，其实就是自己。

高女人和她的矮丈夫

一

你家院里有棵小树，树干光溜溜，早瞧惯了，可是有一天它忽然变得七扭八弯，愈看愈别扭。但日子一久，你就看顺眼了，仿佛它本来就应该是这样子。如果某一天，它忽然重新变直，你又会觉得说不出多么不舒服。它单调、乏味、简易，像根棍子！其实，它不过恢复最初的模样，你何以又别扭起来？

这是习惯吗？嘿，你可别小看"习惯"！世界万事万物中，它无所不在。别看它不是必须恪守的法定规条，惹上它照旧叫你麻烦和倒霉。不过，你也别埋怨给它死死捆着，有时你也会不知不觉地遵从它的规范。比如说，你敢在上级面前喧宾夺主地大声大气地说话吗？你能在老者面前放肆地发表自己的主见吗？在合影时，你能叫名人站在一旁，你却大模大样站在中间放开笑颜？不能，当然不能。甭说这些，你娶老婆，敢娶一个比你年长十岁，比你块头大，或者比你高一头的吗？你先别拿空话戗火，眼前就有这么一对——

<h2 style="text-align:center">二</h2>

她比他高十七厘米。

她身高一米七五，在女人们中间算作鹤立鸡群了；她丈夫只有一米五八，上大学时绰号叫"武大郎"。他和她的耳垂儿一般齐，看上去却好像差两头！

再说他俩的模样：这女人长得又干、又瘦、又扁，脸盘像没上漆的乒乓球拍儿。五官还算勉强看得过去，却又小又平，好似浅浮雕，胸脯毫不隆起，腰板细长僵直，臀部瘪下去，活像一块硬挺挺的搓板。她的丈夫却像一根短粗的橡皮辊儿；饱满，轴实，发亮；身上的一切——小腿啦，脚背啦，嘴巴啦，鼻头啦，手指肚儿啦，好像都是些溜圆而有弹性的小肉球。他的皮肤柔细光滑，有如质地优良的薄皮子。过剩的油脂就在这皮肤下闪出光亮，充分的血液就从这皮肤里透出鲜美微红的血色。他的眼睛简直像一对电压充足的小灯泡；他妻子的眼睛可就像一对乌突突的玻璃球儿了。两人在一起，没有谐调，只有对比。可是他俩还好像拴在一起，整天形影不离。

有一次，他们邻居一家吃团圆饭时，这家的老爷子酒喝多了，乘兴把桌上的一个细长的空酒瓶和一罐矮墩墩的猪肉罐头摆在一起，问全家人："你们猜这像嘛？"他不等别人猜破就公布谜底，"就是楼下那高女人和她的矮爷儿们！"

全家人哄然大笑，一直笑到饭后闲谈时。

他俩究竟是怎么凑成一对的？

这早就是团结大楼几十户住家所关注的问题了。自从他俩结婚时搬进这大楼，楼里的老住户无不抛以好奇莫解的目光。不过，有人爱把问号留在肚子里，有人忍不住要说出来罢了。多嘴多舌的人便议论纷纷。尤其是下雨天气，他俩出门，总是那高女人打伞。如果有什么东西掉在地上，矮男人去拾便是最方便了。大楼里一些闲得没事儿的婆娘们，看到这可笑的情景，就在一旁指指画画。难禁的笑声，憋在喉咙里咕咕作响。大人的无聊最能纵使孩子们的恶作剧。有些孩子一见到他俩就哄笑，叫喊着："扁担长，板凳宽……"他俩闻如未闻，对孩子们的哄闹从不发火，也不搭理。可能为此，也就与大楼里的人们一直保持着相当冷淡的关系。少数不爱管闲事的人，上下班碰到他们时，最多也只是点点头，打一下招呼而已。这便使那些真正对他俩感兴趣的人们，很难再多知道一些什么。比如，他俩的关系如何？为什么结合一起？谁将就谁？没有正式答案，只有靠瞎猜了。

这是座旧式的公寓大楼，房间的间量很大，向阳而明亮，走道又宽又黑。楼外是个很大的院子，院门口有间小门房。门房里也住了一户，户主是个裁缝。裁缝为人老实，裁缝的老婆却是个精力充裕、走家串户、爱好说长道短的女人，最喜欢刺探别人家里的私事和隐秘。这大楼里家家的夫妻关系、姑嫂纠纷、做事勤懒、工资多少，她都一清二楚。凡她没弄清楚的事情，就要千方百计地打听到；这种求知欲能使愚顽成才。她这方面的本领更是超乎常人，甭说察言观色，能窥见人们藏在心里的念头：单靠嗅觉，就能知道谁家常吃肉，由此推算出这家收入状况。不知为什么，六十年代以来，处处居民住地，都有这样一类人被吸收为"街道积极分子"，使得他们对别人的干涉欲望合法化，能力和兴趣也得到发挥。看来，造物者真的不会荒废每一个人才的。

尽管裁缝老婆能耐，她却无法获知这对天天从眼前走来走去的极不相称的怪夫妻结合的缘由。这使她很苦恼，好像她的才干遇到了有力的挑战。但她凭着经验，苦苦琢磨，终于想出一条最能说服人的道理：夫妻俩中，必定一方有某种生理缺陷。否则谁也不会找一个比自己身高逆差一头的对象。她的根据很可靠：这对夫妻结婚三年还没有孩子呢！于是团结大楼的人都相信裁缝老婆这一聪明的判断。

事实向来不给任何人留情面，它打败了裁缝老婆！高女人怀孕了。人们的眼睛不断地瞥向高女人渐渐凸出来的肚子。这肚子由于离地面较高而十分明显。不管人们惊奇也好，质疑也好，困惑也好，高女人的孩子呱呱坠地了。每逢大太阳或下雨天气，两口子出门，高女人抱着孩子，打伞的事就落到矮男人身上。人们看他迈着滚圆的小腿、半举着伞儿、紧紧跟在后面滑稽的样子，对他俩居然成为夫妻，居然这样形影不离，好奇心仍然不减当初。各种听起来有理的说法依旧都有，但从这对夫妻身上却得不到印证。这些说法就像没处着落的鸟儿，啪啪地满天飞。裁缝老婆说："这两人准有见不得人的事。要不他们怎么不肯接近别人？身上有脓早晚得冒出来，走着瞧吧！"果然一天晚上，裁缝老婆听见了高女人家里发出打碎东西的声音。她赶忙以收大院扫地费为借口，去敲高女人家的门。她料定长久潜藏在这对夫妻间的隐患终于爆发了，她要亲眼看见这对夫妻怎样反目，捕捉到最生动的细节。门开了，高女人笑吟吟迎上来，矮丈夫在屋里也是笑容满面，地上一只打得粉碎的碟子——

裁缝老婆只看到这些。她匆匆收了扫地费出来后，半天也想不明白这对夫妻之间到底发生了什么事。打碎碟子，没有吵架，反而像什么开心事一般快活。怪事！

后来，裁缝老婆做了团结大院的街道居民代表。她在协助户籍警察挨家查对户口时，终于找到了多年来经常叫她费心的问题答案，一个确凿可信、无法推翻的答案。原来这高女人和她的矮丈夫，都在化学工业研究所工作。矮男人是研究所总工程师，工资达一百八十元之多！高女人只是一名普普通通的化验员，收入不足六十元，而且出生在一个辛苦而赚钱又少的邮递员家庭。不然她怎么会嫁给一个比自己矮一头的男人？为了地位，为了钱，为了过好日子，对！她立即把这珍贵情报，告诉给团结大楼里闲得难受的婆娘们。人们总是按照自己的思维方式去解释世界，尽力把一切事物都和自己的理解力拉平。于是，裁缝老婆的话被大家确信无疑。多年来留在人们心里的谜，一下子被打开了。大家恍然大悟：原来这矮男人是个先天不足的富翁，高女人是个见钱眼开、命里有福的穷娘儿们。当人们谈到这个模样像匹大洋马、却偏偏命好的高女人时，语调中往往带一股气。尤其是裁缝老婆。

三

人命运的好坏不能看一时，可得走着瞧。

一九六六年，团结大楼就像缩小了的世界，灾难降世，各有祸福，楼里的所有居民都到了"转运"时机。生活处处都是巨变和急变。矮男人是总工程师，迎头遭到横祸，家被抄，家具被搬得一空，人挨过斗，关进牛棚。祸事并不因此了结，有人说他多年来，白天在研究所工作，晚上回家把研究成果偷偷写成书，打算逃出国，投奔一个有钱的远亲。把国家科技情报献给外国资本家——这个荒诞不经的说法居然有很多人信以为真。那时，世道狂乱，人人失去常态，宁肯无知，宁愿心狠，还有许多出奇的妄想，恨不得从身旁发现出希特勒。研究所的人们便死死缠住总工程师不放，吓他，揍他，施加各种压力，同时还逼迫高女人交出那部谁也没见过的书稿，但没效果。有人出主意，把他俩弄到团结大楼的院里开一次批斗大会；谁都怕在亲友熟人面前丢丑，这也是一种压力。当各种压力都使过而无效时，这种做法，不妨试试，说不定能发生作用。

那天，团结大楼有史以来这样热闹——

下午研究所就来了一群人，在当院两棵树中间用粗麻绳扯了一道横标，写着有那矮子的姓名，上边打个叉；院内外贴满口气咄咄逼人的大小标语，并在院墙上用十八张纸公布了这矮子的"罪状"。会议计划在晚饭后召开。研究所还派来一位电工，在当院拉了电线，装上四个五百烛光的大灯泡。此时的裁缝老婆已经由街道代表升任为治保主任，很有些权势，志得意满，人也胖多了。这天可把她忙得够呛，她带领楼里几个婆娘，忙里忙外，帮着刷标语，又给研究所的革命者们斟茶倒水，装灯用电还是从她家拉出来的线呢！真像她家办喜事一样！

晚饭后，大楼里的居民都给裁缝老婆召集到院里来了。四盏大灯亮起来，把大院照得像夜间球场一般雪亮。许许多多人影，好似放大了数十倍，投射在楼墙上。这人影都是肃然不动的，连孩子们也不敢随便活动。裁缝老婆带着一些人，左臂上也套上红袖章。这袖章在当时是最威风的了。她们守在门口，不准外人进来。不一会儿，化工研究所一大群人，也戴袖章，押着高女人和她的矮丈夫，一路呼着口号，浩浩荡荡地来了。矮男人胸前挂一块牌子，高女人没挂。他俩一直给押到台前，并排低头站好。裁缝老婆跑上来说："这家伙太矮了，后边的革命群众瞧不见。我给他想点办法！"说着，带着一股冲动劲儿扭着肩上两块肉，从家里抱来一个肥皂箱子，倒扣过来，叫矮男人站上去。这样一来，他才与自己的老婆一般高，但此时此刻，很少有人对这对大难临头的夫妻不成比例的身高发生兴趣了。

大会依照流行的格式召开。宣布开会，呼口号，随后是进入了角色的批判者们慷慨激昂的发言，又是呼口号。压力使足，开始要从高女人嘴里逼供了。于是，人们围绕着那本"书稿"，唇枪舌剑地向高女人发动进攻。你问，我问，他问；尖声叫，粗声吼，哑声喊；大声喝，厉声逼，紧声追……高女人却只是摇头，真诚恳切地摇头。但真诚最廉价，相信真诚就意味着否定这世界上的一切。

无论是脾气暴躁的汉子们跳上去，挥动拳头威胁她，还是一些颇有攻心计的人，想出几句巧妙而带圈套的话问她，都被她这恳切又断然地摇头拒绝了。这样下去，批判会就会没结果，没成绩，甚至无法收场。研究所的人有些为难，他们担心这个会开得虎头蛇尾；乘兴而来，败兴而归。

裁缝老婆站在一旁听了半天，愈听愈没劲。她大字不识，既对什么"书稿"毫无兴趣，又觉得研究所这帮人说话不解气。她忽地跑到台前，抬起戴红袖章的左胳膊，指着高女人气冲冲地问：

"你说，你为什么要嫁给他？"

这句突如其来的问话使研究所的人一怔。不知道这位治保主任的问话与他们所关心的事有什么奇妙的联系。

高女人也怔住了。她也不知道裁缝老婆为什么提出这个问题。这问题不是这个世界所关心的。她抬起几个月来被折磨得如同一张皱巴巴的枯叶的瘦脸，脸上满是诧异神情。

"好啊！你不敢回答，我替你说吧！你是不是图这家伙有钱，才嫁给他的？没钱，谁要这么个矮子！"裁缝老婆大声说。声调中有几分得意，似乎她才是最知道这高女人根底的。

高女人没有点头，也没摇头。她好像忽然明白了裁缝老婆的一切，眼里闪出一股傲岸、嘲讽、倔强的光芒。

"好，好，你不服气！这家伙现在完蛋了，看你还靠得上不！你心里是怎么回事，我知道！"裁缝老婆 拍胸脯，手一挥，还有几个婆娘在旁边助威，她真是得意到达极点。

研究所的人听得稀里糊涂。这种弄不明白的事，就索性糊涂下去更好。别看这些婆娘们离题千里地胡来，反而使会场一下子热闹起来。没有这种气氛，批判会怎好收场？于是研究所的人也不阻拦，任使婆娘们上阵发威。只听这些婆娘们叫着：

"他总共给你多少钱？他给你买过什么好东西？说！"

"你一月二百块钱不嫌够，还想出国，美的你！"

"邓拓是不是你们的后台？"

"有一天你往北京打电话，给谁打的，是不是给'三家村'打的？"

会开得成功与否，全看气氛如何。研究所主持批判会的人，看准时机，趁会场热闹，带领人们高声呼喊了一连串口号，然后赶紧收场散会。跟着，研究所的人又在高女人家搜查一遍，撬开地板，掀掉墙皮，一无所获，最后押着矮男人走了，只留下高女人。

高女人一直待在屋里，入夜时竟然独自出去了。她没想到，大楼门房的裁缝家虽然闭了灯，裁缝老婆却一直守在窗口盯着她的动静。见她出去，就紧紧尾随在后边，出了院门，向西走了两个路口，只见高女人穿过街在一家门前停住，轻轻敲几下门板。裁缝老婆躲在街这面的电线杆后面，屏住气，瞪大眼，好像等着捕捉出洞的兔儿。她要捉人，自己反而比要捉的人更紧张。

咔嚓一声，那门开了。一位老婆婆送出个小孩。只听那老婆婆说：

"完事了？"

没听见高女人说什么。

又是老婆婆的声音：

"孩子吃饱了，已经睡了一觉。快回去吧！"

裁缝老婆忽然想起，这老婆婆家原是高女人的托儿户，满心的兴致陡然消失。这时高女人转过身，领着孩子往回走，一路无话，只有娘俩的脚步声。裁缝老婆躲在电线杆后面没敢动，待她们走出一段距离，才独自快快地回家了。

第二天一早，高女人领着孩子走出大楼时眼圈明显地发红，大楼里没人敢和她说话，却都看见了她红肿的眼皮。特别是昨晚参加过批斗会的人们，心里微微有种异样的、亏心似的感觉，扭过脸，躲开她的目光。

四

矮男人自批判会那天被押走后，一直没放回来。此后据消息灵通的裁缝老婆说，矮男人又出了什么现行问题，进了监狱。高女人成了在押囚犯的老婆，落到了生活的最底层，自然不配住在团结大楼内那种宽敞的房间，被强迫和裁缝老婆家调换了住房。她搬到离楼十几米远孤零零的小屋去住。这倒也不错，省得经常和楼里的住户打头碰面，互相不敢搭理，都挺尴尬。但整座楼的人们都能透过窗子，看见那孤单的小屋和她孤单单的身影。不知她把孩子送到哪里去了，只是偶尔才接回家住几天。她默默过着寂寞又沉重的日子，三十多岁的人，从容貌看上去很难说她还年轻。裁缝老婆下了断语：

"我看这娘儿们最多再等上一年。那矮子再不出来，她就得改嫁。要是我啊——现在就离婚改嫁，等那矮子干嘛，就是放出来，人不是人，钱也没了！"

过了一年，矮男人还是没放出来，高女人依旧不声不响地生活，上班下班，走进走出，点着炉子，就提一个挺大的黄色的破草篮去买菜。一年三百六十五天，天天如此……但有一天，矮男人重新出现了。这是秋后时节，他穿得单薄，剃了短平头，人大变了样子，浑身好似小了一圈儿，皮肤也褪去了光泽和血色。他回来径直奔楼里自家的门，却被新户主、老实巴交的裁缝送到门房前。高女人蹲在门口劈木柴，一听到他的招呼，刷地站起身，直愣愣看着他。

两年未见的夫妻，都给对方的明显变化惊呆了。一个枯槁，一个憔悴；一个显得更高，一个显得更矮。两人互相看了一忽儿，赶紧掉过头去，高女人扭身跑进屋去，半天没出来，他便蹲在地上拾起斧头劈木柴，直把两大筐木块都劈成细木条。仿佛他俩再面对片刻就要爆发出什么强烈而受不了的事情来。此后，他俩又是形影不离地一起上班，一起下班回家，一切如旧。大楼里的人们从他俩身上找不出任何异样，兴趣也就渐渐减少。无论有没有他俩，都与别人无关。

一天早上，高女人出了什么事。只见矮男人惊慌失措从家里跑出去。不一会儿，来了一辆救护车把高女人拉走。一连好些天，那门房总是没人，夜间也黑着灯。二十多天后，矮男人和一个陌生人抬一副担架回来，高女人躺在担架上，走进小门房。从此高女人便没有出屋。矮男人照例上班，傍晚回来总是急急忙忙生上炉子，就提着草篮去买菜。这草篮就是一两年前高女人天天使用的那个，如今提在他手里便显得太大，底儿快蹭地了。

转年天气回暖时，高女人出屋了。她久久没见阳光的脸，白得像刷一层粉那样难看。刚刚立起的身子左倒右歪。她右手拄一根竹棍，左胳膊弯在胸前，左腿僵直，迈步困难，一看即知，她的病是脑血栓。从这天起，矮男人每天清早和傍晚都搀扶着高女人在当院遛两圈。他俩走得艰难缓慢。矮男人两只手用力端着老婆打弯的胳膊。他太矮了，抬她的手臂时，必须向上耸起自己的双肩。他很吃力，但他却掬出笑容，为了给妻子以鼓励。高女人抬不起左脚，他就用一根麻绳，套在高女人的左脚上，绳子的另一端拿在手里。高女人每要抬起左脚，他就使劲向上一提绳子。这情景奇异，可怜，又颇为壮观，使团结大楼的人们看了，不由得受到感动。这些人再与他俩打头碰面时，情不自禁地向他俩主动而友善地点头了……

五

高女人没有更多的福气在矮小而挚爱她的丈夫身边久留。死神和生活一样无情。生活打垮了她，死神拖走了她。现在只留下矮男人了。

偏偏在高女人离去后，幸运才重新来吻矮男人的脑门。他被落实了政策，抄走的东西发还给他了，扣掉的工资补发给他了。只剩下被裁缝老婆占去的房子还没调换回来。团结大楼里又有人眼盯着他，等着瞧他生活中的新闻。据说研究所不少人都来帮助他续弦，他都谢绝了。裁缝老婆说：

"他想要什么样的，我知道。你们瞧我的！"

裁缝老婆度过了她的极盛时代，如今变得谦和多了。权力从身上摘去，笑容就得挂在脸上。她怀里揣一张漂亮又年轻的女人照片，去到门房找矮男人。照片上这女人是她的亲侄女。

她坐在矮男人家里，一边四下打量屋里的家具物件，一边向这矮小的阔佬提亲。她笑容满面，正说得来劲，忽然发现矮男人一声不吭，脸色铁青，在他背后挂着当年与高女人的结婚照片，裁缝老婆没敢掏出侄女的照片，就自动告退了。

几年过去，至今矮男人还是单身寡居，只在周日，从外边把孩子接回来，与他为伴。大楼里的人们看着他矮墩墩而孤寂的身影，想到他十多年来的一桩桩事，渐渐好像悟到他坚持这种独身生活的缘故……逢到下雨天气，矮男人打伞去上班时，可能由于习惯，仍旧半举着伞。这时，人们有种奇妙的感觉，觉得那伞下好像有长长一大块空间，空空的，世界上任什么东西也填补不上。

下 编

江湖传奇

黄金指

　　黄金指这人有能耐，可是小肚鸡肠，容不得别人更强。你要比他强，他就想着法儿治你，而且想尽法子把你弄败弄死。

　　这种人在旁的地方兴许能成，可到了天津码头上就得栽跟头了。码头藏龙卧虎，能人如林，能人背后有能人，再后边还有更能的人，你知道自己能碰上嘛人？

　　黄金指是白将军家打南边请来帮闲的清客。先不说黄金指，先说白将军——

　　白将军是武夫，官至少将。可是官做大了，就能看出官场的险恶。解甲之后，选中天津的租界作为安身之处；洋楼里有水有电舒舒服服，又是洋人的天下，地方官府管不到，可以平安无事，这便举家搬来。

　　白将军手里钱多，却酒色赌一样不沾，只好一样——书画。那年头，人要有钱有势，就一准有人捧。你唱几嗓子戏，他们说你是余叔岩；你写几笔烂字儿，他们称你是华世奎，甚至说华世奎未必如你。于是，白将军就扎进字画退不出身来。经人介绍，结识了一位岭南画家黄金指。

黄金指大名没人问，人家盯着的是他的手指头。因为他作画不用毛笔，用手指头。那时天津人还没人用手指头画画。手指头像个肉棍儿，没毛，怎么画？人家照样画山画水画花画叶画鸟画马画人画脸画眼画眉画樱桃小口一点点。这种指头画，看画画比看画更好看。白将军叫他在府中住了下来，做了有吃有喝、悠闲享福的清客，还赐给他一个绰号叫"金指"。这绰名令他得意，他姓黄，连起来就更中听：黄金指。从此，你不叫他黄金指，他不理你。

一天，白将军说："听说天津画画的，也有奇人。"

黄金指说："我听说天津人画寿桃，是脱下裤子，用屁股蘸色坐的。"

白将军只当笑话而已。可是码头上耳朵连着嘴，嘴连着耳朵。三天内这话传遍津门画坛。不久，有人就把话带到白将军这边，说天津画家要跟这位使"爪子"画画的黄金指会会。白将军笑道："以文会友呵，找一天到我这里来画画。"跟着派人邀请津门画坛名家。一请便知天津能人太多，还都端着架子，不那么好请。最后应邀的只有二位，还都不是本人。一位是一线赵的徒弟唐二爷；一位是自封黄二南的徒弟钱四爷，据说黄二南先生根本不认识他。

唐二爷的本事是画中必有一条一丈二的长线，而且是一笔画出，均匀流畅，状似游丝；钱四爷的能耐是不用毛笔也不用手作画，而是用舌头画。这功夫是津门黄二南先生开创。

黄金指一听就傻了，再一想头冒冷汗。人家一根线一丈多长，自己的指头绝干不成；舌画连听也没听过，只要画得好，指头算嘛？

正道干不成，只有想邪道。他先派人打听这两位怎么画，使嘛法嘛招，然后再想出诡秘的招数叫他们当众出丑，破掉他们。很快他就摸清钱唐二人底细，针锋相对，想出奇招，又阴又损，一使必胜。黄金指真不是寻常之辈。

　　白府以文会友这天，好赛做寿，请来好大一帮宾客，个个有头有脸。大厅中央放一张奇大画案，足有两丈长，文房四宝，件件讲究又值钱。待钱唐二位到，先坐下来饮茶闲说一阵，便起身来到案前准备作画，那阵势好比打擂台，比高低，分雌雄，决生死。

　　画案已铺好一张丈二匹的夹宣，这次画画预备家伙材料的事，都由黄金指一手操办。看这阵势，明明白白是想先叫钱唐露丑，自己再上场一显身手。

　　钱二爷一看丈二匹，就明白是叫自己开笔，也不客气走到案前。钱二爷人瘦臂长，先张开细白手掌把纸从左到右轻轻摩摸一遍，画他这种细线就怕桌子不平纸不平。哪儿不平整，心里要有数。这习惯是黄金指没料到的。钱二爷一摸，心里就咯噔一下。知道黄金指做了手脚，布下陷阱，一丈多长的纸下至少三处放了石子儿。石子儿虽然有绿豆大小，笔墨一碰就一个疙瘩，必出败笔。他嘴没吭声，面无表情，却都记在心里，只是不叫黄金指知道他已摸出埋伏。

　　钱二爷这种长线都是先在画纸的两端各画一物，然后以线相连。比方这头画一个童子，那头画一个元宝车，中间再画一根拉车的绳线，便是《童子送宝》；这头画一个举着鱼竿的渔翁，那头画一条出水的大红鲤鱼，中间画一根光溜溜的渔线牵着，就是《年年有余》。今天，钱二爷先使大笔在这头下角画一个扬手举着风车的孩童，那头上角画一只飘飞的风筝，若是再画一条风中的长线，便是《春风得意》了。

只见钱二爷在笔筒中摘支长锋羊毫，在砚台里浸足墨，长吸一口气，存在丹田，然后笔落纸上，先在孩童手里的风车上绕几圈，跟着吐出线条，线随笔走，笔随人走，人一步步从左向右，线条乘风而起，既画了风中的线，也画了线上的风；围看的人都屏住气，生怕扰了钱二爷出神入化的线条。这纸下边的小石子在哪儿，也全在钱二爷心里，钱二爷并没叫手中飘飘忽忽的线绕过去，而是每到纸下埋伏石子儿的地方，则再提气提笔，顺顺当当不出半点磕绊，不露一丝痕迹，直把手里这根细线送到风筝上，才收住笔，换一口气说："献丑了。"立即赢得满堂彩。钱二爷拱手谢答，却没忘了扭头对黄金指说："待会儿，您使您那根金指头也给大伙画根线怎样？"

黄金指没答话，好似已经输了一半，只说："等着唐四爷画完再说再说。"脸上却隐隐透出点杀气来。他心里对弄垮使舌头画画的唐四爷更有根。

黄金指叫人把钱二爷的《春风得意图》撤下，换上一张八尺生宣。

舌画一艺，天津无人不知，可租界里外来的人，头次见到。胖胖的唐二爷脸皮亮脑门亮眼睛更亮，他把小半碗淡墨像喝汤喝进嘴里，伸出红红舌头一舔砚心的浓墨，俯下身子，整张脸快贴在纸上，吐舌一舔纸面，一个圆圆梅花瓣留在纸上，有浓有淡，鲜活滋润，舔五下，一朵小梅花绽放于纸上；只见他，小红舌尖一闪一闪，朵朵梅花在纸上到处开放，甭说这些看客，就是黄金指也呆了。白将军禁不住叫出声："神了！"这两字叫黄金指差点头搋过去。他只盼自己的绝招快快显灵。

唐四爷画得来劲，可愈画愈觉得墨汁里的味道不对，正想着，又觉味道不在嘴里，在鼻子里。画舌画，弯腰伏胸，口中含墨，吸气全靠鼻子，时间一长，喘气就愈得用力，他嗅出这气味是胡椒味；他眼睛又离着纸近，已经看见纸上有些白色的末末——白胡椒面。他马上明白有人算计他，赶紧把嘴里含的墨水吞进肚里，刚一直身，鼻子眼里奇痒，赛一堆小虫子在爬，他心想不好，想忍已经忍不住了，跟着一个喷嚏打出来，霎时间，喷出不少墨点子，哗地落了下来，糟蹋了一张纸一幅画。眼瞧着这是一场败局和闹剧。黄金指心里开花。

众人惊呆。可是只有唐四爷一人若无其事，他端起一碗清水，把嘴里的墨漱干净吐了，再饮一口清水，像雾一样喷出口中，细细淋在纸上，跟着满纸的墨点渐渐变浅，慢慢洇开，好赛满纸的花儿一点点张开。唐四爷又在碟中慢慢调了一些半浓半淡的墨，伸舌蘸墨，俯下腰脊，扭动上身，移动下身，在纸上画出纵横穿插、错落有致的枝干，一株繁花满树的老梅跃然纸上。众人叫好一片，更妙的是唐四爷最后题在画上的诗，借用的正是元代王冕那首梅花诗：

> 吾家洗砚池头树，
> 朵朵花开淡墨痕，
> 不要人夸好颜色，
> 只留清气满乾坤。

白将军心喜若狂说："唐四爷，刚才您这喷嚏吓死我了。没想到这张画就是用喷嚏打出来的。"

唐四爷微笑道："这喷嚏在舌画中就是泼墨。"

白将军听过"泼墨"这词，连连称绝，扭头再找黄金指，早没影儿了。

从此，白府里再见不到黄金指，却换了二位清客，就是这一瘦一胖一高一矮——钱唐二位了。

一阵风

　　三岔河口那边那块地,各种吃的穿的用的玩的应有尽有,无奇不有。码头上的东西,一半是本地的特产,一半是南来北往的船儿捎来的新鲜货;外来的玩意招引当地人,本地的土产招引外来客。于是,走江湖卖艺的都跑到这儿来赚钱吃饭,吃饭赚钱。可是,要想在这儿立足就不易了。谁知道嘛时候忽然站出一位能人高人奇人?把你一脚踢一个跟斗。

　　民国元年,一位打山东来的跤手无敌手。个子大赛面墙,肩厚似牛臀,臂粗如大腿,光头圆脸冒红光;浑身的肌肉一使劲,好比上上下下到处肉球,再动两下,肉球满身乱滚。这小子拿手的本事是摔跤时,两手往对手肩上一搭,就紧紧抓住,腰一给劲,就把对手端起来。你两脚离地使不上劲,他胳膊长你踢不上他,你有再好的跤法也用不上。他呢?端着你一动不动,你再沉再重也没他劲大。等你折腾够了,他把你往地上一扔,就赛给他玩够的小猫小狗,扔在一边。据说他这手是从小练的一个怪招:端缸。他爹是烧瓦缸的,开头叫他端小缸,天天端着缸在院里转;等他端缸赛端鸡笼子,便换大一号的缸,愈换愈大,直到端起荷花缸赛端木桶，再往里边加水，每十天加一瓢水，等到他端着一缸水在院里如闲逛，这门天下罕见的功夫就练成了。天津的好跤手挺多，可是没人想出能治他的法儿来。

别以为这端缸的山东小子能在三岔口站住脚。一天，打河北沧州来一位凶悍的汉子，这汉子是练铁砂掌的。人挺黑，穿一件夏布褂子，更显黑；乱糟糟连鬓大胡子，目光凶狠，一看就知不是善茬儿。这人过去谁也没见过，他在山东小子面前一站嘛话没说，把夏布褂子脱下往后一扔，露出一身肉赛紫铜，黑红黑红，亮得出奇，肉怎么能这么亮？可是，端缸的山东小子没把他当回事，出手往他肩上一搭，跟手一抓，怪事出来了，居然没抓住；再一抓，还是没抓住，这黑汉子肩上的肉滑不唧溜，赛琉璃的，山东小子没遇到过这种肩膀这种肉，刷刷刷连抓三下，竟赛抓鱼，他忽觉不好——原来这黑汉子半个身子涂了挺厚的一层油，怪不得这么亮这么滑！可是抓不住对方的肩，端不起来，他的功夫就用不上了。就在他一惊一怔之间，这汉子双掌疾出，快如闪电，击在他的当胸，他还没明白过来，只觉胸膛一热，已经坐在五尺开外的地上，耳听围观的人一片叫好。

从这天起，三岔河口这块地，这沧州来的黑汉子是爹。

每天都有人不服，上来较量，个个叫这黑汉子打得像挨揍的儿子。这汉子双掌又快又重，能受他一掌的只待高人。

没想到半个月后就有一位怪人站在他对面。

这人赛个文人，清瘦小老头，穿件光溜溜蛋青色绸袍，一身清气立在那儿，眼角嘴角带着笑。没等黑汉子开口，他叫身边一个小伙子帮他脱去外边的长袍，跟着再把这长袍穿上。可再穿上长袍时，他就把两条胳膊套在袍子里面，只叫两条长长的袖子空空垂在肩膀两边，像两根布条。黑汉子说："你这叫怎么一个打法。"

小老头淡淡一笑，说："君子动口不动手，我绝不用手打你。"这口气透着心里的傲气。

黑汉子说："真不用手？那么咱说好了——不是我不叫你用手，我可就不客气了。"

小老头说："有本事就来吧。"

黑汉子说句："承让。"上去呼呼几掌，每掌只要扫上，都叫小老头够呛。可是黑汉子居然一掌也没打上，全叫小老头躲闪过去。黑汉子运气使力，加快出掌，可是他出手愈快，小老头躲闪愈灵。一个上攻下击，一个闪转腾挪，围观的人看得出小老头躲闪的本领更高，尤其是那翻转，那腾跳，那扭摆，比戏台上跳舞的花旦好看。黑汉子打了半天，好像凭空出掌。拳掌这东西，打上了带劲，打不上泄劲。一会儿黑汉子就累得呼呼喘了。尤其小老头的空袖子，随身飞舞，在黑汉的眼里，哗哗的，花花的，渐渐觉得好赛和好几个小老头在打，直到打得他气短力竭，浑身冒汗，才住手，说了一句："我服您了。"

小老头依旧刚才那样，垂着两条空袖笑吟吟、气定神闲地站在那里。他一招没使，没动手，就把黑汉子制服了。这小老头是谁，从哪儿来，谁也不知。但是打这天起，三岔河口又改名换姓，小老头称雄。有人不服，上来较量，小老头还是不出手，就凭着闪转腾挪和两条飞舞的空袖子，叫对手自己有劲没处使，自己把自己累趴下。

看来小老头要在这块地立一阵子，没过十天，又一位高人冒出来了。

谁也没留神，这些天这位高人一直扎在人群里，欣赏着小老头"动口不动手"的绝技，琢磨其中的诀窍，也找破绽。这人年轻健朗，穿个白布对襟挂，黑布裤，挽着裤腿，露出的腿肚子像块硬邦邦的圆石头。

这种装束的人在三岔河口一带随处可见——船夫。他们使桨掌舵扯缆扬帆，练达又敏捷，逢到黑风白浪，几下就爬到桅杆顶尖，比猴子还快。可是要想和练武的人——尤其小老头较量较量，胜负就难说了。

看就看谁比谁绝。

这船夫一上来双手拱一拱拳，就开打。小老头照例闪转腾挪，叫这船夫沾不上自己的边儿。小老头这双空袖子绝的是，舞起来叫人眼花缭乱，不知对他该往哪儿出拳使掌。袖子是空的，打上也没用。可是谁料这船夫要的正是这双长袖子。他忽地伸手抓住左边的衣袖，一阵风似绕到小老头身后，再抓住右边的衣袖，飞快地跑到小老头身后，把两条袖子结个扣儿，这个扣儿是活扣儿，懂眼的人一看便知，这是系船的绳扣儿。别看是活扣儿，愈使劲挣，扣儿愈死。待这袖子赛绳子扎得死死的，小老头可就跟棍子一样戳在地上。这船夫上去一步蹬上小老头，两脚站在小老头双肩上。小老头看出不妙，摇肩晃膀，想把这船夫甩下来。可是船夫任他左晃右晃，笑嘻嘻交盘着手臂，稳稳地一动不动。船夫整天在大风大浪的船板上，最不怕摇晃。一直等到小老头没劲再晃，站老实了，才跳下来，伸手两下给小老头解开衣袖，转身便走。

从此，小老头人影不见，这船夫也不见再来。这船夫姓甚名谁，哪门哪派，家在何方呢？

渐渐有了传闻，说这人家在北塘，没人知道他练过功夫，只说他是个好船夫，在白河里来来往往二十年，水性好，身手快，绰号一阵风。有人说前些天在大直沽那边碰见过他，问他为嘛不在三岔河口地上划个圈，显显身手，多弄点钱。一阵风说，天津这码头太大，藏龙卧虎，站在那儿不如站在船上更踏实。

燕子李三

　　光绪末年，天津卫出了一位奇人，叫燕子李三。他人叫李三，燕子是他的绰号。他是个天下少见的飞贼，专偷富豪大户，每偷走一物，必在就近画下一只燕子做记号，表示东西是他大名鼎鼎的燕子李三偷的。此贼牵涉到富贵人家，官府必然下力缉拿，但李三的功夫奇高，穿房越脊，如走平地。遇到河面还能用脚尖点着水波而行，从这岸到那岸，这一手叫作"蜻蜓点水"。轻功不到绝顶，绝对学不会这一手。

　　燕子李三的事闹了半年，在城里城外十多个富人家窃去的宝贝旁，留下了那个燕子的记号，府县的捕快使了不少计谋逮他，却连李三的影儿也没见过。有的说模样像时迁，一身紧身皂衣，长筒软靴，深夜出来行盗，人混在夜色里，绝对看不出来。有的说他长相和杨香武一样，嘴唇上留一撮两头向上翘的小黑胡，更是"燕子"的来历。于是一时间，留小胡子的人走在街上总会招人多看两眼。后来又有人说，什么时迁杨香武，都是戏迷瞎诌的。此人肯定长相平平，不惹眼，白天睡觉，半夜出行，像蝙蝠。

这李三怎么突然冒出来的？为嘛以前从没人说过？肯定是新近打外地窜来的。天津卫有钱的人多，有钱的人宝贝多，就把李三这种人招来了。传说这个李三是河北人，燕赵之地的人身上都有功夫，还有说得更有鼻子有眼——是吴桥人。吴桥人善杂技，爬杆走绳，如履平地。说法虽然多，谁也没见过。愈见不着愈瞎猜，愈猜愈玄愈神愈哏，甚至有人说这李三就是几个月前刚打外地调任天津的县太爷。县太爷是河北人，人瘦如猴，能文善武，还爱财。甭管是不是他，反正说来挺好玩，愈说愈有乐子。天津人就好过嘴瘾，往里是吃，往外是说；说美了和吃美了一样痛快。

不过这飞贼李三在人们嘴里口碑不坏。反正他不偷穷人的。不但偷富，还济贫。东门内一家穷人欠着房租还不上，被房主逼得无奈，晚上在屋里哭哭啼啼，忽然打后窗外扔进一包东西，打开一瞧，竟是不少银子，令这家人更惊奇的是，包袱一角画着一只小燕。这家人急忙出去谢恩人，跑到门外一片漆黑，早没了人影。听说最有机会看到李三长相的是蹲在城门口讨饭的裴十一。李三把一纸包钱亲手摞在他手心里，可裴十一是个瞎子，只捏到李三的手，这手不大却挺硬；虽然脸对脸，嘛也瞧不见。

这一来，李三在人们口里就更神奇了。

一天，燕子李三在天津卫，把偷窃一事做到了头——他偷到天津最大的官直隶总督荣禄老爷的家。

这天，荣禄的老婆早晨起来梳妆，发现梳妆匣子里的一个珍珠的别针不见了。这是她顶喜欢的一件宝贝，珠子大小跟葡萄差不多大，亮得照眼，这么大的珍珠蚌在海里得五百年才能养成，当年荣禄想拿它孝敬老佛爷，她都死活不肯。丢了这东西跟她丢条命差不多。最气人的是在放别针那块衬绸上画了一只燕子，这纯粹是和荣禄老爷叫板！气得荣禄一狠劲咬碎一颗后槽牙。

荣禄也不是凡辈，他使个法儿：在大堂中间放一张八仙桌，桌面中央摆了总督的官印，上边罩一个玻璃罩子，然后放出话去，说当夜他要关上大堂门，堂内不设兵弁护卫，只他自己一人坐在堂上守候着官印，他要从天黑守到天亮，燕子李三有胆量有本事就来把官印取走！

这话一出，算和李三较上劲了，而且总督大人保准能赢。想想看，虽然大堂内没有一兵一卒，可是堂外必然布满兵力。大堂的门关着，官印在玻璃罩子里边扣着，总督又坐在堂上瞪圆眼守着，李三能耐再大，怎么取法？再说，门窗全都紧紧关着，怎么进去？钻老鼠洞？

当夜总督大人就这么干了。桌子摆在大堂上，官印放在桌面中央，罩了玻璃罩子；然后叫衙役退出大堂，所有门窗关得严严实实。总督大人自己坐在公案前，燃烛读书，静候飞贼。

从天黑到天亮，总督大人只在近五更时，困倦难熬时略打一个盹，但眨眼间就醒了。整整一夜没听到一点动静。天亮后，打开门窗，阳光射入，仆役们也都进来，只见那方官印还好好摆在那里，纹丝没动。总督大人笑了，说道："燕子李三只是徒其虚名罢了。"

然后，举起双手伸个懒腰，喝口茶漱漱嘴，喷在地上，预备回房休息。

这时，收拾官印的仆人掀开玻璃罩子时，忽然发现官印朝南一面趴一个虫子似的东西，再仔细一看，竟然是一只毛笔画的又小又黑的小燕子！燕子李三画的！

总督大人登时目瞪口呆，猜想是不是自己五更时那个小盹，给了超人燕子李三可乘之机，但门窗是闭着的，他怎么进来怎么出去的？衙门里上上下下没人能猜得出来。

真人能人全在民间，很快民间就有了说法。说李三是在大堂还没关门窗时飞身进来，躲在了大堂正中那块"清正光明"大匾的后边，待到总督大人困极打盹时，下来把事干了，然后重回匾后藏身，天亮门窗一开，趁人不备，飘然而去。

这说法合情合理。可是总督大人纳闷，他当时为什么不拿走官印，只在上边画个小燕？

人们笑道：官印？李三爷能拿却不拿，就是告诉你，那破东西只有你当宝贝，谁要那个！

四十八样

天津人灵，把药材弄到糖里，好吃又治病，这糖叫作药糖。

药糖在清末民初时流行起来，传到北京，广受欢迎。买卖二字，一因一果，有人吃就有人做，有人买就有人卖。于是，津京两地冒出了不少能人干这事，一是想出法来把各种草药弄进糖里，各色各味好看好吃的药糖愈来愈多；一是在"卖"上边想尽花活，或用说功唱功，或使江湖杂艺，为的是招人迎人取悦于人，叫人高高兴兴掏钱把药糖撂到嘴里。

天津人和北京人不同，卖药糖的法儿也不同。北京是官场，人们心里边全是大大小小的官儿，喜欢官场的是是非非。故此，在天桥卖药糖的"大兵黄"最招人的一手是骂官。站在那儿，破口大骂，从段祺瑞到张勋再到袁世凯，哪个官大骂哪个，别人不敢骂的他敢骂。他的糖自然卖得好。

天津是市井，百姓心里边就是生活——吃喝玩乐，好吃好喝好玩和有乐子的事都喜欢，还爱看绝活，这卖药糖的本事就五花八门了。有说段子的，有说快板的，有变戏法的，有献演武功杂耍车技打弹弓子的，连吆喝起来都有腔有调一套一套。

鼓楼前有个卖药糖的叫俞六，宝坻县人，脑瓜好使，两只手特别能干。他和别人不一样，他的功夫不在"卖"上，都在"糖"里边。他在家门口摆摊卖药糖，不说不唱不吆喝，就在一个桌上摆几排长长的带木框的玻璃盒子，中间隔开，每格里边一种糖，上边是镶玻璃的盒盖，隔着透明的盒盖看得见各色的药糖；你买哪样，他就掀开哪个盒盖，使镊子夹出几块，放进纸兜给你，没有花样，不会哄人高兴；可是他的糖好——色艳，味厚，有模有样，味道各异；不单有各种药材如茶膏、丹桂、鲜姜、红花、玫瑰、豆蔻、橘皮、砂仁、莲子、辣杏仁、薄荷，还把好吃的蔬果也掺和进去，比方鸭梨、桃子、李子、柿子、枇杷、香蕉、樱桃、酸梅、酸枣、西瓜等。可是做买卖单靠真材实料不行，还得会卖。虽说他的药糖样儿最多，最全，总共四十八样，可是只摆在自家门口，这城里城外能有几个人知道？一提天津卫卖药糖的，第一王宝山，第二李傻子，第三连化清，一直往下数到大沽口，也瞧不见俞六的影子。

他的一个街坊刘二爷是位老到的人，读过书没当过官，做买卖赚点钱，早早收手在家坐享清福。一天碰到俞六便说："你会做糖却不会卖糖。你不能总守在家门口摆摊呀。"

俞六说："我也想走街串巷，可我嘴笨，说说唱唱全不会，也没别的功夫招人喜欢。"

刘二爷说："人家有的，你未必再有，学人家就不是绝活了。你不是本地人不知道，天津人认绝活，服绝活。"

俞六说："可这绝活哪找去？"

刘二爷说："没处找。绝活一是琢磨出来的，一是练出来的。"

"咋学咋练？"俞六还没全明白。

刘二爷笑道："要我说，琢磨——你就得琢磨使嘛新鲜玩意儿把你这四十八样亮出来；练——你就得琢磨使嘛法子招人来买。比方，你能不能不使镊子，天津卫卖药糖的手里全捏着这么个东西。"

俞六不是木头疙瘩。这两句话点石成金。没多久，俞六把刘二爷请到家喝杯茶，吃几块药糖，然后领刘二爷到后院一看，刘二爷立马眼前一亮。院中间放一个挑儿，一根扁担，两个桶柜，柜子上是一圈放药糖的小方盒，每个盒里一种糖。盒上边有个盖儿，带合页，可以掀；这一圈小盒总共二十四个，两个桶柜正好四十八样。

桶柜的捯饬前所未见。提梁上边各雕一个龙头，龙面相向，瞪眼龇牙，横梁正中一个锃亮的金珠，这叫二龙戏珠。龙头上还伸出两根弹簧，拴着红绒球，为的是挑起来一走，绒球就随着脚步一颤一颤。不知俞六从哪儿请来一位好漆工，把桶柜漆得油黑锃亮，上边使金漆写着"俞家药糖，四十八样"八个大字。每个糖盒的玻璃盖上还全用红漆写上糖名，玻璃盖下的药糖五颜六色。这样的药糖柜在街上一晃，保管全震！刘二爷看得高兴，夸赞道："好赛从宫里挑出来的。"

跟着俞六演了一手"卖糖"把式。他左手拿个纸兜，右手的大拇指和食指捏个小铜勺——他可真不用镊子了。上去，绕着两个桶柜各转一圈，顺手用右手的无名指一挑盒盖，小铜勺就从盒里舀出一块糖到纸兜里；挑盒盖麻利无比，舀药糖灵巧之极，比得上变戏法的"快手刘"的小碗扣球。单看这"卖法"，不吃糖，花点钱也值了。

刘二爷从中看得出俞六的用心与练功之苦，高兴地说："行了，你可以出山了，四十八样要成名了。"

第二天，俞六挑这挑子走出家门，城里城外，河东水西，宫南宫北，九个租界一转，立时名满津门。他还制了一身好行头，青裤白褂，皂鞋净袜；他挑着这对天下独有的花桶，一走一颤行在街头，还有洋人拿照相盒子给他照相呢。

可俞六没神气多久，就听说河东出现一个担挑卖药糖的，也用两个龙头漆桶，也叫"四十八样"，这一来，他的四十八样可就算不上独门绝技了。他心里发急，去找刘二爷请教。刘二爷说："你不学人，可挡不住别人学你，你得叫人想学学不去，那才叫绝活。"

三个月后俞六亮出一个新把式，叫走八字。原先他从柜桶取糖时，右手拿勺，人总往里怀转，不好看；现在他改成走八字，从一个桶左面绕过去，再从另一个桶右面绕回来，桶和人位置一变，两只手的家伙跟手就换，就像皇会里茶炊子的换肩。这一改，走八字，两手换"活儿"，把式出了花样，别忘了——还能吃到他俞六四十八样色鲜味正的药糖呢！这点钱谁不想花？

可不久，听说又有人开始练这走八字的把式了。俞六憋了几个晚上，再想出一招，就在每个桶中间加几个糖盒，里边全是半块的糖。他想在四十八样外再奉送半块，这半块由买主自选，人家要哪样，他就上去一掀一舀取出哪样。

他拿着这个新主意去请教刘二爷。

刘二爷听了笑哈哈，说道："你这法子早晚还得给人学去。我送你一个法子吧。"说完，给他用纸写了几句词，递给俞六说："你也不用唱，只要背下来，走着八字时把它踩着点儿念出来就行了。"

俞六一看，是六句：

天津药糖家家好

四十八样数第一

一色一味块块香

再饶半块随您意

俞家能耐不传女

谁我儿子谁学艺

俞六不是天津人，不懂天津人这几句嘎话里，有打趣逗笑，也暗含着骂人，挺厉害。他心里有点疑惑。刘二爷看了出来，说："放心去用，不会再有人敢招你了。"

俞六说："您开头就帮我，已经多回了。这次成了，我管您一辈子药糖。"

第二天俞六卖糖走八字时，便把刘二爷这六句念一遍，一回生，二回熟，熟能生巧，渐渐跟上步点，走起来挺好看，像徐策跑城。买糖的人围观的人听了都笑，有人说："听你这几句，谁再敢偷艺谁就是你儿子了。"旁观的人都跟着笑。

俞六才明白这一招把他的绝活立住了。更明白天津人说话的妙处——既厉害又幽默，既幽默又厉害。单厉害不受听，单幽默不给劲。自今而后，果然再没有人学他。他感激刘二爷，天天给刘二爷送糖，一天六块，一天换一样，八天一轮，正好四十八样。多少年来一直送下去。

俞六有妻无子，他的手艺绝活后继无人。可到他死后，刘二爷还活着，人说刘二爷长寿，就是因为长年吃俞六的药糖。

刘道元活出殡

　　天津卫的买卖家多如牛毛。两家之间只要纠纷一起，立时就有一种人钻进来，挑词架讼，把事闹大，一边代写状子，一边去拉拢官府，四处奔忙，借机搂钱。这种人便是文混混儿。

　　混混儿是天津卫土产的痞子。历来分文武两种。武混混儿讲打讲闹，动辄断臂开瓢，血战一场；文混混却只凭手中一支笔，专替吃官司的买卖家代理讼事。别看笔毛是软的，可文混混儿的毛笔里藏着一把尖刀；白纸黑字，照样要人命。这文混混之中，拔尖的要数刘道元。

　　买卖家打官司，谁使刘道元的状子谁准赢，没跑。人说，他手里的笔就是判官笔，他本人就是本地人间的判官，谁死谁活，全看他笔下的一撇一捺了。可是他绝不管小店小铺的事，只给大买卖写状子。大买卖有钱，要多少给多少。他要是缺钱，也用不着去借，只要到大买卖门前，往门框上一靠，掌柜的立时就包一包钱，笑嘻嘻送上来。那些武混混儿们来要钱，都是用爬头钉打嘴里把自己的嘴巴子钉在门框上，不给钱不算完。那模样龇牙咧嘴，鲜血直流，真把人吓死。但人家文混混儿刘道元绝不这么干，他倚在门框上的神气，好赛闲着没事晒太阳。只要钱一到手，扭身就走，绝不多事。这便是文混混儿的这个"文"字了。

刘道元有钱，不买房置地，不耍钱，不逛窑子，连仆婢也一概不用。光棍一个人，一直住在西门外掩骼会北边的一个院子，由两个徒弟金三和马四伺候着。赚来的钱，吃用之外，全都使在义气上了。他走在路上，只要听到谁家在屋里哭哭啼啼，说穷道苦，或者穷得打架，便一撩窗子，一把钱哗啦啦扔进去。掩骼会那一带，不少人家受过他的恩惠。可谁也不敢当面谢他；你谢他，他不认账，还翻脸骂你。

要论混混儿的性子，不管文武，全一个混样。

一天，他忽把两徒弟金三和马四叫到跟前说："师傅我今年五十六，人间的事看遍了，阴间的事一点也不知道。近来我总琢磨着，这人死后到底嘛样？我今儿有个好主意，我装死，活着出一次殡，我呢，就躲在棺材里，好好开开眼。可我人在棺材里，外边事不能料理，就全交给你们俩了。听着！你们俩王八蛋别心一黑，把我钉死在棺材里！"

金三灵又快，马四笨又慢。金三说："哪能呢，师傅要是完了，我俩还不如一对丧家犬呢。师傅！您的主意虽好。可人家死人，都得累七做斋，至少也得七天。您哪能天天躲在棺材里？那里边又黑又窄又闷，您受得住？再说您要是急着吃东西、急着拉屎怎么办？我的意思，棺材摆在灵堂上是空的，您人藏在后院那间堆东西的小屋里。后院绝对不准人去。吃喝一切，我俩天天照样伺候您。等到出殡那天，您再往棺材里一钻。至于那棺材盖儿，哪能钉呀，您还得掀开一点往外瞧呢！"

刘道元笑了。说："你这王八蛋还真灵，就这么办吧！"

跟着，天津卫全知道大文混混儿刘道元死了。还知道他是半夜得暴病死的。于是刘家门外贴出讣告，家内设了灵堂，放棺材，摆牌位，还供上那支大名鼎鼎的判官笔，再请来和尚，吹吹打打，做斋七天。来吊唁的人真不少，门口排成长龙，好赛大年夜卞家开粥厂。

刘道元藏在后院小屋里，有吃有喝，还有个盆，能够拉尿，倒蛮舒服。金三一直在前边盯着应酬，马四不时跑来向师傅送个消息。开头，刘道元很是得意。心想自己活着时威风八面，人"死"后一样神气十分。可是两天过后，一寻思，有点不对。那些给他打赢官司的大掌柜们，怎么一个没来；没名没姓的人倒是蜂拥而至。是不是来看热闹来的？这些人平时走过他家门口，连扭头朝里边瞥上一眼都不敢，此刻居然能登堂入室，把他这个大混混儿日常的活法，看个明白。马四说，头年里叫他一纸状子几乎倾家荡产的福顺成洋货店的贺老板，这次也来了。他大模大样走上灵堂，非但不行礼，却"呸"地把一口大黏痰留在地上。随后，任嘛稀奇古怪的事全来了。

做斋的第四天，一条大汉破门而入，居然还牵着一条狼狗进了灵堂。进门就骂："姓刘的，你一死，借我那十条金子，叫我找谁要去？你不还我钱，我就坐在这儿不起来。"他真的就坐在堂屋中央一动不动。占着地界儿，叫别人没法进来行礼。金三马四从来没见过这汉子，知道是找碴儿讹钱来的。上去连说带劝也没用，只好动手去拉，谁料这汉子劲儿奇大，一拳一个，把金三马四打得各一个元宝大翻身。金三马四都是文混混儿，下笔千斤，手中无力，拿他没辙，干瞪眼等着。直到后晌，他闹得没劲，才起身离去。临出门时说十天后要来收这几间屋子顶债。他牵来那只大狼狗一蹿，把摆在桌上用来施舍给孤魂野鬼的大白馒头叼走一个。

马四人实，把这些事全都照实说了。刘道元一听，火冒三丈，气得直叫："哪个王八蛋敢来坑我！我刘道元跟谁借过钱？我不死啦！我看看这个王八蛋是谁？"这就要到前边去。

马四顶不住，赶紧把金三找来。金三说："您一出去，还不是诈尸了？咱的戏可就没法往下演了。师傅您先压压火，一切都等着出完大殡再说。您不也正好能看看这些人都是嘛变的吗？"

金三最后这句话管用。眼瞧着刘道元的火下去了。自此，马四不再对师傅学舌前边的事。刘道元忍不住时，向他打听平时那些熟人们，哪个来哪个没来。马四明白，师傅心里问的是另一个文混混儿，大名叫一枝花。那家伙整天往他们这儿跑，跟刘道元称兄道弟，两人好得穿一条裤子，可是打刘道元一"死"，他也跟死了一样，一面不露。

马四哪敢把这情形对师傅说？马四愈不说，他心里愈明白。脸就愈拉愈长，好赛下巴上挂个秤砣。后来干脆眼一闭，不闻不问了，看上去真跟死人差不多。

这天下晌，院里忽有响动。不像是金三马四。侧耳朵再听，原来是邻居那个卖开水的乔二龙，还有他儿子狗子，翻过墙头，来到他的后院。隔窗只听狗子说："爹，金三马四一来，咱再翻墙跑可就来不及了。"乔二龙说："怕嘛？脓包！金三马四连苍蝇都打不死，你还怕他们。这刘家无后，东西没主，咱不拿别人也拿！跟我来——"

刘道元肺快气炸了。心想，我"活"着的时候给你们钱，你们拿我当爷爷；我"死"了就来抄我的家！你们还要干嘛？扒我的皮做拨浪鼓吗？

他想砸开门出去，但不行，不能为这两个狗操的把事坏了。心里一急，不知哪来的主意，竟装出一个女人腔，拿着嗓子细声尖叫："快来人呀！有坏人呀！"这一喊，竟把乔家父子吓得赛两个瞎驴，连跑带蹿，噼里啪啦翻墙跑了。幸好的是，前边念经的和尚们鼓乐正欢，没听到他这边的叫声。可马四再来时，却见他一桌子吃的东西，全扔在地上了。

过了一七，总算没出太大差错，万事大吉。金三把供桌上的判官笔放进棺材。对人说这支判官笔必须给师傅陪葬；还说，这支笔是支金笔，华世奎那支笔只是支草笔，这支金笔只配他师傅一个人使。然后，他悄悄去请师傅，乘人不注意，赶紧入棺，起灵出殡。刘道元骂一句："真他妈不知是活够了，还是死够了。"便一头钻进了棺材。

棺材里，金三给他一切准备得舒舒服服。盖是活的，想开就开；里边照旧有吃有喝，还有个枕头可以睡觉。他哪有空儿睡觉，好不容易"死"一次，也得"死"得再明白些。

棺材抬起，往灵车上摆放的时候，就听到金三和马四一左一右哭起来。金三灵，说哭就哭，声音就赛撕肝扯肺一般。刘道元想，还是金三好，马四这王八蛋连假哭也不会。可是金三的假哭却长不了，闹一会就没声了。这才听出马四这边也有哭声。马四来得慢，声音不大，可动了真格的，呜呜哭了一路，好赛死了亲爹。这没完没了地哭，反而扰得刘道元心烦，愈听愈丧气。刘道元已经弄不明白，到底是真的好还是假的好了。

走着走着，刘道元忽听外边乱糟糟，声音挺大，好赛出了嘛事。跟着灵车也停住了。他心里奇怪，两手托住棺材盖，使劲举开一条缝，朝外一瞧，只见纸人纸马，纸车纸轿，黑白无常，银幡雪柳，白花花一片。街两旁却黑压压，站满瞧出殡的人。到底嘛事叫出殡的队伍停住了？他透过旗杆再一瞧，竟看见一些人伸拳伸腿挡在前面，原来是会友脚行的滕黑子那帮武混混儿。他心想这帮人平日跟他一向讲礼讲面，怎么也翻脸了，想干嘛？这时他突然瞧见他那弟兄一枝花也站在那帮人中间。只听一枝花在叫喊着："那支判官笔本来就该归我，他算个屁！死了还想把笔带走？没门！不交给我，甭想过去！"

刘道元的脑袋"轰"的一下——但这次没急，反倒豁朗了。心里说："原来人死了是这么回事，老子全明白了！"双手发力一推棺材盖，哐啷一响，他站了起来。

这一下，不但把出殡的和看热闹的全吓得叽哇喊叫，连劫道的那帮混混儿也四散而逃。

刘道元站在灵车上大笑不绝。

小杨月楼义结李金鳌

民国二十八年，龙王爷闯进天津卫，大小楼房全赛站在水里。三层楼房水过腿，两层楼房水齐腰，小平房便都落得"没顶之灾"了。街上行船，窗户当门，买卖停业，车辆不通，小杨月楼和他的一班人马，被困在南市的庆云戏院。那时候，人都泡在水里，哪有心思看戏？这班子二十来号人便睡在戏台上。

龙王爷赖在天津一连几个月，戏班照样人吃马喂，把钱使净，便将十多箱行头道具押在河北大街的"万成当"。等到水退了，火车通车，小杨月楼急着返回上海，凑钱买了车票，就没钱赎当了，急得他闹牙疼，腮帮子肿得老高。戏院一位热心肠的小伙计对他说："您不如去求李金鳌帮忙，那人仗义，拿义气当命。凭您的名气，有求必应。"

李金鳌是天津卫出名的一位大锅伙，混混头儿。上刀山、下火海、跳油锅，绝不含糊，死千[1]一个。虽然黑白道上，也讲规矩讲脸面讲义气，拔刀相助的事，李金鏊干过不少，小杨月楼却从来不沾这号人。可是今儿事情逼到这地步，不去也得去了。他跟随这小伙计到了西头，过街穿巷，抬眼一瞧，怔住了。篱笆墙、栅栏门，几间爬爬屋，大名鼎鼎的李金鏊就住在这破瓦寒窑里？小伙计却截门一声呼："李二爷！"

应声打屋里猫腰走出一个人来，出屋直起身，吓了小杨月楼一跳。这人足有六尺高，肩膀赛门宽，老脸老皮，胡子拉碴；那件灰布大褂，足够改成个大床单，上边还油了几块。小杨月楼以为找错人家，没想到这人说话嘴上赛扣个罐子，瓮声瓮气问道："找我干嘛？"口气挺硬，眼神极横，错不了，李金鏊！

进了屋，屋里赛破庙，地上是土，条案上也是土，东西全是东倒西歪；迎面那八仙桌子，四条腿缺了一条，拿砖顶上；桌上的茶壶，破嘴缺把，磕底裂肚，盖上没疙瘩。小杨月楼心想，李金鏊是真穷还是装穷？若是真穷，拿嘛帮助自己？于是心里不抱什么希望了。

李金鏊打量来客，一身春绸裤褂，白丝袜子，黑礼服呢鞋，头戴一顶细辫巴拿马草帽，手拿一柄有字有画的斑竹折扇。他瞄着小杨月楼说："我在哪儿见过你？"眼神还挺横，不赛对客人，赛对仇人。

戏院小伙计忙作一番介绍，表明来意。李金鏊立即起身，拱拱手说："我眼拙，杨老板可别在意。您到天津卫来唱戏，是咱天津有耳朵人的福气！哪能叫您受治、委屈！您明儿晌后就去'万成当'拉东西去吧！"说得真爽快，好赛天津卫是他家的。这更叫小杨月楼满腹狐疑，以为到这儿来做戏玩。

---

[1]　天津地方土语，也是混混儿的行话，表示担当出生入死的差事。

转天一早，李金鏊来到河北大街的"万成当"，进门朝着高高的柜台仰头叫道："告你们老板去，说我李金鏊拜访他来了！"这一句，不单把柜上的伙计吓跑了，也把典当来的主顾吓跑了。老板慌忙出来，请李金鏊到楼上喝茶，李金鏊理也不理，只说："我朋友杨老板有几个戏箱押在你这里，没钱赎当，你先叫他搬走，交情记着，咱们往后再说。"说完掉头便走。

当日晌后，小杨月楼带着几个人碰运气赛的来到"万成当"，进门却见自己的十几个戏箱——大衣箱、二衣箱、三衣箱、盔头箱、旗把箱等，早已摆在柜台外边。小杨月楼大喜过望，竟然叫好喊出声来。这样便取了戏箱，高高兴兴返回上海。

小杨月楼走后，天津卫的锅伙们听说这件事，佩服李金鏊的义气，纷纷来到"万成当"，要把小杨月楼欠下的赎当钱补上。老板不肯收，锅伙们把钱截着柜台扔进去就走。多少亦不论，反正多得多。这事又传到李金鏊耳朵里。李金鏊在北大关的天庆馆摆了几桌，将这些代自己还情的弟兄们着实宴请一顿。

谁想到小杨月楼回到上海，不出三个月，寄张银票到天津"万成当"，补还那笔欠款，"万成当"收过锅伙们的钱，哪敢再收双份，老板亲自捧着钱给李金鏊送来了。李金鏊嘛人？不单分文不取，看也没看，叫人把这笔钱分别还给那帮代他付钱的弟兄。至此，钱上边的事清楚了，谁也不欠谁的了。这事本该了结，可是情没结，怎么结？

转年冬天，上海奇冷，黄浦江冰冻三尺，大河盖上盖儿。甭说海上的船开不进江来，江里的船晚走两天便给冻得死死的，比抛锚还稳当。这就断了码头上脚夫们的生路，尤其打天津去扛活的弟兄们，肚子里的东西一天比一天少，快只剩下凉气了。恰巧李金鏊到上海办事，见这情景，正愁没辙，抬眼瞅见小杨月楼主演《芸娘》的海报，拔腿便去找小杨月楼。

赶到大舞台时，小杨月楼正是闭幕卸装时候，听说天津的李金鳌在大门外等候，脸上带着油彩就跑出来。只见台阶下大雪里站着一条高高汉子。他口呼："二哥！"三步并两步跑下台阶。脚底板冰雪一滑，一屁股坐在地上，仰脸对李金鳌还满是欢笑。

小杨月楼在锦江饭店盛宴款待这位心中敬佩的津门恩人。李金鳌说："杨老板，您喂得饱我一个脑袋，喂不饱我黄浦江边的上千个扛活的弟兄。如今大河盖盖儿，弟兄们没饭辙，眼瞅着小命不长。"

小杨月楼慨然说："我去想办法！"

李金鳌说："那倒不用。您只要把上海所有名角约到一块儿，义演三天就成！戏票全给我，我叫弟兄们自个儿找主去卖，这么做难为您吗？"

小杨月楼说："二哥真行，您叫我帮忙，又不叫我费劲。这点事还不好办吗？"第二天就把大上海所有名角，像赵君玉、周信芳、黄玉麟、刘筱衡、王芸芳、刘斌昆、高百岁等，全都约齐，在黄金戏院举行义演。戏票由天津这帮弟兄拿到平日扛活的主家那里去卖。这些主家花钱买几张票，又看戏，又帮忙，落人情，过戏瘾，谁不肯？何况这么多名角同台献技，还是《龙凤呈祥》《红鬃烈马》等一些热闹好看的大戏，更是千载难逢。一连三天过去，便把冻成冰棍的上千个弟兄全救活了。

李金鳌完事要回天津，临行前，小杨月楼又是设宴送行。酒足饭饱时，小杨月楼叫人拿出一大包银子，外头拿红纸包得四四方方，送给李金鳌。既是盘缠，也有对去年那事谢恩之意。李金鳌一见钱，面孔马上板起来，沉下来的嗓门更显得瓮声瓮气。他说道："杨老板，我这人，向例只交朋友，不交钱。想想看，您和我这段交情，有来有往，打谁手里过过钱？谁又看见过钱？折腾来折腾去，不都是那些情义吗？钱再多也经不住花，可咱们的交情使不完！"说完起身告辞。

小杨月楼叫李金鏊这一席话说得又热又辣，五体流畅。第二天唱《花木兰》，分外地精气神足，嗓门冒光，整场都是满堂彩。